호쿠토 학원의 7대 불가사의
왕국은 별하늘 아래

왕국은 별하늘 아래(호쿠토 학원의 7대 불가사의)

ⓒ 들녘 2010

초판 1쇄 발행일   2010년 8월 3일

지은이 시노다 마유미
옮긴이 안소현
펴낸이 이정원
책임편집 김상진
펴낸곳 도서출판 들녘
등록일자 1987년 12월 12일
등록번호 10-156
주소 경기도 파주시 교하읍 문발리 파주출판단지 513-9
전화 (마케팅) 031-955-7374 (편집) 031-955-7381
팩시밀리 031-955-7393
홈페이지 www.ddd21.co.kr
블로그 http://blog.naver.com/buchheim

ISBN 978-89-7527-908-9 (04830)
         978-89-7527-900-3 (세트)

값은 뒤표지에 있습니다.
잘못된 책은 구입하신 곳에서 바꿔드립니다.

호쿠토 학원의 7대 불가사의

왕국은 별하늘 아래

시노다 마유미 지음

안소현 옮김

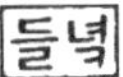

차례

● 나(아키)……호쿠토 중학교 2학년 C반, 세이케 아키라. 애칭은 아키. 소설 속의 화자.

● 하루……호쿠토 중학교 2학년 C반, 본명은 가츠라 하루키. 나의 친구. 마음이 맞을 때도 있고, 충돌하기도 함.

● 다모츠……호쿠토 중학교 2학년 C반, 아오키 다모츠. 나와 하루를 중재해주는 역할.

● 후와 소라미……호쿠토 고등학교 2학년 A반.
미스 호쿠토 학원. 학보사 부부장. 다모츠가
동경하는 여자선배.

● J……정체불명의 남자. 얼굴은 백인이지만
나보다 일본어 어휘 실력이 좋음. 별로 마음
에 안 듦.

● 모리시타 시즈카……호쿠토 중학교 2학년 C반 반장. 여자이지만, 별명은
고지라. 이유는 읽으면 알 수 있음.
● 시시도 마리나……호쿠토 중학교 2학년 C반. 성적은 굉장히 좋음. 하지
만 성격까지 좋다고는 할 수 없음.
● 후치노 선생님……자칭 옛 도서관의 마법사. 은둔형외톨이 노인.
● 도조 이사장……문부과학성에서 낙하산 인사로 부임하여 호쿠토 학원을
손에 넣으려는 속셈을 지닌 악역(아마도).
● 고누마……죽음의 신 같은 녀석. 확실한 악역.
● 기타 다이잔……90여 년 전 호쿠토 학원을 세운 듯한, 정체불명의 인물.

아침이 오기 전에 이별을 고하고

그 방 안에 빛은 없었다.

불빛은 사라지고, 천장에서 바닥까지 이어진 널찍한 창문에는 두툼한 커튼이 빈틈없이 드리워져 있었다. 벨벳의 잔털 같은 어둠이 마주 앉은 남녀를 감쌌다.

"달이 지나가네요."

여자가 나직한 목소리로 속삭였다.

"당신 눈엔 보여?"

남자가 조용한 목소리로 되물었다.

"보이지 않지만 느낄 수 있어요. 우리 위를 거침없이 돌고 있는 천체의 움직임을."

여자가 노래하듯 대답했.

"게다가 들리잖아요. 하늘을 수놓은 천체가 밤새도록 연주하는 선율이."

"난 모르겠어. 보이지도 않고, 들리지도 않아. 나는 늙어버렸어."

남자는 묵직한 한숨을 토해냈다.

"늙어서 눈도 침침하고, 귀도 잘 안 들리고, 지쳐버렸어. 당신은 조금도 달라지지 않았겠지만."

"아니에요, 당신도 예전과 마찬가지예요. 나이가 들었다고 해서 영혼의 빛깔이 달라지지는 않아요."

그런 여자의 목소리도 결코 젊지 않았다. 시간이 음성을 부드럽고 온화하게 만들었다. 남자는 여자의 목소리가 젊은 시절 때보다 좋았다. 처음 만났을 때 그녀는 모든 걸 꿰뚫는 강철과 다이아몬드의 광채를 몸에 휘감고 있었지만.

"시간은 흘러가요."

그녀는 다시 노래하듯 속삭였다.

"한순간도 머물지 않고."

"시간 따위……."

남자의 자제심에 균열이 생겼다.

"시간 따위 멈춰버렸으면 좋겠어."

아픔을 견디고 있는 듯 억누른 목소리. 하지만 여자의 부드러운 말투는 달라지지 않았다.

"아니에요. 시간이 흐르기 때문에 지금 이 어두운 밤도 어느새 빛이 넘실거리는 아침이 되는 거예요."

"하지만 그 아침이 오기 전에 당신은 가버리잖아. 바다를 건너 먼 땅으로. 우리는 두 번 다시 만날 수 없다고……."

"용서해줘요."

여자의 목소리가 아련하게 떨렸다.

"용서해줘요. 저한테는 조국과 피로 이어진 아이들에 대한 책임이 있어요. 지금까지는 아무것도 해줄 수가 없었어요. 그러니까 이제부터라도 아이들이 험난한 운명에 처해지기 전에 곁에서 지켜줘야 해요."

"당신은 이 나라를 자신의 조국이라고 말했어. 우리가 세운 학원과 그 학생들을 진정한 아이들이라고 생각한다고 했어. 그런데!"

남자는 목소리가 거칠어지더니 별안간 입을 다물었다. 자제심을 잃은 자신을 부끄럽게 여기는 듯한 낮은 한숨소리가 어둠 속을 떠돌았다.

"……미안해. 당신을 비난할 생각은 없었어. 기분 나쁘게 받아들이지 마."

"아니에요. 당신이 화를 내는 건 당연해요. 약속을 깨버린 건 저예요. 용서를 청해야 하는 건 저라고요. 하지만 어쩔 수 없어요. 조국에 닥친 사태가 이다지도 참혹할 거라고는 예상하지도 못했어요."

"괜찮아. 알고 있어."

"약속할게요. 저 자신은 무리겠지만 언젠가 틀림없이 저와 피를 나눈 젊은이가 다시 바다를 건너 이 나라로, 당신이 있는 이곳으로 올 거예요. 그리고 우리는 다시 만날 수 있어요. 여기, 우리가 문을 연 학원에서."

"그건 당신의 예언이야? 아니면 소원?"

"둘 다예요. 믿어줄래요?"

"믿어."

남자는 풀죽은 목소리로 대답했다. 그는 방에 불이 켜지지 않은 걸 새삼 다행스럽게 여겼다. 지금 자신은 어머니에게 버림받기 직전, 울상 짓는 어린아이 같은 표정을 하고 있을 게 분명했다.

살짝 의자를 삐걱거리며 여자가 일어섰다. 사각사각 치맛단이 스치는 소리만이 그녀가 걷고 있다는 걸 남자의 귓가로 전해줬다. 나이를 들게 한 세월도, 이 어둠의 음침함도 소리를 내지 않는 그녀의 우아한 발걸음을 방해할 수는 없는 듯했다.

살그머니 커튼을 젖히는 소리가 나고 실내가 희끄무레하게 밝아졌다. 유리창에 얼굴을 가까이하고 서 있는 그녀의 모습이 아스라이 떠올랐다. 그가 앉아 있는 책상 앞 의자에서는 보이지 않더라도 저편에는 이곳이 수도의 근교라고는 믿을 수 없을 정도로 울창한 숲이 펼쳐져 있으리라.

"고요하네요."

그녀가 창문을 향한 채 중얼거렸다.

"지금 이 나라가 전쟁을 하고 있다는 걸 믿을 수 없을 만큼."

"아아."

"오늘 밤도 부엉이가 울고 있어요,. 그 졸린 듯한 울음소리로 부엉부엉 하고."

"아아."

"저는 이 숲이 좋아요. 이 나무들이 변함없이 우거져 있는 한, 제 영혼의 반은 여기에 머물고 있을 거예요."

"알고 있어."

"부탁이에요, 이 숲을 지켜줘요. 이 숲과 학원, 우리가 문을 연 왕국을."

"지켜주고 말고. 내 목숨을 걸어서라도."

남자는 커다랗게 고개를 끄덕여 보였다.

그런 아이 같은 몸짓으로 자신의 마음을 전달할 수 있는 건 상대가 그녀였기에 가능한 일이었다. 그녀 외에는 어느 누구에게도 불가능했다. 그녀가 가버리면 이제 누구 하나 그런 행동을 봐줄 사람이 없다. 그는 그 사실을 생각하지 않으려고 애썼다.

그때…….

남자는 봤다기보다 느꼈다. 여자가 문득 숨을 멈추고 표정을 바꾸는 것을.

부드럽고 온화한 기색이 어렴풋이 광물질의 단단함과 반짝임을 머금었다. 등줄기는 강철 심을 넣은 듯 꼿꼿이 뻗어 있고, 고개를 곳곳하게 세웠다. 전쟁터로 향하는 잔 다르크처럼.

창문 커튼을 살며시 젖혀놓은 채 사뿐사뿐 돌아오더니 조금 전까지 앉아 있던 의자로 가지 않고, 그의 앞에 있는 책상을 향해 섰다. 그 상태에서 오른손을 옆으로 쭉 뻗었다. 그는 재빨리 접시 위의 펜을 들어 올려 펜촉을 잉크병에 담근 뒤 여자의 손에 쥐어줬다.

책상에 올려놓은 종이 위로 펜이 움직였다.

여자는 자신의 주위로 눈길을 주지 않았다. 불빛도 찾지 않았다. 그저 펜을 쥔 손만이 망설임 없이 종이 위를 달려갔다.

두 줄, 석 줄, 다섯 줄…….

또르륵, 펜이 바닥으로 굴러 떨어졌다. 여자는 그대로 무너져 내리듯 의자에 털썩 주저앉았다. 고개가 가슴께로 축 처졌다. 방금 전까지 보였던 결연한 광채는 촛불을 불어서 끈 것처럼 소멸하고 있었다.

"펜은 이제 필요 없어?"

"네, 됐어요."

낮게 대답하는 목소리가 쉬어 있었다.

"읽어도 돼?"

"그럼, 으음, 소리 내서 읽어줘요."

남자는 책상 위의 스탠드를 켜려다가 마음을 바꾸고 일어나서 커튼을 다시 쳤다. 그러고 나서 천을 씌운 갓스탠드를 켜고 돋보기를 걸쳤다.

왕국은 별하늘 아래에

신의 한숨은 세계의 나무속으로

이리저리 떠돌다 마침내 불멸을 향해

어둠을 빠져나가 빛을 향해

두드리면 열리고

구하면 얻을 것이다

푸른 숲 속의 기사들이여

바람의 눈빛을 깨워라

그러면⋯⋯

"다 쓰지 못했어요."

여자가 중얼거렸다.

"하지만 최선을 다해 쓴 거예요."

"내가 갖고 있어도 될까?"

"네."

그렇게 말하면서 그녀는 다시 일어섰다.

"지금까지 여러 모로 고마웠어요. 이제 갈게요."

그녀의 말에 남자는 소스라치게 놀라며 눈이 휘둥그레졌다.

"아직 날이 밝지 않았어."

"아침에는 요코하마에 도착해야 해요. 마중 나올 차가 벌써 거기에 와 있어요."

그러는 사이에 그녀는 의자 등받이에 걸쳐 놓은 코트를 입고, 멋들어진 은빛 머리카락을 틀어 올린 머리에 모자를 썼다. 그 모습을 지켜보며 남자는 자신이 이해하는 수밖에 없다고 마음을 다잡았다. 그녀를 말리는 건 불가능했다. 그저 무사히 여행하기를 바라는 수밖에.

두 사람은 열린 문의 문턱을 사이에 두고 눈길을 주고받았다. 깊은 숲 속, 이름이 붙여지지 않은, 사람들에게 알려지지 않는 샘처럼 짙은 파란색 눈동자가 그를 똑바로 바라보고 있었다.

"좋은 여행이기를."

목소리가 초라하게 떨렸다.

"당신도 잘 있어요."

그는 갈망했다.

영원히 헤어지는 이 순간에 작별의 말을 뭐든 한 마디 더. 그의 동지, 그의 오른팔, 사랑보다도 강한 것으로 연결된 영원의 여성에게.

하지만 남자는 결국 그 말을 입에 담지 못했다. 흔하디흔한 이별의 인사 말고는 아무것도.

"아우프 비더젠! 프라우 엘리자베스."

"안녕히, 헬 다이잔."

한밤중에 펼치는 모험

아주 시시한 것부터 시작하자.

먼저 양해를 구했으니 계속 읽을 마음이 있다면 시시하다고 불평하지 말기를 바란다.

나는 이제 겨우 열다섯 살이다. 현대인의 평균 수명으로 생각하든 학년으로 따지든 아직은 꼬맹이다. 그리고 세상에는 내가 이해할 수 없는 일들이 너무 많다. 그러니 내가 "왜?"라고 의문을 품는 게 당연한데도 어른들은 종종 우습게 여기거나 시시하다고 생각한다. 그런 것도 모르냐며 비난하기도 한다. 왜 어른들은 자기도 한때 어린아이였다는 것을 잊어버리는 걸까?

내가 제일 궁금한 건 '인간의 성격이 언제, 무엇으로 결정

되는가?' 하는 점이다. 그래서 제법 오랫동안 그 문제에 대해 골똘히 생각했다. 나는 '무슨 일이든 직접 경험하지 않으면 모른다. 이럴까 저럴까 궁리하느라 시간을 낭비하지 말고 빨리 행동에 옮기는 게 상책이다'고 생각하는 편이다. 하지만 나랑 가장 사이가 좋은 친구는 '어떤 일이든 알아볼 건 다 알아보고 해야 한다'고 생각한다.

"아무리 조사해봐도 경험하기 전에는 그게 정말로 어떤 건지 모르잖아!"

"조사만 하겠다는 건 아니잖아."

"일단 해보고, 안 되면 그만두지 뭐."

"그건 시간 낭비야."

"이럴까 저럴까 궁리만 하는 게 더 시간 낭비야."

"정보를 모아서 검토하는 건 낭비가 아냐."

'이번 휴일에 어디로 놀러 갈까', '사회수업의 모둠 스터디는 어떤 걸 주제로 할까'처럼 사소한 것들을 결정하는 데도 우리는 번번이 대립한다. 물론 의논도 많이 한다. 하지만 끝까지 파고들다보면 결국 성격 차이가 드러나게 마련이다. 막다른 골목으로 치닫는 경우도 많다.

"너랑은 아무것도 같이 못하겠다!"며 서로 언성을 높이기도 한다. 하지만 우리는 삼총사다. 다행히도 우리 사이엔 중재가가 한 명 있다. 나와 그 녀석이 맞서는 일이 생기면 냉정하게 의견을 조정해주는 친구다. 그 친구 덕분에 서로 으르렁거리긴 해도 아직 등을 돌리는 일까지는 벌어지지 않았다. 그럴 때마다 나는 '이 정도면 됐다'고 마음을 추스른다. 하지만 솔직히 말하면 화가 나고 열이 팍팍 오른다.

내 이름은 세이케 아키라. 상당히 성미가 급한 걸 나 자신도 알고 있다. 무슨 일이 있어도 고쳐지지 않을 테고 고칠 마음도 없지만. 나와 매번 의견이 대립하는 신중파 친구는 가츠라 하루키. 중재 역할은 아오키 다모츠. 우리는 사립 호쿠토 중학교 2학년으로 다들 다른 초등학교에서 올라왔고, 1학년 때부터 같은 C반이다.

좀 더 설명하면 지금은 5월 연휴('헌법기념일', '녹색의 날', '어린이날' 등 5월초에 이어지는 휴일을 뜻함-옮긴이)가 끝난 직후로, 시각을 말하자면 이제 곧 밤 12시가 된다. 기숙사 생활을 하고 있는 우리는 침대에서 자고 있어야 할 시각이다. 이미 몇 시간 전에 소등도 되었다. 그런데 위아래 저지 옷을 입고 바깥에 있다. 왜일까? 몰래 빠져나왔으니까. 2층에 있는 침실 창문을 열고 홈통을 타고 내려왔다. 2층 침대가 두 개 놓인 4인실을 세 사람이 차지하고 있다는 건 이런 때 도움이 된다. 우쭐거릴 정도는 아니지만, 그래도 규칙을 위반한 건 사실이다.

왜 그랬냐고? 그건 뭐, 차차 이야기하기로 하자. 일단 말해

두고 싶은 건 그저 의미도 없이 교칙을 깨보고 싶었다거나 역앞 노래방에서 신나게 놀고 싶은, 그런 하찮은 이유가 아니라는 거다. 오늘 밤에 결행하기로 세 사람이 똑같이 결정했다. 그 점에 대한 대립은 없었다. 위험을 감수하는 것도 셋 다 각오한 터. 다만 돌다리도 두드려보고 건너지 않으면 마음이 놓이지 않는 성품의 하루가 "좋아" 하고 대답하기까지 상당히 오랜 시간이 걸린 것은 사실이었다. 나는 성미가 급해서 그때까지 꽤나 초조했었다. 다모츠가 없었다면 그 순간 계획은 공중분해되고 말았을 것이다.

이쯤해서 좀 더 여러 가지를 설명해주겠다. 우리가 다니고 있는 사립 호쿠토 학원은 유치원부터 대학원까지 운영하는 '학교 백화점' 같은 곳이다. 유치원과 초등학교는 도쿄 한복판에 있지만 중학교부터 그 위는 조금 외떨어진 서쪽에 있다. 엄청나게 넓고 숲처럼 나무가 빽빽이 들어찬 곳에 자리잡고 있다. 하지만 그곳은 기본적으로 대학 캠퍼스 안이다. 중학교와 고등학교는 담으로 둘러싸여 있고 그다지 넓지 않은 부지에 학교 건물과 기숙사가 함께 들어가 있다. 남녀공학이고, 학생 전원이 기숙사에서 생활한다. 각 학년마다 학급이 세 개씩 있는데 중·고등학생을 다 합쳐도 600명이 채 안 된다. 학생 숫자로만 보면 아담한 학교라고 말할 수 있다. 대학교를 제외하면 여학생이 남학생보다 약간 많은데 그 가운데

3분의 2가 호쿠토 학원의 유치원과 초등학교에서 그대로 올라온 학생이다.

A반과 B반은 남녀 모두 호쿠토 토박이들이다. 우리 C반은 남자애들은 모두 시험을 거쳐 입학했지만, 여자애들은 학원 내 초등학교에서 진학한 인원수가 많았다. 그러니까 C반 남학생들은 호쿠토 학원에서 이중적인 의미를 지닌 존재들이자 소수파이다.

다른 학교와 자세히 비교해보지 않았지만, 학교 기숙사는 그럭저럭 지낼 만하다. 새 건물에 2층 침대에서 자고 음, 방이 넓고 방음과 냉난방도 잘된다. 마음이 안 맞는 녀석과 같은 방에서 지내는 건 끔찍한 일이지만, 친구끼리 지낼 수 있다면 부모님과 사는 것보다 훨씬 쾌적하다. 식사도 나쁘지 않다.

하지만 교칙은 상당히 까다롭다. 평일에는 수업이 끝나도 외출이 금지되어 있고 토요일과 일요일은 나갈 수는 있어도 외박은 할 수 없다. 더구나 저녁식사 시간까지 돌아와야 한다. 소등시간은 얼마나 엄격한지 모른다. 또한 휴대전화기나 게임기는 기숙사에 들여놓을 수도 없다. 대학 캠퍼스도 낮 동안은 개방되어 체육수업도 대운동장과 체육관에서 진행되지만, 저녁에는 담장 문을 닫아놓는다. 때문에 그곳에 있는 동아리 방도 저녁에는 갈 수 없다. 그리고 1년에 세 번, 교칙을 위반한 게 발각되면 기숙사와 학교에서 쫓겨난다. 오늘 밤,

우리는 소등시간 이후에 기숙사를 빠져나와 담을 넘고 대학 캠퍼스에 침입했다. 단번에 교칙을 위반했다. 그것도 두 가지나. 그만큼 위험 부담이 엄청나다는 말이다.

이런 계획을 세운 사람은 늘 그렇듯 나였지만, 솔직히 하루가 같이하겠다고 할 줄은 몰랐다. 한다고 말했어도 틀림없이 중간에서 그만둘 거라고 생각했다(그 부분도 어지간한 이유가 있지만 음, 그 점도 조금 나중에). 하지만 하루는 그만두지 않았다. 대신 '완벽한 계획을 세우기' 위해서라며 세월아, 네월아 하염없이 시간만 보냈다. 나는 진이 다 빠져서 절교할 생각까지 했지만, 그때 마침 다모츠가 달래줘서 드디어 대학 캠퍼스에 발을 들여놓기에 이르렀다. 하루가 신중을 기하는 이유를 알기에 이번에는 나도 꾹 참고 있다.

출발은 순조로웠다. 기숙사 방은 2층이지만 빠져나가는 건 생각대로 식은 죽 먹기였다. 중·고등학교와 대학 캠퍼스를 나누는 철조망이 3미터가 넘을 만큼 높지만 수은등이 있거나 감시탑이 있는 것도 아니다.(얼마 전에 텔레비전에서 본 영화 「대탈주」의 포로수용소에서 연상). 더구나 기숙사와 철조망 사이에는 건물이 있어서 시야를 가리고 있다. 우리는 여유롭게 철조망을 넘어갔다.

캠퍼스 안에서 중·고등학교와 가장 가까운 3층짜리 철근 콘크리트 건물에는 동아리방이 있다. 이 건물은 대학교와 함께 쓰고 있다. 거기서 남쪽에 대학의 주요 시설과 건물들이 모여 있는 대학 본부가 있고, 좀 더 남쪽으로 내려가면 체육관과 실내 수영장, 운동장과 테니스코트 같은 운동시설이 있다.

각 건물의 주변에는 잔디밭에 가로수가 심어 있어 언제 봐도 터무니없을 정도로 드넓어 보인다. 외부 방문자는 "아름다운 캠퍼스군", "초록색이 많아서 좋다", "공원 같아" 하고 감탄한다. 하지만 나는 땅을 쓸데없이 낭비하는 건 아닌가 하는 생각이 들기도 한다. 더구나 비가 오는 날이나 추운 한겨울에 건물 사이를 이동할 때마다 우산을 쓰거나 코트를 입는 것도 귀찮고.

그렇지만 오늘 밤은 상쾌한 5월의 밤이다. 인기척 없이 고요한 가운데, 돌이 깔린 길을 어슬렁어슬렁 산책하듯 걷는 건 적어도 기숙사 침대에서 자고 있는 것보다는 훨씬 기분이 좋다. 여기까지 오는 동안 어둠에 눈이 익숙해진 것도 있겠지만, 수은등 불빛이 학교 건물의 새하얀 벽면에 반사되어 주위는 생각보다 밝았다. 머리 위에는 하늘에 별이 총총하고, 숨을 깊이 들이마시면 땅과 나무 냄새가 느껴졌다. 결행 전의 긴장감은 어디론가 사라져버리고, 노래라도 소리 높여 부르고 싶어졌다.

"아아, 어쩐지 기분이 좋구나!"

나는 두 손을 머리 위로 들어 올리고 우웅 하고 기지개를 컸다. 그런 내 모습을 보고 옆에서 걷고 있던 하루가 잘 들리지 않게 소곤소곤 말했다.

"아키. 목소리가, 크다……."

"괜찮아, 괜찮아. 아무도 없는데."

"누가 오고 나서는 늦어."

원래 하루는 말할 때 감정을 쉽게 드러내는 편이 아니다. 키 순서대로 섰을 때 나는 중간에서 조금 앞쪽이다. 그런데 하루는 그런 나보다도 머리 반 정도 키가 작다. 약간 뻗친 앞머리로 이마를 푹 덮은 채 시선을 마주치지 않고 소곤소곤 이야기하기 때문에 "뭐야, 이 녀석은 어두워", "섬뜩해" 하는 느낌이 든다. 그래서 첫인상은 별로 좋지 않았다.

하지만 한동안 꾹 참고 지내다보니 인상이 한결 좋아졌다. 알고 보니 책을 굉장히 많이 읽고 이것저것 많이 알고 있었다. 다만 부끄러움을 잘 타고, 수줍음이 많았다. 친구를 배려하는 마음도 있고, 고지식해서 깔끔하지 못한 짓은 안 하는 녀석이었다. 게다가 왜 그런지 모르겠지만 의외로 우리 반 여자아이들에게 인기가 있었다. 그 때문에 반대로 남자아이들의 미움을 사고 있었다. 어쨌든 '어둡다'는 부분은 고칠 수가 없지만 말이다.

"게다가 여기는 손전등 같은 거 없어도 거뜬히 걸을 수 있잖아?"

"여기는 그렇지. 하지만 '옛 구역'은 좀 더 어두울걸."

"으, 음…… 그런가."

"주위가 밝다면 그만큼 발각될 위험이 큰 거라고."

'시험기간도 아닌데 왜 밤 12시까지 대학교에 사람이 남아 있는 걸까?' 하고 의아해할 수도 있다. 하지만 이 드넓은 캠퍼스를 생각해보면 금방 알 수 있다. 호쿠토 학원은 여러 모로 평범하지가 않다. 대학생과 대학원생을 위한 기숙사가 있고 (전원 기숙사 제도는 아니지만) 교직원 사택과 손님용 숙소, 날마다 머무르고 있는지는 모르겠지만 이사장 사택까지 캠퍼스 안에 있다. 정문은 한밤중에 닫혀 있는 듯하지만 대학교의 기숙사생과 교직원이 산책을 나오지 않는다는 보장은 없다. 또 밤중에는 경비원이 순찰을 도는 듯하다.

"이 점은 하루한테 찬성."

반대쪽에서 다모츠가 자그마한 목소리로 내 귓가에 소곤거렸다.

"여기는 아직 '새 구역'이야. 너무 낙관적인 건 위험해. 아키."

"……알았어."

나는 조금 심통이 났지만 알았다는 표시로 오른손을 어깨 언저리까지 들었다. 딱히 다모츠가 하루 편을 들었다고 해서 부루퉁한 건 아니었다. 음, 단순히 그것 때문만은 아니다. 나와 하루의 의견이 대립하면 다모츠가 결론을 내리는 게 평소

우리의 규칙이기 때문이다.

자기주장을 고집하고 싶어하는 건 분명 나도, 하루도 마찬가지다. 문제는 항상 그 주장이 서로 정반대여서 대립한다는 것이다. 그 점에서 다모츠는 다르다. 그에게는 묘하게도 집착, 고집이라는 게 전혀 없다. 냉정하고 이성적이면서도 자료를 비교, 검토해서 가장 적절하다고 생각되는 결론을 이끌어낸다. 그런 부분을 나와 하루는 신뢰하고 있기 때문에 서로의 대립이 어느 정도 달아오른다 싶으면 결국에는 다모츠의 결론을 받아들인다. 반대로 그렇게 다모츠가 판단해주기 때문에 나와 하루는 안심하고 대립한다고도 할 수 있다.

내가 심통이 난 건 다모츠가 하루 편을 들어주어서가 아니라 결론을 내리기 전에 나한테도 말할 기회를 주지 않았기 때문이다. 내가 이 한밤중의 모험 때문에 개구쟁이처럼 들떠 있다고 생각한다면 오산이라고.

원래 이 계획을 '하자'고 제안한 사람은 나다. 대학 캠퍼스 지도는 이미 내 머릿속에 빠짐없이 들어가 있다. 기숙사와 손님용 숙소, 교직원용 주택이 모여 있는 곳은 주로 캠퍼스 남쪽이다. 그쪽에는 깔끔하게 손질된 화단과 분수가 있고, 화려한 유럽풍 공원도 있어서 산책하기에 좋은 곳이다. 지금 우리가 있는 자리에서 그곳은 어림잡아 1킬로미터 이상 떨어져 있다.

몇 번이나 말하지만 이 캠퍼스는 터무니없을 정도로 드넓다. 동쪽 정문 가까이에 간판처럼 세워져 있는 안내도에 따르면 캠퍼스의 절반 가까이를 차지하는 서쪽은 '옛 구역'이라 불린다. 숲으로 둘러싸인 안쪽에는 건물이 띄엄띄엄 떨어져 있는데 사람의 왕래가 거의 없다. 나머지 동쪽은 '새 구역'으로 중·고등학교와 지금 우리가 걷고 있는 대학 건물 주변도 모두 이곳에 포함된다.

대학교 기숙사생과 교직원 가운데 한밤중에 산책하는 걸 좋아하는 사람이 있다고 해도 설마 여기까지 오지는 않을 것이다. 나도 그 정도는 생각하고 있다. 하지만 돌다리도 두드려봐야 하는 하루라면 과연 어떻게 나올까? 섣부른 판단은 믿을 수 없고, 멀리 떨어져 있어도 이렇게 고요한 밤이라면 우리가 나누는 이야기를 들을 수 있을지 모른다고 되물을 게 뻔하다.

나는 입을 삐죽 내밀 뿐 더 이상 반론하지 않았다. 여기서 규칙을 깬다면 더욱 소중한 걸 잃어버릴지도 모른다. 게다가 누군가에게 발견되느냐 마느냐는 둘째치고라도 쓸데없이 시간을 낭비할 수는 없다. 지금은 밤 12시이고 새벽 5시에는 슬슬 주위가 밝아온다. 수업시간에 졸지 않으려면 얼른 기숙사로 돌아가서 한 시간이라도 눈을 붙여야 한다. 그런 생각을 하고 보니 재잘재잘 떠들기보다는 앞으로 성큼성큼 나아가야 할 것 같았다.

그 생각은 하루 역시 마찬가지일 것이다.

"……그럼 가자."

조그마한 목소리로 나직이 속삭이더니 하루는 비죽비죽 자란 잔디 위를 앞장서서 걸어갔다. 몸집이 작은 하루의 발걸음은 깜짝 놀랄 정도로 조용해서 작은 소리가 나지 않았다. 나는 성큼성큼, 하지만 최대한 하루를 흉내 내서 조용히 그 뒤를 따랐다. 다모츠는 평소처럼 맨 끝에 있었다. 대학 건물을 비추는 수은등이 등 뒤에서 우리의 그림자를 걸어가는 방향으로 길쭉하게 드리웠다.

대학 건물을 빙 둘러싸고 있는 초록빛 잔디밭과 돌이 깔린 넓은 길, 그 길 저편에도 잔디밭이 있다. 그런데 이쪽은 손질이 덜 되어 있었다. 본부 주위는 융단처럼 깔끔하게 깎여 있었는데, 이쪽은 잡초가 뒤섞여 제멋대로 뻗어 있었다. 그리고 아무렇게나 뻗어 있는 잡초의 끝자락에 숲이 이어져 있다. 이 숲에는 학교 건물보다 높은 히말라야 삼나무와 이런저런 크고 작은 나무가 우거져 있다. 한낮에도 전망이 막힐 정도로 농밀한 숲이다. 현재 일본의 대도시 중에서도 우글거리는 사람들과 빼곡히 들어찬 가옥들, 북적거리는 차들로 유명한 도쿄에 이런 빽빽한 숲이 존재할 수 있을까. 눈을 의심하고 싶을 정도다. 밤의 어둠이 더해져 마치 검은 막이라도 쳐놓은 듯 보였다. 수은등 불빛도 숲 속을 들어가지 못해서 겹쳐진 나뭇가지의 저편은 전혀 보이지 않았다. 나무 사이를 빠져나갈 길조차 없었다. 적어도 지금은.

우리는 어느새 숲 앞 1미터 정도에 다다랐다. 동시에 멈춰 섰다.

“……어두운데.”

목소리를 죽이고 중얼거리는 내 옆을 지나가며 하루가 대답했다.

“응, 어둡네.”

나는 오른손으로 주머니 안에 있는 만년필형 손전등을 꽉 쥐었다. 역시 가져오기를 잘했다.

“이 숲을 제대로 본 건 처음이야.”

다모츠의 말투도 평소와 다르게 긴장한 듯했다.

“꼭 벽 같아. 이렇게 대단할 줄은……. 낮에 한 번쯤 정찰하러 왔어야 하는 건데.”

실제로 낮에는 우리 중학생도 별 문제 없이 캠퍼스 안을 돌아다닐 수 있다. 하지만 굳이 이 숲 속으로, ‘옛 구역’으로 발을 들여놓는 아이는 없다. 딱히 볼일이 없기 때문이다. 더구나 우리 가슴속에 ‘가설’이 깃들고 나서부터 ‘옛 구역’을 줄곧 생각하면서도 일부러 접근하지 않았다. 오늘 밤까지는 말이다.

"아키, 이렇게 보는데도 아무 생각 안 나?"

"초등학교에 올라가기 전이잖아, 무리야."

나는 일곱 살 때 이 캠퍼스에 와서 '옛 구역'에 들어간 적이 있었다. 그 사실을 기억조차 못하고 있었는데, 지난 봄방학 때 집에 내려갔다가 우연히 알게 되었다. 낡은 앨범을 뒤적이다가 유치원생인 내가 잔뜩 얼굴을 찌푸린 채 카메라를 쏘아보고 있는 사진을 발견했다. 땅꼬마 개구쟁이였던 나. 어머니에게 물어도 "글쎄, 기억 나지 않는데" 하고 말할 뿐이었다. 그런데 자세히 살펴보니 내가 웅크리고 있는 돌로 된 바닥에 호쿠토 학원의 상징이 박혀 있는 맨홀 뚜껑이 있었다. 그것도 '새 구역'에는 남아 있지 않은 오래된 디자인의. 게다가 내 뒤에 담쟁이덩굴이 감겨 있는 고풍스러운 벽돌 건물이 조그맣게 보였다. 중·고등학교 도서실에 있던 『호쿠토 학원 80년사』라는 누렇게 변한 책 속에 같은 건물의 사진이 실려 있었다. 성 같은 중후한 벽돌 건물은 학원 창립 당시부터 있던 도서관이다. 옛 도서관이라고 불리는 이 건물은 현재 대학 연구동 옆에 최신식 도서관이 세워진 까닭에 사용하지 않게 되었다.

그러고 나서다. 내가 '옛 구역'이라고 불리는 대학 캠퍼스 서쪽에 신경을 쓰게 된 것은.

누가 8년 전("이때 너는 일곱 살이었어. 머리모양으로 알 수 있어" 하고 어머니는 그 점에 대해서는 자신 있게 딱 잘라 말했다) 유치원생인 나를 호쿠토 학원의 캠퍼스에, 그것도 그때 역시 거의 이용하지 않았던 게 확실한 '옛 구역' 같은 곳에 데려갔을까? 애당초 그 부분부터 수수께끼였다.

태평한 어머니는 아무것도 아닌 것처럼 말했다.

"이웃집 형이나 누나가 그 학교에 시험을 치기 전에 미리 가 볼 때 데려간 게 아닐까? 너, 그 무렵부터 굉장히 호기심이 강하고 겁이 없었잖니."

그런 말을 하셨지만 적어도 내 기억에는 이웃이나 친척 가운데 호쿠토 학원 학생은 단 한 사람도 없었다. 내가 구립 초등학교에서 구립 중학교로 진학하지 않고 호쿠토 학원에 시험을 친 건 대수롭지 않은 우연 같은 것이었다. 그때 아는 사람 가운데 호쿠토 학원의 재학생이나 졸업생이 있었다면 집에서 화제로 삼았을 게 분명하다.

"호쿠토 학원 7대 불가사의 가운데 세 번째는 '사람이 사라지는 옛 도서관'이지."

하루가 말했다.

"옛 도서관을 다시 한 번 봐도 뭐 떠오르는 게 없어?"

다모츠가 이쪽을 보고 물었다.

"글쎄. 그렇게 드라마처럼 딱 떠오르지는 않아" 하고 나는 퉁명스럽게 대꾸하며 어깨를 움츠렸다.

"'옛 구역'에 발을 들여 놓았다고 해서 그것만으로 7대 불가사의의 수수께끼가 풀리는 건 아니잖아."

"하지만 분명 뭔가 알 수 있어. 7대 불가사의의 대부분은 '옛 구역'과 관련이 있다고."

"좋아, 가잣!"

모처럼 앞장서서 걷기 시작한 다모츠의 발걸음은 확실히 즐거워 보였다. 나도 계속 가려고 하는데 갑자기 숲 속에서 무슨 소리가 들렸다. ……부엉, 부엉.

나는 흠칫 놀라 잠시 발걸음을 멈추었다.

"뭐, 뭐얏."

"저거, 부엉이야."

하루가 말했다. 다모츠는 걸으면서 어깨너머로 나를 돌아다보더니 싱긋 웃었다.

"어떻게 된 거야, 아키. 위급한 순간엔 벌벌 떠는 거냐."

"바보 같은 소리 하지 미!"

나는 화가 나서 버럭 소리를 지르고 다모츠를 쫓아 달려갔다. 바로 뒤에서 하루가 말했다.

"아키, 목소리가 커."

"알았어."

"발소리도."

"만날 잔소리야, 하루는."

그런 식으로 우리는 5월, 한밤의 모험에 마침내 본격적으로 돌입했다.

이때 시각은 5월 8일 화요일, 오전 0시 12분…….

추적, 7대 불가사의!

　여기서 조금만 시간을 돌려 이야기하겠다. 우리가 지금부터 무엇을 하려고 하는지 설명할 필요가 있다. 방금 전 이야기에 나온 호쿠토 학원 7대 불가사의는 바로 우리가 한밤중에 기숙사를 빠져나온 이유이다.

　호쿠토 학원에는 7대 불가사의가 있다. 학교에 괴담이나 불가사의 같은 게 있다는 건 그리 신기한 이야기는 아닐 것이다. 내가 나온 구립 초등학교는 호쿠토 학원보다 훨씬 작았다. 달랑 새로 지은 콘크리트 건물 하나에 교정은 좁디 좁았다. 하지만 유령이 나오는 화장실과 사람이 종종 떨어진다는 바깥 계단은 몇 년 동안이나 밧줄이 쳐진 채 출입이 금지되어 있었다. 그 계단에서 떨어져 머리를 부딪쳐 죽은 아이가 있다는 건 거짓말이었다. 하지만 아이가 다쳤다는 건 사실이었다. 시공업체의 설계 착오 때문이었다는데, 계단의 중간에 몇 센티미터 높이가 다른 곳이 있었다. 서둘러 뛰어 내려오다 보면 다리가 고여 넘어질 수도 있었다. 어머니한테 들은 이야기지만 내가 졸업한 해의 여름방학에 그 계단을 부수고 다시 만들었다고 한다. 이건 소문에 합리적인 설명을 붙여 괴담에서 벗어난 예다. 그리고 유령이 나오는 화장실 괴담은 그야말로 흔해 빠진, 얼마든지 있을 법한 이야기였다. 누군가가 다른 곳에서 들은 이야기를 학교에 갖다 붙여서 퍼뜨린 것이다.

그에 비해 호쿠토 학원의 7대 불가사의는 간단히 풀릴 수수께끼나 흔해 빠진 모방 괴담과는 조금 다르다. 물론 이것도 파다하게 퍼져 학생들끼리 수군덕거리는 소문 같은 것이다. 그래서 일일이 물어봤더니 사람에 따라 알고 있는 소문이 달랐다. 개중에는 화장실 유령같이 미술실 석고모형이 움직였다거나, 과학실험실에서 포르말린이 든 표본이 어떻게 되었다든가 하는 '어딘가에서 들은 듯한 이야기'도 포함되어 있었다.

그뿐이 아니었다. 우리 반 아이들이나 동아리 선배들에게 수집한 7대 불가사의 가운데는 다른 곳에서 들어본 적이 없는 수수께끼도 있었다. 대부분은 하루가 말했듯 '옛 구역'과 관련이 있었다. 다른 학교에서는 전혀 없을 것 같은, 오직 호쿠토 학원에서만 존재하는 수수께끼다. '옛 구역'과 '수수께끼'. 이 둘은 서로 찰싹 달라붙어 있다. 이건 모방 괴담과는 다르게 정말로 독특하다. 감히 호쿠토 학원 7대 불가사의라고 해도 좋을 듯하다.

사진에도 남아 있듯 일곱 살인 나는 누군가를 따라 호쿠토 학원에 왔을 것이다. 혼자서 걸어가기에는 너무 먼 곳이다. 낮에는 캠퍼스가 개방되어 있어서 수험생들이 견학을 할 수도 있다. 아니면 대학교와 관련이 없는 사람이 산책하러 오는 일도 있었을 거다. 이건 그저 추측일 뿐이지만, 나와 함께 온 그 누군가는 7대 불가사의 소문을 들었던 것은 아닐까? 그래서 캠퍼스를 보러 온 게 아닐까? "이웃집 아이와 놀아주려고 데려 왔어요" 하는 핑계를 대기 위해 나를 끌고 왔던 게 아닐까? 혼자서 가면 아무래도 쉽게 눈에 띌 테니까.

어머니에게 물어봐도 아무것도 기억하지 못하신다. 아무리 생각해도 그게 누군지 모르겠다. 내 이웃 중에 그렇게 호기심이 강하고 색다른 걸 좋아하는 한가한 사람이 있었을까? 그냥 나 혼자만의 상상은 아닌지.

이쯤해서 내가 목록으로 만든 호쿠토 학원 7대 불가사의를 열거하도록 하겠다. 그중에는 '종종 듣는 괴담'과 그리 다르지 않은 것도 있다. 하지만 구체적으로 '옛 구역' 건물과 연결되어 있는 이상 모방 괴담이라고 간단히 여길 수는 없다고 생각한다.

  1. 학교 상징 불가사의

  호쿠토(北斗)는 북두칠성을 의미한다. 그런데 학교 상징에
는 별이 여덟 개가 있고 원으로 되어 있다.

  2. 이리저리 움직이는 대리석상 불가사의

  '새 구역'과 '옛 구역'의 경계는 숲이다. 숲 안에는 사람만
한 크기의 대리석상이 몇 개나 세워져 있다. 그런데 이것이 때
때로 제멋대로 움직여서 자리를 바꾼다. 팔을 올렸다 내렸다
하고, 얼굴의 방향이 달라지고, 소지품이 바뀌기도 한다.

  3. 옛 도서관 불가사의

  중·고등학생은 출입이 금지되어 있지만 옛 도서관 안에는
전쟁 전부터 있던 낡은 장서가 아직도 존재한다. 미로 같은
서고 안에서 사람이 사라진다든가 흑마술 저주에 걸린 책이
숨겨져 있다는 이야기도 있다.

  4. 옛 음악실 불가사의

  '옛 구역' 안에 있는 건물이다. 그곳에 있는 고장 난 파이프
오르간은 치는 사람도 없는데 제멋대로 소리를 낸다. 그 소리
가 들리면 학교에 뭔가 커다란 이변이 일어난다고 한다.

  5. 열리지 않는 예배당 불가사의

  이것도 '옛 구역' 안에 있는 건물. 예배당이라고 하지만 실

제로 전에는 어떤 용도로 쓰였는지 잘 모른다. 이곳과 관련된 섬뜩한 괴담이 여러 가지 있다.

6. 기념박물관 불가사의

'옛 구역' 안에서 이 건물은 아직도 사용되고 있지만 사람이 거의 출입하지 않는다. 일설에 따르면 외국에서 도난당한 채 행방이 묘연해진 유명한 그림이 그곳에 감춰져 있다고 한다.

7. 학원 창립자 불가사의

다이쇼시대(1912~1926)에 호쿠토 학원을 설립한 '기타 다이잔'이라는 인물의 정체가 아리송하다.

7대 불가사의 가운데 1과 7을 제외한 다섯 가지는 '옛 구역'과 관련이 있다. 1과 7은 학교와 관련된 수수께끼다.

사람들에게 들은 이야기를 노트에 옮겨 적으며 정리하다 보니 내용이 너무나도 구체적이었다. 처음엔 그저 호기심으로 시작했다. 하지만 몸이 오싹해질 정도로 이상야릇한 내용이 마구마구 쏟아져나왔다. 그걸 본 나는 더욱더 진지해질 수밖에 없었다.

호쿠토 학원은 창립 90주년을 맞이하는 전통 있는 학교다. 그런 까닭에 구립 초등학교와는 달리 알쏭달쏭한 수수께끼가 전해져 오는 게 당연할지도. 하지만 채 100년도 안 되는 역사인데 창립자가 누구고 학교 상징의 의미가 뭔지도 잘 이해되지 않는다. 피라미드나 야마타이코쿠(2~3세기에 일본에 있었다고 추정되는 나라-옮긴이) 같은 아주 오래된 수수께끼도 아닌데. 곰곰이 생각해보면 수상하지 않은가?

그렇다고 조금만 찾아보거나 물어보면 알 수 있는 문제를 조사도 하지 않은 채 "수수께끼다, 수수께끼다" 하면서 쉽게 말하는 건 아니다. 봄방학이 끝나고 새 학기가 시작되자마자 바로 학교 도서실에 갔다. 학교의 역사를 알아보고 싶다며 사서에게 도움을 요청했다. 그가 건네준 건『호쿠토 학원 80년사』라는 얇은 책 한 권이었다. 하지만 그 안에는 중요한 내용이 전혀 쓰여 있지 않았다. 80년사라고 해도 기록된 역사는 거의 다 전쟁이 끝나 법률이 바뀐 다음부터 지금에 이르기까지의 내용만 적혀 있었다. '옛 구역' 건물이 세워져 있었을 무렵의 일은 항목 별로 겨우 한 쪽만 나와 있었다. 1921년에 여자학교로 설립되었다. 십 몇 년 뒤에는 남자학급도 만들었고, 전쟁이 끝난 후 대학교와 대학원을 포함한 학교법인으로 재편되었다. 달랑 이것뿐이었다.

학교 상징의 유래도 알 수 없었다. 하지만 다행스럽게도 학교 이름이 중국의 고사성어에서 유래했다든가, 교육방침은 '독립자존'이라든가, 현재 총장은 창립자의 증손자가 된다든가 하는 정보가 나와 있었다. 창립자 이름은 기타 다이잔이다. 무슨 사업을 했는지는 모르지만 사업가였고, 큰 부자였다. 기타 다이잔의 경력이나 출신은커녕 사진 한 장 실려 있지 않았다.

사서에게도 이것저것 물어보았지만 "학생은 왜 그런 걸 알고 싶어하지?"라는 질문만 돌아왔다. 왜냐고 물어도 뚜렷한 이유가 없었고, 친하지도 않은 어른에게 집에서 꺼내 온 낡은 사진을 들이밀며 무슨 일인지 설명하는 것도 귀찮았다. 7대 불가사의 이야기를 하면 "별게 다 궁금한 모양이구나" 하며 비웃을 게 뻔하다. 나는 우물우물 얼버무리며 도서관을 나섰다.

어른들은 입만 열면 "아이의 자주성을 존중한다"라고 말한다. 하지만 그 자주성이 자신이 예상했던 것과 다른 방향으로 흘러가면 "쓸데없는 데 신경을 쓰지 마라, 해야 할 일이 있잖니?" 하는 말을 내뱉는다. "공부는?", "그건?", "이건?" 하나하나 지도를 받고 그대로 움직이는 건 자주성이라고 할 수 없다.

결국 어른의 진심은 자기 마음대로 아이를 조종하고 싶어 한다는 거다. 하지만 아이의 행동이 자기 명령이 아니라 아이 스스로 결정한 거라고 믿고 싶어한다. 그렇게 하면 아이가 "당신이 옳다"고 수긍할 거라 생각하기 때문이다.

우리 어머니는 "저녁에 뭐 먹고 싶어? 먹고 싶은 거 만들어 줄게" 하고 물었으면서 내가 "그럼 ○○이 먹고 싶어요"라고 하면 이런저런 핑계를 대고, 결국 자신이 처음에 결정한 메뉴로 요리한다. 그것과 마찬가지다. 결정했으면 일일이 물어보지 말기를. 우리는 어른들이 원하는 대답을 해주기 위해 옆에서 죽치고 있는 게 아니다.

그럴 때 결국 의지가 되는 건 친구들이다. 나는 하루와 다모츠에게 요즘 관심사를 털어놓았다. 둘 모두 재미있다고 말했다.

"조사할 거 있으면 맡겨."

하루는 평소처럼 소곤소곤 말했지만 그래도 흥미를 보였다.

"응. 하지만 도서실에는 아무것도 없었어."

"대학 도서관을 말하는 거야."

"앗. 그렇지만 우리는 이용할 수 없잖아."

"목록은 볼 수 있어. 타당한 이유가 있다면 열람 신청도 가능해. 거기서 책을 가져오려면 시간이 조금 걸릴지도 모르지만."

"헛, 그래? 잘 알고 있네, 하루."

나는 솔직히 감탄했다. 도서실이 중·고등학교 건물 안에 있어서 대학 도서관까지 갈 생각은 못했다. 도서실에 간 것도 만화책을 다 읽고 나서 심심풀이 삼아 공상과학소설을 빌리러 간 것이 전부였다. 숙제를 하거나 백과사전 등 사전류가 필요할 때도 도서실에 갈 필요가 없었다. 기숙사 자습실에 있는 사전만으로도 충분했기 때문이다.

"대학 도서관을 이용하려면 뭔가 합당한 이유가 필요해.

자유연구라든가 동아리 활동이라든가."

"사소한 호기심으로는 안 돼?"

"응. 아마 그럴걸."

"뭔가 그럴듯한 명분을 꾸며내야겠어."

다모츠가 시원스레 말했다. 팔짱을 끼고 잠깐 동안 생각하고 있던 다모츠는 고개를 들어 탁 하고 손가락을 튕겼다.

"그래, 신문을 만들자!"

"그럴까? 동아리 활동이라면 이유가 충분하지."

"하지만 그런 기획이 통할까?"

하루와 얼굴을 마주쳤다. 내가 그렇게 약한 소리를 내뱉어버린 데에는 이유가 있었다.

우리 세 사람은 학보사 동아리에 가입되어 있다. 문화부 동아리가 활개를 치는 호쿠토 학원이지만 학보사도 규모도 크고, 활기차게 돌아가고, 상당히 전통 있는 동아리 가운데 하나다. 학보사는 호쿠토 중학교와 고등학교 공통으로 매주 〈호쿠토 타임스〉라는 8쪽짜리 타블로이드 신문을 발행하고 있다. 동아리 안에서 본지라고 불리는 그 신문을 기획하고 기사를 쓰는 건 대개 고등학생 선배들이다. 우리 중학생들은 견습생이라고 할까, 자질구레한 일만 한다.

학보사에 갓 들어온 중학생들은 신문을 만드는 기초부터 공부한다. 그건 뭐, 당연한 이야기다. 하지만 애써 학보사에 들어왔는데, 2년 넘게 힘쓰는 일 아니면 청소만 하게 되니 의욕도 사라질 법하다. 이러한 마음을 아는지 학보사에서는 중학생 부원에게 본지가 아니고 증간호 같은 걸 만들게 한다. 본지에 끼워 넣는 한 장짜리로. 따로 인쇄한 거라든가, 읽을거리 중심의 특집호라든가, 호외 같은 거라든가. 그래도 어엿한 인쇄물이다. 예산은 물론 학보사에서 나온다. 기획서를 만들어 선배들의 편집회의에서 허가를 받으면 지면을 만드는 게 허용된다.

부원이 많기 때문에 별도 인쇄물을 만드는 기회도 '좁은 문'일 수밖에 없다. 중학교 3학년은 입시 준비를 하지 않아 동아리를 그만두는 일도 없다. 2학년인 우리에게 기회가 돌아올 가능성은 그다지 높지 않다. 의욕적인 학생은 처음부터 고등학생 선배와 친분을 쌓아둔다. 편집회의에서 허가 받느냐 받을 수 없느냐는 선배들의 영향력에 크게 좌우된다는 이야기다. 신문을 만드는 일은 전부터 관심이 있었다. 하지만 기획이나 문장이 좋은지를 평가받는 게 아니라 아첨을 잘하는 쪽이 이기게 되어 있는 구조다. 이건 농담이 아니다. 그 탓에 조금씩 의욕을 잃어가던 참이다.

"그런 거 신경 쓸 필요 없어. 편집회의에 통과 안 된다고 해도 기획 입안 단계에서는 조사를 해야 하잖아? 그럴듯한 명분이 되지 않을까? 편집회의에 통과되지 못한다 해도 벽신문을 스스로 만들거나 복사지를 돌릴 수도 있고."

음, 확실히 학보사에서 내려고 하니까 편집회의 같은 걸 신경 쓰는 거다. 정규 동아리 활동이 아니라 우리만의 동호회를 만들면 아무 문제 없을 것이다. 여기서 하나 덧붙이자면 동아리와 동호회의 차이는 학교에서 예산이 나오냐 나오지 않느냐, 동아리방을 배정받느냐 받지 못하느냐에 있다. 단순한 동호회라면 신청서를 내고 담임선생님과 학생주임 선생님에게 허가 도장을 받으면 된다. 대신 종이 값과 복사비를 전부 부담해야 한다.

"스스로 제작한다, 명분이 좀 약하지 않을까?"

"어떻게 생각해, 하루?"

"해보지 않으면 뭐라고도 말할 수 없지."

하루다운 신중한 대답이었다.

"그럼 그다음에는 인터넷이지."

"우리 도서실에도 없는 정보가 외부에 있을까?"

"그건 해보지 않고는 몰라."

호쿠토 중·고등학교에는 휴대전화는 물론 개인용 컴퓨터도 가지고 들어갈 수 없다. 컴퓨터를 쓰는 수업도 있지만 배우는 내용과 연관이 없으면 인터넷 접속이 불가능하고 수업 중에 들어가지 말라는 웹사이트에 마음대로 들어갔다가는 큰일 난다. 도서실과 자습실에 설치된 학습용 컴퓨터는 늘

학생들로 복작복작하다. 두 곳 모두 '위험한 웹사이트에는 연결할 수 없습니다'라는 문구에서 알 수 있듯이 규제 소프트웨어가 설치되어 있다. 하지만 딱히 야한 웹사이트나 범죄와 관련된 사이트를 들어가는 게 아니라서 문제는 없을 거다.

"자리 잡는 건 나한테 맡겨. 인터넷 검색도 늘 쓰는 검색엔진에 들어가서 키워드 선택만 잘하면 뭐 하나라도 건질 수 있어. 하루라면 분명히 뭔가 찾아낼 거야."

이런 낙관적이고 적극적인 성격이 다모츠의 장점이다. 성미 급한 내가 제멋대로 정신없이 날뛰고, 신중한 하루가 생각에 빠져 꼼짝하지 않을지라도 다모츠가 당당하게 잘라 말하면 왠지 모르게 '그게 그렇겠구나!' 하는 기분이 든다. 아버지가 신문기자인 다모츠는 언론인을 지망한다고 하는데 오히려 정치가가 어울릴지도 모르겠다.

"하루가 조사하는 동안 아키는 대강이라도 신문 기획서 같을 걸 써둬."

"엇, 내가?"

"말을 꺼낸 건 너잖아."

"그렇긴 하지만…… 아직 별로 쓸 것도 없고."

"그래도 일단 시작해. 어쩌면 대학 도서관에 자료를 요청할 때 신문 기획서가 있는 게 이야기가 잘될지도 몰라. 그런 다음에 이런 기획을 생각했다고 학보사 선배한테 보여주고 상담해보자. 의외로 재미있다며 회의에서도 무난하게 통과될지 몰라."

"선배라니 누구한테?"

"후와 여사지. 달리 누구겠어?"

여기서 잠깐 설명하면, 후와 여사는 고등학교 2학년 A반의 후와 소라미를 말한다. 세 사람의 학보사 부부장 가운데 한 사람이다. '하늘은 모든 것을 다 주지는 않는다'라는 속담이 무색할 정도로 대단한 여자다. 키는 170센티미터에 허리까지 닿는 찰랑거리는 까만 머리, 모델을 해도 손색이 없을 정도로 세련되고, 예쁘다. 성적은 전국 모의고사에서 전체 10등 아래로 떨어진 적이 없다. 학보사 주필로 열심히 기사를 써대고, 고등학교 1학년 때 도쿄 영어 웅변대회에서 은메달을 땄다. 운동은 그다지 못한다고 하면서 취미가 양궁이란다. 체육대회를 나가면 단거리달리기부터 이어달리기까지, 구기종목에서 반을 우승시키는 정도는 아무렇지도 않게 해낸다. 말하자면 '미스 호쿠토 학원'이다.

후와 여사가 더욱 대단한 점은 그런 슈퍼 고등학생이면서 잘난 체를 하거나 도도하게 굴지 않는다는 것이다. 뒤에서 빈정거리는 녀석이 없는 건 아니지만, 상당히 인망이 두터워 학생회 선거에 나서면 회장은 확실하다는 말을 듣는다. 하지만 본인은 전혀 그럴 마음이 없어 보인다. 그녀의 인기 덕분에 학보사에 들어오기를 희망하는 학생이 더더욱 늘어났고 올 1학년 신입 부원은 결국 시험에서 추려질 정도였다. 팬은 학년이 낮은 학생부터 대학교수까지 수없이 많다. 그중에는 뭔가를 감추려는 듯한 아오키 다모츠도 들어 있다. 그 사실을 놀리면 다모츠가 정색을 하고 화를 내기 때문에 나와 하루는 모르는 체하고 있지만.

하지만 다모츠가 "후와 여사에게 상담하자" 하고 말한 건 딱히 혼자 짝사랑을 하기 때문만은 아니다. 작년에 후와 여사는 고등학교 1학년에 올라가서 학보사 부부장을 맡았다. 그녀가 학보사 총회에서 제일 처음 의제로 들었던 건 현재처럼 증간과 별쇄의 형태가 아니라 〈호쿠토 타임스〉 중학교판을 창간해서 중학생에게 맡기자는 개혁안이었다. 예산 부족을 핑계로 개혁안의 채택을 망설이는 부장과 다른 부부장들을 적으로 삼고, 혼자서 당당하게 논리를 펼치는 후와 여사를 보며 우리 신입 부원들은 눈이 휘둥그레졌다. 대부분 남몰래 성원을 보냈을 게 분명하다. 하지만 결국 학보사 상층부의 찬성을 얻지는 못했고 "중학교판은 시기상조야. 단, 앞으로는 하급생의 기획을 좀 더 적극적으로 받아들이는 방향으로 가자" 하는 모호한 결론을 얻는 데 그쳤다.

"후와 선배님, 고맙습니다."

당시 회의가 끝나고 나서 상급생인 후와 여사를 불러 세운

다음, 기죽지 않고 인사를 한 다모츠 역시 상당히 강심장이다. 그런데 방긋 웃으며 후와 여사가 한 말에 우리는 모두 화들짝 놀라고 말았다.

"중학교 1학년 C반의 아오키 다모츠 군. 네가 학보사에 들어올 때 쓴 앙케트를 보고 과연 하고 생각해서 제안해본 거야. 근데 안타깝게도 내 힘이 모자라는구나."

학보사에 들어올 때 쓴 '내가 학보사에서 하고 싶은 일'이라는 앙케트에 다모츠는 〈호쿠토 타임스〉 중학교판을 만들고 싶다고 썼던 것이다. 비록 실현되지는 못했지만 적어도 후와 여사와 친분은 쌓게 되었다. 우리는 현명하게 학급에서도, 학보사에서도 그러한 사실을 퍼트리지는 않았다.

"앞으로도 뭔가 생각나는 게 있으면 나한테 알려줘."

후와 여사가 말했다. 간신히 만든 친분은 이런 때 활용해야 한다. 원래 대학 도서관에서 자료를 빌릴 명목으로 생각한 기획이지만 조사해서 재미있는 사실이 나오면 정말로 신문에 실으면 된다. 하루와 다모츠가 대학 도서관의 목록을 검색하는 동안 나는 웅웅 하고 신음하며 '호쿠토 학원 7대 불가사의 탐구'라는 취재 기획서를 준비했다. 그런 다음 셋이서 함께 동아리방에 있는 후와 여사를 찾아갔다. 그게 지난주 일이었다.

결론부터 먼저 말하면 후와 여사는 이야기에 전혀 흥미를 보이지 않았다. 기획이 재미있어 보이지 않는다고 했다. '기획서 쓰는 방식이 안 좋았나' 하고 생각했지만, 그녀는 7대 불가사의라는 말을 듣자마자 기분 나쁜 듯 눈썹을 찡그렸기에 적어도 내 탓은 아닌 듯했다. 선배의 그런 표정을 본 나와 하루는 뒷걸음질 칠 수밖에 없었다.

"어디가 재미없습니까?"

다모츠는 주눅 들지 않고 물고 늘어졌다. 그것도 부루퉁한 얼굴이 아니라 빙글빙글 웃으면서. 새삼 생각하는 것이지만, 다모츠의 저런 태도는 정말 대단하다. 하지만 후와 여사는 변함없이 불쾌한 표정으로 발안자인 나의 가슴을 푹 찌르는 듯한 말을 했다.

"유치해. 7대 불가사의나 학교 괴담 같은 건 초등학생 수준의 이야기라고 생각하지 않아?"

나는 나도 모르게 "유치해서 안 좋았구나" 하고 중얼거렸다. 옆에서 하루가 팔을 붙잡고 잡아 당겼다. 나는 곧바로 입을 다물었지만, 다모츠는 여전히 싱글벙글하며 말했다.

"그렇습니까? 유치한가요? 우리가 외부 초등학교 출신 때문일지도 모르지만 의외로 이 학교에 대해 모르는 게 많다고 생각하고 있거든요. 학교 역사라든가, 캠퍼스 내부라든가."

"음, 그럴지도 모르겠구나."

"게다가 이 학교는 다른 곳과 여러 가지 점에서 차이가 납니다. 도쿄 안에 이렇게 넓은 캠퍼스가 있다는 건 들어본 적이 없어요. 더구나 그 절반이 사용되지 않고 있다니.”

“그래? 그래서?”

“그래서 7대 불가사의를 키워드 삼아 흥미를 불어넣으면 어떨까 해요. 애교심을 심어주려면 학교에 대한 관심과 지식이 필요하잖아요. 진리는 우리를 자유롭게 하고요.”

다모츠는 호쿠토 대학교의 상징에 새겨 있는 신조를 인용했다. 내가 7대 불가사의 가운데 가장 첫손에 꼽은 것은 ‘학교 상징에 별이 여덟 개 있다’라는 것이다. 상징은 유치원에서 대학교까지 똑같지만, 색깔과 모양이 조금씩 다르다. 대학교의 상징에는 흰색 글씨에 검정색이 테두리를 둘렀고, 별 바깥쪽에 교훈이 라틴어로 똑똑히 쓰여 있다.

‘veritas liberat. 진리는 우리를 자유롭게 한다.’

“진리는 그렇지.”

후와 여사는 고개를 끄덕이고 어깨를 움츠렸다.

“하지만 7대 불가사의는 진리가 아냐. 터무니없는 소문일 뿐이지.”

“소문을 파헤치면서 진리에 도달하는 겁니다. 예를 들면 세이케가 다녔던 초등학교에는 아이들이 종종 떨어져서 다치는 계단이 있었는데…….”

다모츠는 전에 내가 이야기해주었던 ‘계단 괴담’을 끄집어

냈다. 후와 여사는 조금 구미가 당기는 듯 귀를 기울였지만 다 듣고 나서는 고개를 가로저었다.

"수수께끼를 명쾌하게 풀 수 있다면 좋겠지만, 꼭 그렇게 되는 건 아니잖아? 기사를 읽은 사람의 머릿속에는 괴담 같은 7대 불가사의만 남고, 학보사가 그 소문이 사실이라고 했다고 생각할걸. 그런 건 결코 바람직한 일이 아니야. 그리고 너희가 쓴 기사를 읽고 재미있다고 여긴 학생이 마음대로 '옛 구역'에 들어가는 일도 있을 수 있어. 그곳에 남아 있는 오래된 건물은 문화재로서 가치가 있는 것 같은데 그게 훼손되면 어쩔 거니? 만약 건물 안에 들어갔다가 다치기라도 하면 너희가 책임을 질 거야?"

그렇게까지 말할 수 있나. 나는 소스라치게 놀랐다. 학생이 다칠지도 모르는 위험한 건물을 학교 안에 방치한다면 그건 관리자인 학교 책임 아닌가! '옛 구역'은 철조망으로 폐쇄되어 있지 않다. 그걸 그런 식으로 위협하고 상대의 행동을 규제하려고 하다니, 완전히 어른의 논리가 아닌가?

잡일만 하던 하급생 부원을 신문 만드는 일에 어느 정도 참여할 수 있게 하자고 제안한 선배가 그런 말을 하다니! 실망했다기보다 믿을 수가 없었다. 다모츠도 이 말에는 새파랗게 질린 얼굴로 잠자코 있었다. 후와 여사는 어느 정도 말투를 바꿔서 달래는 듯한 표정으로 입을 열었다.

"아이디어는 좋아. 특히 호쿠토 학원에 아직 적응이 안 된 외부 학교에서 입학한 학생이 학교를 소개하는 건 필요하다고 생각해. 독자의 흥미를 끄는 데 괴담 같은 화제로 시작하는 것도 나쁘지 않아."

"아아……."

"물론 오해를 주지 않도록 문장에 신경 쓴다면 본지에서 연재기획으로 다룰 수 있을 정도는 돼. 만약에 회의에서 통과되면 너희가 팀원으로 들어와줄래?"

조금 전이었다면 기뻐서 날뛰었겠지만 우리는 약속이라도 한 듯 신음하며 모호한 반응만 보였다. 우리를 달래서 7대 불가사의 기획에서 알맹이만 쏙 빼앗고, 선배의 지시에 따르게 하려는 꿍꿍이가 노골적으로 드러났기 때문이다. 대화를 시작할 때 불쾌함 따위 잊어버린 듯 그녀는 평소처럼 생글거리는 표정을 지었지만, 그 모습이 오히려 부자연스럽게 느껴져 나는 견딜 수가 없었다.

"조금만 더 생각해보겠습니다."

물러나는 우리를 문까지 배웅하는 후와 여사는 되풀이해서 말했다.

"그렇게 적극적으로 기획을 생각해낸 건 굉장히 바람직한 자세야. 앞으로도 뭐든지 나한테 이야기해줘. 그저……."

마지막으로 뭔가 말하려다가 선배는 망설였다.

"그저 뭡니까?"

"아무것도 아냐. 또 이야기하자. 아오키 군, 세이케 군, 가츠라 군."

우리는 기숙사 방으로 돌아왔다. 얼굴을 맞대고 의논할 필요도 없이 결론에 도달했다. 후와 여사는 7대 불가사의보다 '옛 구역'을 화제로 삼는 걸 꺼려 하는 게 아닐까? 문화재로서 가치가 높은 건물이 있다면 그걸 관리도 하지 않은 채 방치해두는 게 애초에 이상하다. 들어가서 다친다는 말은 바닥이 푹 꺼져버렸거나 천장이 너덜너덜 떨어진 폐허라는 뜻인가? 문화재인가, 폐허인가. 어느 쪽이란 말이야?

"'옛 구역'에는 우리 외부 출신 학생들이 모르는 어떤 비밀이 있는 거야. 그 점에 학생들의 관심을 쏟게 하고 싶지 않은 거지. 그래서 7대 불가사의를 화제로 올렸더니 곤란해하는 거야."

나는 단언했다.

"하지만 뭘?"

"그런 게 뭔지 생각만 하면 소용없어. 자기 눈으로 확인하는 수밖에."

나는 거침없이 대답했다. 하지만 하루는 그 전에 조사할 수 있는 만큼 조사하고 싶다며 반대했다.

"시시한 소리 지껄이지 마. 백문이불여일견이라는 말도 있
잖아."

"처음 가는 장소에 불쑥 가서 뭘 알 수 있는데? 도서관이든
음악당이든 우리가 제대로 본 적도 없잖아."

"어디에 뭐가 세워져 있는지 정도는 정문 옆 안내도에 그려
져 있잖아."

하루는 무릎 위에 파일을 열더니 복사지 몇 장을 펼쳐 보
였다.

"아키, 똑똑히 확인해본 적 없지?"

"뭘?"

"이건 정문 옆 캠퍼스 안내도, 이쪽은 중학교 안내 팸플릿
에 실려 있는 그림, 그리고 호쿠토 학원 공식 웹사이트에 올
라 있는 캠퍼스 맵. 비교해봐."

그 말을 들은 뒤 우리는 기숙사 바닥 위에 지도 석 장을 늘
어놨다. 그러고 나서야 히루의 이야기를 이해할 수 있었다.

"많이 달라……."

우리 중·고등학교와 '새 구역'의 대학교 건물은 그 무엇도
별반 다르지 않았다. 건물의 윤곽이 세세히 표현되어 있느냐,
간략한 위치와 대강의 크기가 표시되어 있느냐 하는 정도의
차이였다. 하지만 '옛 구역'은 제멋대로였다. 정문 옆의 안내
도에는 '옛 구역'의 건물 위치는 표시되어 있어도, 이름은 전

혀 쓰여 있지 않았다. 또 학교 안내 팸플릿에는 유서 깊어 보이는 도서관과 음악당 사진은 실려 있지만, 지도상의 위치는 전혀 달랐다. 인터넷에 있는 지도에는 '옛 구역'은 전부 초록색으로 빈틈없이 칠해져 있었다.

"왜 이렇게 되어 있을까……."

"그게 궁금해."

"하지만 이런 지도 같은 건 믿을 수 없어. 들여다봤자 소용없잖아. 역시 백문이불여일견이야, 그렇지?"

"'옛 구역'에 들어가 봤자 건물 생긴 거밖에 볼 수 있는 건 없어."

"해보지도 않고 단정 짓지 마."

"거기까지. 내 생각을 말할게."

다모츠가 오른손을 들었다.

"하루, 조사는 연휴까지야. 연휴가 끝나면 '옛 구역'에 들어간다. 단, 작전은 밤에 하자. 아무한테도 들키지 않고 기숙사를 빠져나가는 수밖에 없어."

"엇……."

"하지만……."

나와 하루는 동시에 입을 열었다. 다모츠가 다시 오른손을 들고 말을 이었다.

"하루. 조사하는 건 좋지만 대학교 도서관 열람 신청은 그만둬. 인터넷 검색도 학교에서 하지 말고 역 앞의 인터넷카페를 이용하고. 아키도 방과 후 '옛 구역' 주변을 어슬렁어슬렁 돌아다니지 마. 그리고 7대 불가사의에 대해선 학교에서 입도 뻥긋하지 말고."

"도서관이나 학교 컴퓨터를 사용하면 우리가 조사하고 다닌다는 걸 누군가한테 들킨다는 소리야?"

"학교에서 화제로 삼으면 안 된다고…… 근데, 나 반 아이들한테 마구 떠들고 돌아다녔어."

"괜찮아. 하지만 앞으론 까맣게 잊어버린 얼굴을 해. 선배가 한 말을 듣겠다는 식으로."

"다모츠. 학교에서도 얘기하지 말라는 건 설마……."

"내 생각이 틀렸으면 좋겠어. 아무튼 조심해서 나쁠 건 없지."

다모츠는 부루퉁한 표정으로 어깨를 움츠렸다.

"7대 불가사의와 '옛 구역'을 파헤치는 건 금기라고 생각하는 사람이 후와 여사 혼자뿐이라면 아무 문제 없어. 학보사와는 상관없이 움직여도 된다는 거야. 조사해보고 뭔가 재밌는 게 나오면 자유연구보고서라도 쓰고, 동호회를 만들어 벽신문을 게시판에 붙이면 돼. 하지만 만약에 그렇지 않다면. 우리 외부 학교 출신들은 모르지만, 호쿠토 토박이들은 모두 알고 있거나 뭔지 몰라도 최소한 건드려서는 안 된다는 걸 느끼고 있는, 그런 부분이 있다면."

"그게 호쿠토 학원 전체의 의지라는 뜻이야?"

하루가 모기만 한 목소리로 중얼거렸다.

"우리가 모르는, 하지만 확실히 존재하는 암묵적인 규칙……."

"그래. 그런 경우 우리는 학교 전체를 적으로 삼게 돼."

"잠깐 기다려. 호쿠토 학원은 비밀결사대야?"

나는 웃어넘기려고 했지만, 뜻대로 되지 않았다. 겨우 몇 분 전에 들었던 후와 여사의 말과 함께 묘하게 딱딱하고 부자연스럽게 느껴진 표정이 기억에 되살아났다. 그녀는 평소와는 전혀 다른 사람 같았다. 비밀결사대. 그게 진짜라면 농담으로 끝날 일이 아니다. 학생 전원이 기숙사 생활을 하는 학교에서 우리는 거의 24시간을 그 안에 있을 수밖에 없다. 새 학기가 시작된 지도 얼마 안 되었고, 퇴학을 당할 각오가 없다면 빠져나가는 것도 불가능하기 때문이다.

"물론 다른 길을 선택할 수 있어. 이 화젯거리는 잊고 학보사원으로서 금기를 건드리지 않고, 좀 더 건전한 주제를 발견하도록 노력하는 거지."

"후와 여사는 그걸 기대하고 있지 않을까."

"금기와 암묵적인 규칙이 존재한다면 학보사는 당연히 그걸 유지하기 위해 활동해야겠지."

나는 갑자기 입을 꾹 다문 하루와 다모츠를 번갈아 쏘아 봤다.

"그런 거 난 싫어!" 하고 선언했다.

"너희가 그만두는 걸 말릴 순 없지만, 나 혼자서라도 7대 불가사의를 파헤칠 거야."

그렇다. 애초에 내가 집에서 발견한 옛날 사진 한 장에서 비롯된 일이다. 그리고 '옛 구역'이 정말로 들어가기 곤란한 장소라면 어떻게 다섯 살인 나를 그런 곳에 데려갈 수 있었을까? 그 사람은 누구였고, 무엇 때문에 갔던 걸까? 점점 더 아리송해졌다. 그저 특이한 걸 좋아하거나 호기심 때문이었을까? 궁금했다.

"나도 이런 어중간한 상태에서 포기하는 건 싫어……."

하루가 바닥을 내려다보며 소곤소곤 속삭였다.

"규칙이라면 그걸 확실하게 제시해줘야지. '옛 구역'을 조사하는 게 곤란하다면 이해할 수 있는 확실한 이유가 있어야지. 이유 같지 않은 이유로 그만두는 건 안 될 말이야."

"결정됐네."

다모츠가 엄지손가락을 세웠다.

"우리는 호쿠토 학원의 7대 불가사의의 조사를 결행한다. '옛 구역' 답사도, 교칙 위반도 두렵지 않아. 가는 길에 어떤 방해물이 나타나더라도 전진할 뿐이다."

"괜찮겠어, 다모츠?"

나는 다시 한 번 다짐을 받았다.

"뭐가?"

"동경하는 선배의 지시에 정면으로 거스르는 일을 하는 거 말이야."

흥 하고 다모츠가 콧방귀를 뀌었다.

"처음부터 각오했어."

그런 까닭으로 우리는 지금 한밤중에 '옛 구역'으로 발을 들여놓게 되었다.

정체불명의 침입자

'옛 구역'이라고 해서 뚜렷하게 경계선이 그어져 있는 건 아니다. 그저 그곳부터 안쪽은 지독하게 짙푸른 나무가 빽빽이 들어차 있어서 낮에도 새까맣게 보일 뿐이다. 전망이 트여 있지 않기 때문에 모르는 사람에게는 그곳이 캠퍼스의 가장자리처럼 보인다. 길다운 길은 없다. 그래서 평소에 학생이 왔다 갔다 하는 시간에도 그곳으로 들락날락하는 모습을 본 적이 없다.

물론 사용되는 시설이 없기 때문에 사람이 출입하지 않는 것이 당연하다. 하지만 그건 '옛 구역'에 발을 들여놓는 게 금기라서 그렇게 보인 것 아닐까? 그런 규칙이 존재하는 건 아닐까? 우리 외부 학교 출신들이 소수파라는 건 잘 알고 있다.

그렇다면 호쿠토 학원은 금기를 입 밖에 내서는 안 된다는 규칙을 알고 있는 사람과 모르는 사람, 둘로 나누어지는 건 아닐까?

확인된 건 아니다. 의심하고 있다고나 할까. 아직은 가설 단계라고 말할 수 있지만, 어쩐지 불안하고 으스스하다. 당연하지 않나. 탄탄한 돌로 만들어진 건물인 줄 알았는데, 뒤편으로 돌아가 보니 베니어판에 막대기를 지지대로 세운 것이었다는 속임수 같다. 입학한 지 얼마 안 된 때였다면 나는 "이런 어처구니없는 학교에 다닐 수 없어"라며 난리를 피웠을 것이다. 부모님이 뭐라고 잔소리를 퍼부어도 잽싸게 도망쳤을지도 모른다.

어쨌든 나는 벌써 1년이나 이 학교에서 생활하고 있다. 가장 사이가 좋은 친구는 하루와 다모츠이지만 둘 말고도 친구는 여럿 있다. 규칙은 좀 까다롭지만 부모님 곁에서 떨어져 지내는 기숙사 생활과 선생님들의 수업방식이 싫지 않다. 학생 수가 적어서 골고루 지도할 수 있는 여유가 있어서인지도 모르지만, 수업 방식이 서투르거나 무기력한 교사는 없다. 어느 교과든 암기나 주입식 교육보다는 응용하는 원리와 사고방식부터 가르쳐준다. 지난 여름방학에 구립 중학교와 다른 사립 중학교에 간 초등학교 동창생들을 만나 여러 가지 이야기를 들어봤는데, 여러 학교에 무기력하고 멍청한 교사들이 꽤 있는 듯했다. 그런 학교에 비하면 호쿠토 학원의 '독립자존'이라는, 학생의 의욕과 자주성을 존중하는 교육방침은 겉으로만 내세우는 거짓말이 아니라는 생각이 든다.

대학교에 그대로 올라갈지는 아직 모르겠지만(당연히 성적 문제도 있고, 희망한다고 갈 수 있는 게 아니다. 대학 정원은 고등학교 졸업생 숫자보다 적다) 적어도 고등학교 졸업은 여기서 할 생각이다. 솔직히 말하면 나는 호쿠토 학원을 상당히 좋아한다.

그런데 마음에 드는 이 학교가 사실은 도무지 영문을 알 수 없는 비밀결사대 같은 조직이고, 자신은 그 안에서 아무런 저항도 하지 못하는 외부인이라고 가정해 보자. 중요한 순간에 차별을 받고 소외를 당한다면 얼마나 열 받을까? 가정일 뿐이지만, 그렇게 구분하는 짓은 처음부터 하지 말았어야 한다. 같은 학교의 학생을 둘로 구분한다는 건 교활하고 실망스러운 일이기에 앞서 배신인 것이다.

우리가 7대 불가사의를 서둘러 조사하기로 결정한 건 꼬맹이의 단순한 고집과 호기심 때문만은 아니었다. 아니, 어쩌면 어느 정도 고집이 영향을 미쳤는지도 모르겠지만. 만약에 정말로 학교에 그런 암묵적인 규칙이 존재한다면 그걸 파헤쳐서 백일하에 드러내야 속이 풀릴 것 같았다. 그것이 '독립자존'이라는 호쿠토 학원의 교훈을 배신한 학교에 대해 우리 외부 학교 출신들이 제시할 수 있는 문제 해결 방식이다.

하지만 그것은 우리의 의욕일 뿐이었다. '새 구역'과 '옛 구역'을 구분 짓는 숲을 밤에 지나가기에는 적합하지 않다는 사실이 금세 분명해졌다. 뒤돌아보니 철근 콘크리트로 된 대학교 건물이 나무 사이로 보이고, 유리창 행렬이 수은등의 새하얀 불빛을 반사하고 있었다. 새까맣게 우거진 숲 속에 딱 한 발 내딛었을 뿐이지만 그곳은 전혀 다른 별세계였다. 여기까지 걸어오는 사이에 눈은 밤의 어둠에 완전히 익숙해졌다고 생각했는데 어둠의 정도가 영 딴판이었다. 그림 형제의 동화 속에 등장하는 나쁜 마법사나 늑대, 산적 등이 나올 듯한 숲이랄까.

앞이 잘 보이지 않을 뿐만 아니라 바닥에 쌓인 낙엽에 발이 푹푹 빠져서 걷기가 어려웠다. 낙엽 밑에서 몸부림치는 뿌리에 발이 걸려 넘어질 것만 같았다. 나뭇가지에 얼굴을 긁히고, 흔들흔들 맥없이 늘어진 담쟁이덩굴에 몸이 감기고, 부엉이들은 위협하듯 부엉부엉 울고 있었다.

"위, 위, 위험해!"

"아키. 이 바보야. 매달리지 마."

"둘 다 큰소리를 내면 안 돼."

"우와왓. 발부리가 걸렸어!"

"얼간이."

"시끄러워……."

“쉿!”

어렵게 앞으로 나아갔다. 이곳은 동화 속 마법의 숲도 아니고 후지산 산기슭의 삼림도 아니었건만, 상당히 오랫동안 걸을 것 같아 시계를 보면 기껏해야 10~15분 정도 지나 있었을 뿐이다. 맨 앞에서 걸어가던 내가 소리를 쳤다.

“아, 저쪽은 좀 밝다. 숲이 끝나가.”

“여기서 뛰지 마. 까딱하다가는 방향을 잃을지도 몰라.”

“나침반을 챙겨왔어. 걱정 마.”

땅바닥이 부드러워서 발소리가 제대로 들리지 않는 게 다행이라고 생각하며 나는 성큼성큼 앞으로 나아갔다. 빽빽하던 두꺼운 나무줄기가 성긴 느낌이 들더니 문득 시야가 확 트였다는 걸 깨달았다. 저쪽에는 수은등이 없는데도 밝게 보이는데. 그만큼 숲이 어두웠던 걸까? 눈앞에 무성하게 우거진 초지와 저편에 세워진 커다란 건물이 보였다. 딱 잘라 말할 수는 없지만 벽이 붉은 빛을 머금고 있는 듯한 기분이 들었다. 정면에 돌계단이 있고 그 위에 커다란 문이 있다.

“옛 도서관이다……”

숲에서 거의 다 나올 즈음 나는 발길을 멈추고 중얼거렸다. 드라마에서 나오는 것처럼 도서관을 보는 순간 갑자기 다섯 살 때의 기억이 되살아날 리 없었다. 학교 안내 팸플릿에 떡 하니 사진이 실려 있었기 때문에 거기서 처음 봤을 뿐이다.

사진과 달리 그 건물은 벽에 담쟁이덩굴이 휘감겨 있지 않았지만 성이나 교회처럼 빨간 벽돌과 하얀 돌로 만들어져 있었다. 나는 끌어당겨지듯 막 내달리려던 참이었다. 만약 다모츠가 내 뒤에서 어깨를 붙잡고 막지 않았다면, 혹은 정신을 다 잡는 게 몇 초 정도 더 늦었다면 그대로 옛 도서관을 향해 숲에서 뛰쳐나갔겠지.

사람이 있었다. 아니, 정확히 말하자면 눈에 들어온 건 하얀 빛의 동그라미였다. 그것은 우리의 왼쪽, 다시 말해 옛 도서관을 둘러싼 초지 부분인 남쪽에서 나타났다. 풀을 밟는 발걸음 소리가 몹시 크게 들렸다. 우리는 숨을 죽여 가며 나무 그늘로 몸을 숨겼다.

숲에 들어올 때 주머니에 들어 있던 손전등을 켤까 말까 망설였는데 켜지 않고 그대로 걸어온 것이 다행이었다. 하루에게 손전등을 켜자고 했으면 아마 난리가 났을 것이다. 솔직히 의논하는 것 자체가 귀찮았다. 어두침침해도 눈이 익숙해지면 나을 거라고 생각하고 있었다. 그렇지 않았다면 저쪽에 있는 누군가와 틀림없이 딱 마주쳤을 것이다.

상대는 우리가 이렇게 가까이 있다는 걸 전혀 모르는 듯 손전등으로 옛 도서관을 빙글빙글 비추고 있었다. 쳇 하고 혀를 차는 소리가 귓가에 들려왔다. 한밤에 캠퍼스를 한 바퀴 돌며 순찰하는 경비원일까? 굳이 아무도 없는 '옛 캠퍼스'

까지 둘러보는 이유는 뭐지? 사람의 그림자가 옛 도서관의 정면에 있는 문을 향했다. 타박타박 계단을 오르며 손전등을 이리저리 흔들고 있는 것처럼 보였다. 손전등의 환한 불빛 덕분에 도서관이 또렷이 보였다.

"……틀렸나."

그는 잠시 동안 그렇게 있다가 분한 듯 지껄였다. 이윽고 쳇 하며 혀를 차는 소리가 들렸다. 젊은이는 분명 아니지만, 노인이라 하기에도 어려운 남자의 목소리였다. 계단을 내려간 남자는 불빛을 옛 도서관 벽에 비춘 채 옆쪽으로 돌아갔다. 모습이 보이지 않게 되었을 무렵 우리는 서로 눈길을 주고받았다.

'……어떡하지. 이대로 도망칠까, 아니면 기다릴까?'

입으로 말하지는 않았지만 모두가 이런 물음을 머릿속에 떠올렸을 게 분명했다. 어쨌든 우리는 세 사람이었다. 조급하게 뛰어나가다가 발소리 때문에 들킬지도 모른다. 그것보다는 그 남자가 완전히 사라질 때까지 몰래 지켜보는 편이 좋을지도 모른다. 하지만 기다릴 틈도 없이 남자는 바로 돌아왔다. 옛 도서관 주위를 한 바퀴 돈 게 아니라 잠깐 옆으로 돌아갔던 것뿐이었다.

그는 다시 한 번 계단으로 올라가 문 앞에 서서 그곳을 불빛으로 비춰 봤다. 상당히 끈질기게 구석구석까지. 까맣게 칠한 철 띠에 두꺼운 징이 박힌, 튼튼해 보이는 문은 우리가 있는 곳에서도 보였다. 그가 손잡이를 붙잡고 다시 거칠게 흔들었다. 꿈쩍도 하지 않을 것 같던 문이 덜컹덜컹하며 조금씩 움직였다. 하지만 열리지는 않았다.

"……젠장."

남자는 욕을 내뱉으면서 쾅 하고 문을 발로 찼다. 분이 아직 안 풀렸는지 침을 뱉고 나서야 물러났다. 우리가 들킬 염려는 없는 듯했다. 아니, 그것보다는 이런 밤늦은 시각에 자기 이외의 사람이 있을 거라고는 상상조차 못 한 게 맞겠지. 아무리 그래도 그렇지, 저렇게 난폭하게 구는 걸 보면 분명 좋은 사람은 아닌 듯하다. 적어도 순찰을 돌고 있는 경비원이 아닌 건 확실하다. 어쩌면 도둑인지도 모른다. 그렇다면 우리가 이렇게 숨어 있을 이유도 없는데.

"우리 셋이서 차라리 저 사람을 붙잡아버릴까……."

그럴 마음이 전혀 없었지만, 나는 떠오른 생각을 무심코 중얼거렸다. 하루는 화들짝 놀란 듯 눈을 동그랗게 뜨고 나를 바라봤다. 다모츠는 내 손목을 꽉 붙잡고 얼굴을 귓가에 가까이 대고 속삭였다.

"너, 바, 보, 냐!"

"뭐라고?"

"붙, 잡, 아, 서, 어, 쩔, 건, 데!"

"그러니까 도둑이라면…….."

"저기 말이지. 우리도 나가서 들키면 위험한 건 마찬가지잖아!"

목소리가 조금씩 커지고 있었는지도 모른다. 아무 말도 없는 하루가 두 손을 뻗어 우리의 어깨를 움켜잡고 나무 그늘로 끌고 들어갔다. 거의 간발의 차이로 숲 가장자리를 빛의 동그라미가 훑으며 지나갔다. 옛 도서관 문을 발로 찬 사람이 어느새 우리 쪽으로 걸어오고 있었다. 어슬렁어슬렁 산책하고 있는 듯한 발걸음이었다. 그대로 숲으로 들어가려고 하나? 들고 있는 손전등의 불빛은 엄청나게 밝았다. 걸으면서 여기저기 비춘다면 틀림없이 들킬 것이다!

그 사람은 숲 앞에서 멈췄다. 딸꾹 하고 딸꾹질을 한 번 하더니 무성하게 우거진 나무 사이를 손전등으로 비추었다.

"뭐야, 이건!"

쓰디쓴 음식을 입에 넣은 것처럼 인상을 찌푸리며 남자가 지껄였다.

"빈터 안에 왜 이런 숲이 있는 거야. 땅을 쓸데없이 낭비하는 것도 정도가 있지. 바보가 따로 없네. 우스꽝스워!"

그 사람이 커다란 소리로 혼잣말을 하는 사이 우리는 나무줄기의 그늘 속에서 숨을 죽이고 있었다. 남자는 우리 바로 앞에 서 있었다. 양복에 넥타이, 가죽구두 등의 차림새를 미루어 봤을 때 정문 옆 경비실의 경비원은 아니었다. 공들여 이발을 한 듯한 머리에 사각형의 안경. 호쿠토 대학교의 교수나 직원 중에는 같은 학원 출신이 많다. 이 남자는 기껏해야 30대 정도인데 지위가 높아 보이는 듯한 느낌이 든다. 하지만 조금 전에 본 것처럼 옛 도서관의 문을 발로 차고, 욕을 하고, 침을 뱉는 행동을 봤을 때 예의 바른 사람은 아닌 것 같다. 이런 늦은 시각에 왜 '옛 구역'에 들어와 있는 건지 모르겠지만, 보이는 사람이 없다고 저렇게 몰상식하게 행동한다면 도둑보다 그다지 나은 인간이라고 할 수 없다.

"독립자존이 듣고 기가 막히겠다. 기껏해야 일개 사립학교인 주제에 건방지게."

남자는 흥 하고 콧방귀를 한 번 뀌고 나서는 살짝 흐트러진 머리를 손질하며 발길을 돌렸다. 풀을 발로 짓뭉개면서 걸어가는 소리가 점점 멀어져갔다. 들고 있던 손전등의 불빛이 전혀 보이지 않을 때까지 우리는 아무도 움직이지 않았다. 5분인가 더 흐르고 그 사람이 완전히 가버렸다는 확신이 들자 마침내 하악 하고 다들 한꺼번에 참고 있던 숨을 내쉬었다.

"아……. 속이 타서 죽는 줄 알았어……."

소매로 식은땀을 닦으면서 나는 조그만 목소리로 속삭였다.

"아키, 이 바보야. 그건 내가 할 소리야."

내 옆구리를 팔꿈치로 난폭하게 꾹 찌르면서 다모츠가 말했다. 그 목소리는 여전히 자그마했다.

"저 사람이 진짜 도둑이면 붙잡아서 어떻게 할 생각이었는데? 까딱하다간 우리 쪽이 위험하다고."

"미안해. 나도 말하자마자 깨달았어."

"아니야. 내가 막지 않았다면 넌 그대로 뛰쳐나갔을걸."

"우. 응."

"넌 머릿속으로 아무런 생각도 안 했지?"

"그건 이제 됐어."

하루가 불쾌한 듯 끼어들었다.

"그보다 어쩔 거야, 이제. 저런 사람이 어슬렁거리면 '옛 구역' 안을 더 돌아다니는 게 위험할지도 몰라."

"아직 거기에 있을까?"

손목시계를 봤다. 벌써 새벽 3시였다. 수업 시간에 꾸벅꾸벅 졸거나 아니, 그 전에 아침에 일어나지 못해서 기숙사 사감선생님이 문을 두드려 깨운다면 규칙 위반 1점이 부과되고 게다가 아침을 거르고 학교에 갈 지경에 이를지도 모른다. 그게 싫다면 슬슬 돌아가는 수밖에 없다. 음, 적어도 기숙사를 빠져나가는 건 문제 없다는 점만은 확인했으니까 그게 수확이라고 여기고 우리는 다시 숲으로 돌아가기로 했다. 한편으론 의욕이 넘쳤던 것에 비해서는 칠칠치 못하다는 생각이 들었다.

발밑이 거치적거리는 숲 속을 걸어갔지만 눈이 어둠에 익숙해지고, 되돌아가는 길이 낯설지 않아서 훨씬 편안하게 느껴졌다. 만년필형 손전등은 하나만 켜고 땅바닥을 향해 비추었다. 그럴 만한 여유가 생기자 조금 전에 맞닥뜨렸던 그 침입자가 떠올랐다.

"……도대체 그 사람, 누굴까?"

"그 사람, 학교 안에서 본 적 없어" 하고 다모츠가 말했다.

"옷차림에서 풍기는 느낌으로 보면 어느 회사의 엘리트 사원인 것 같은데."

"왜 그런 사람이 있지?"

"캠퍼스 안에 대학과 관련 없는 사람이 있다고 해서 이상한 건 아니잖아."

하루가 차분한 어조로 이야기했다.

"학생의 가족이 머무는 손님용 숙소가 있고, 그곳 말고도 이사장 사택은 2층 건물로 어지간한 저택 크기니까 손님이 머무를 수도 있고."

"그런 손님이 왜 한밤중에 '옛 구역'에 침입하는데?"

그런 식으로 나에게 되물어도, 설령 하루라고 해도, 대답할 길이 없을 것이었다. 하지만 하루는 팔짱을 낀 채 눈을 내리깔고 말했다.

"그 사람, 옛 도서관에 들어가려고 했어."

"응. 그래서 나두 도둑이 아닌가 했어."

"그런데 평범한 도둑이라면 그렇게까지 거칠게 행동하지 않을 거야. 하다못해 문을 열려고 무슨 도구라도 챙겨 왔어야 하지 않을까?"

"비어 있는 곳이라고 생각했겠지."

"훔치려고 들어가려 한 것이 아니라 파괴하려고 했다는 느낌?"

"그거야."

하루가 눈길을 들어 나를 바라보았다.

"아키가 수집한 7대 불가사의에서 옛 도서관과 관련된 내용 가운데 '사람이 사라진다'는 것과 '흑마술 저주에 걸린 책이 숨겨져 있다'는 게 있었어. 흑마술은 그렇다 치고, 오래된 책 중에 희귀해서 굉장히 가치가 높은 책이 있어. 그 책을 훔치려고 도둑이 침입했다는 가설은 있을 법한 이야기 아닐까?"

"뭐야. 결국 도둑이라는 소리야?"

"아냐. 진짜 도둑이라면 그렇게 난폭하게 문을 열려고 하지도, 발로 차거나 침을 뱉는 쓸데없는 짓거리는 하지 않아."

평범한 진짜 도둑을 만난 적은 없지만 하루에게 그 말을 듣고 나니 그런가 하는 기분이 든다.

"그렇다면 뭐 때문이지?"

“방금 아키가 말했잖아. 파괴하기 위해서야.”

“테러?”

그렇다고 해도 보통 폐쇄된 도서관을 노리지는 않을 텐데. 아, 물론 나는 평범한 도둑뿐 아니라 평범한 테러리스트도 알지 못하지만.

“테러리스트가 아니라도 파괴하려는 사람은 있겠지. 단순한 발상에서 비롯됐든, 술에 취해 장난을 치려고 했든 간에.”

“그러고 보니 그 사람, 취했을지도 모르겠어.”

다모츠가 고개를 끄덕였다.

“얼굴은 그다지 빨갛지 않았지만, 눈에 핏발이 서 있었어.”

“커다란 목소리로 혼잣말을 하고, 딸꾹질도 하던데.”

“그 사람은 아마도 ‘옛 구역’에 뭐가 있는지 제대로 알지 못하는 게 아닐까? 손님용 숙소나 어딘가에 묵었다가 술을 마시고 어슬렁어슬렁 나온 거지. 어른은 술에 취하면 기억을 잃어버릴 정도로 곤드레만드레하지 않아도, 평소에 하지 않는 행동을 하고 그러잖아?”

“호쿠토 학원 험담을 했어. 사립학교가 건방지다는 둥 땅을 쓸데없이 낭비한다는 둥.”

“‘독립자존이 듣고 기가 막히겠다’라고 했던가?”

“그렇게 말했어.”

우리는 약속이라도 한 듯 입을 모아 떠들었다. 아마도, 방금 전에 들었던 침입자의 혼잣말을 동시에 떠올렸던 것 같다.

땅을 쓸데없이 낭비한다는 건 우리도 동의한다. '이렇게 건물과 건물 사이가 뚝 떨어져 있으니까 옮겨 다니기도 불편하지 않을까' 하는 소리를 하루와 다모츠가 했다면 "그래 그래. 그러게 말이야" 하고 고개를 끄덕였을지도 모른다. 하지만 그 남자가 입에 올린 말은 그것과 의미가 다르다. 말의 표면은 같아도 알맹이는 다르다.

"나 말이지……."

매사에 성미가 급하고 덤벙대고, 일단 뛰고 나서 어디로 갈지 생각하고, 생각 없이 지껄이고 나서 말할 내용을 결정하는 내가 웬 일로 신중하게 입에 올릴 말을 골라가면서 이야기했다. '이런 건 좀 더 빨리 우리끼리 확실히 해야 했던 게 아닐까' 하고 새삼스레 반성하면서.

"솔직히 후와 선배한테 이런저런 말을 듣고 암묵적인 규칙이나 금기 같은 걸 떠올렸어. 그리고 그게 우리의 지나친 생각이 아니라면 엄청나다, '독립자존'이란 건 거짓말이 아니었구나 싶었어. 차라리 이런 학교, 그만두는 편이 좋을까 하는 생각까지 했을 정도로."

그 말을 하면서 왼편과 오른편에서 걷고 있는 하루와 다모츠의 얼굴을 번갈아 보았다. 둘 다 아무 말도 하지 않은 채 나에게 눈길을 보낸다. 어두워도 그 정도는 파악할 수 있다.

"그런데 아까 그 자식이 학교 험담을 할 때 울컥하더라. 화
가 났어. 뭐냐, 저 새끼. '이 자식아, 까불지 마라' 하고 고래고
래 외치고 싶었어."

"응……."

하루가 고개를 주억거렸다.

"옛 도서관 문에 침을 뱉는 걸 본 순간 진짜로 두들겨 패주
고 싶었어."

"그랬구나."

다모츠가 고개를 끄덕였다.

"그렇다면, 뭐라고 해야 할까. 험담을 듣고 그런 마음이 들
었다는 건."

"나는 호쿠토 학원을 좋아해. 적어도 지금까지는."

고개를 땅바닥으로 숙인 채 하루가 조그맣게 중얼거렸다.
아, 젠장. 먼저 말하려고 했는데.

"선배가 말려도 7대 불가사의를 조사하려고 하는 건 학교
가 싫어서가 아냐. 오히려 좋아하기 때문이야. 다모츠, 너도
그렇지?"

"그런가."

다모츠는 부끄러운 듯 슬그머니 집게손가락 끝으로 콧방
울을 긁었다.

"더구나 학교에 어떤 문제가 생겼다고 우리가 도망치는 건

말도 안 돼. 우리 힘으로 도울 수 있는 건 뭔지 생각하는 게 먼저지."

우와. 그렇게 대견한 생각을 하는 학생은 다모츠 말고는 없을 거다.

"진심이야?"

"진심이면 안 돼?"

"안 되는 건 아니지만 진짜 놀랐어. 넌 역시 언론인보다 정치가가 어울려."

"뭐냐, 그 말은."

"목표로 삼아라, 대통령."

다모츠는 뒤를 돌아보고 입을 달싹였다. 뭐라고 대꾸할 생각이었는지는 모르겠다. 반걸음 정도 앞서 걷고 있던 그의 얼굴이 갑자기 정면을 향하더니 쉿 하고 경고음을 냈다. 다모츠는 숨을 삼키며 팔을 뻗어 우리를 잡아 세웠다.

"멈춰!"

낮게 억누른 목소리.

"……엇?"

"저기에 누가 있어."

다모츠의 오른손이 걸어가는 방향의 왼쪽을 가리켰다.

"서 있어. 바로 저기에."

나는 들고 있던 만년필형 손전등을 다모츠의 손이 가리키는 방향으로 비추었다. 손이 살짝 떨렸다. 나무줄기 사이로 불빛을 받아 떠오른 새하얀 물체. 옷의 주름이 보이고 비스듬히 앞으로 뻗은 팔과 물결치는 머리카락과 옆얼굴……. 마침내 나는 그 물체가 무엇인지 깨닫고는 웃음을 터뜨렸다.

"사람이 아냐. 다모츠. 이거, 조각이야. 봐라."

긴장이 한꺼번에 풀리고 깔깔 소리를 내며 웃고 싶어졌다. 이 숲 속 여기저기에는 사람과 같은 크기의 커다란 돌 조각상이 세워져 있다. 한 개인가 두 개는 대학교 건물 주변에서도 똑똑히 보였다. 지금은 밤이고, 미처 알아차리지 못했지만.

"이게 7대 불가사의에 나오는 대리석상? 하얗지는 않네."

"오랜 세월 비를 맞아 더러워졌겠지."

조각상은 여느 것들과 달리 높은 받침대에 놓여 있지 않았다. 땅바닥에 바로 놓은 듯 발 언저리는 잡초로 덮여 있었는데, 마치 살아 있는 사람이 서 있는 것처럼 보였다. 그리스 신화 속의 여자처럼 주름이 잔뜩 잡힌, 자락이 긴 드레스를 입었고 앞으로 뻗은 손에 뭔가를 들고 있는 듯한 자세를 취하고 있었다. 만져 보니 싸늘했다.

"전부 몇 개 정도 있을까?"

"몰라. 조사해서 하나하나 지도에 표시해볼까 생각했는데."

하루가 '옛 구역'에 대한 자료로 지도 하나를 발견했다. 구립 도서관에 있는 시 주택지도로, 항공사진으로 판독했는지 캠퍼스 안의 건물 윤곽과 명칭도 쓰여 있었다.

'옛 구역'에 대한 명칭이 기재되어 있는 건 기념박물관뿐이었지만 조금 전에 본 옛 도서관의 위치에도 그럴듯한 사각형 건물이 또렷이 표시되어 있다. 하지만 아무래도 숲 속의 대리석상까지 일일이 그려져 있지는 않기 때문에 꼭 조사해야 한다.

"호쿠토 학원 7대 불가사의 가운데 두 번째가 '이리저리 움직이는 대리석상'인가? 이렇게 보니 도저히 움직일 것처럼은 안 보이는데."

다모츠는 그 말을 하며 오른쪽 집게손가락 관절 부위로 문을 똑똑 두드리듯 대리석상의 팔을 두드렸다. 그리고 소스라치게 놀라서 눈을 둥그렇게 떴다.

"너희도 들었어?"

나와 하루도 눈길을 맞췄다.

"뭐랄까, 이상히게 기벼운 소리가 났어……."

"두드려 봐, 너희도."

그 말을 듣고 차례로 머리와 등을 똑똑 두드려 보았다. 기분 탓이 아니라는 사실만은 알았다. 그건 아무리 생각해도 대리석 덩어리가 낼 법한 소리는 아니었다. 안에 플라스틱이 들어 있지는 않겠지만, 뭔가에 도료를 뿌려서 대리석처럼 보이게 한 거다.

“그렇다면 이건……..”

다모츠가 대리석상의 등에 체중을 실어 꾹 밀었다. 그러자 놀랍게도 잡초 속에 파묻혀 있던 발이 드러나 보이는 게 아닌가.

“의외로 가볍네.”

“두 사람이 들고 움직일 수 있지 않을까?”

“아아, 아마도.”

“손수레가 있으면 편하겠어.”

“뭐야. 이게 ‘이리저리 움직이는 대리석상’의 진상인가…….”

수수께끼가 풀리는 건 기쁘지만, 너무 간단하게 알아버리는 건 시시하다. 그런 식으로 생각한 게 고스란히 얼굴에 드러났을까?

“아키, 바보.”

“뭐야!”

“알게 된 건 ‘어떻게’라는 것뿐이지? ‘누가’, ‘무엇 때문에’ 그게 더 중요한 거 아니야?”

바보라는 말을 듣고 화가 치밀었다. 하지만 다모츠가 한 말이 중요했기 때문에 나는 꾹 참고 반박하지 않았다. 대신 하루에게 말을 붙였다.

“어떻게 생각해?”

“그 대답을 하려면 정확한 자료가 필요해.”

하루는 나에게 받은 만년필용 손전등을 들고 조각상 주위를 돌면서 천천히 대답했다.

"조각상의 정확한 위치와 숫자, 그리고 형태를 기록해서 계속해서 관찰해야지. 그거부터 시작해야 하는 게 아닐까?"

하루가 하는 말은 정말 중요했지만, 지나치게 침착하다는 것 외엔 아무 생각도 들지 않았다.

"설마 측량까지 해야 하는 건 아니지? 근데 일단은 카메라로 촬영해야 하나."

다모츠도 약간 지긋지긋하다는 표정을 지었다. 카메라를 준비해야 하나 생각하지 않은 건 아니다. 하지만 만년필형 손전등을 켜느냐 마느냐 망설일 정도였는데, 플래시를 터트려서 사진을 찍어도 괜찮을지 아닐지 고민할 수밖에 없는 건 당연하지 않나?

"적외선 카메라 같은 게 있으면 좋을 텐데."

"평범한 중하생은 그런 거 있을 리가 없어."

"평범한 중학생은 이런 일은 하지 않는다고."

"스케치할까?"

"달리 방법이 없다면 말이지."

"음, 어쨌든 오늘 밤은 여기까지."

"그럴까. 이제 곧 새벽 4시야. 정말로 돌아가서 자야지 안 그러면 위험해."

“아, 기다려. 돌아가기 전에 한 가지만.”

그렇게 말하고 하루가 주머니에서 뭔가를 꺼냈다. 투명한 낚싯줄을 둥글게 해서 조각상의 쭉 뻗은 팔에 걸치고 그 끝을 가장 가까이에 있는 나뭇가지에 묶었다. 과연! 나는 감탄했다. 만약에 누군가가 이 조각상을 옮긴다면 낚싯줄이 어긋날 것이다. 알아차려서 벗겨버리면 그뿐이지만 뭔가를 한다면 아무래도 남의 눈에 띄지 않는 밤 시간일 테니까 가느다란 낚싯줄 한 올 정도는 못 보고 넘어갈 가능성이 높다.

“일시적인 위안 같은 거지만.”

“아니. 사진을 찍는다고 해도, 낚싯줄은 좋은 아이디어야.”

“이왕이면 다른 조각상에도 할까?”

“아키, 그러다가 날 새겠다.”

“하지만 봐, 바로 저기에도 있고.”

나는 돌려받은 만년필형 손전등으로 두꺼운 나무줄기가 빽빽이 늘어선 숲 속으로 불빛을 스윽 비추었다. 그 사이로 하얗고 사람같이 세워져 있는 조각상이 보였다.

“저기만이라도 하자. 응?”

“어쩔 수 없군.”

“아키는 말을 한번 꺼내면 말려도 듣지 않으니까.”

하루와 다모츠가 얼굴을 마주 보고 쓴웃음을 지었다. 쳇. 뭐야, 사람을 꼬맹이 취급하고. 아니, 중학교 2학년이 꼬맹이라면 너희도 마찬가지잖아. 신경 쓰지 않고 걸음을 내딛으려는 나는, 순간 그 자리에 얼어붙고 말았다. 들렸던 거다, 우리 말고 다른 사람의 웃음소리가.

"……킥킥……."

나는 다모츠와 하루를 돌아다보고 그게 내 귀 탓이 아니라는 걸 확인했다. 두 사람도 얼굴이 굳어져서 앞쪽을 응시했다. 내가 든 만년필형 손전등에서 뻗어나가는 불빛, 그 조그마한 동그라미 안에 떠오르는 하얀 조각상을.

이쪽에 등을 돌리고 서 있는 그 조각상이 바람에 흔들리는 나뭇가지처럼 파르르 떨고 있다.

웃고 있다.

조각상이 아니다. 사람이다.

"……누, 누구야앗!"

내 목소리가 날카로운 파열음을 쏟아냈다.

그 사람은 천천히 뒤돌아서며 웃고 있었다.

J

다음 날은 당연히 우리 셋은 모두 비틀비틀 정신을 차릴 수가 없었다. 늦잠을 잘 수는 없어서 정신력으로 침대에서 기어 나왔다. 아침상 앞에서 된장국 그릇에 얼굴을 씻을 듯이 꾸벅꾸벅 졸면서도 아침을 꾸역꾸역 먹었다. 하지만 셔츠 단추를 밀려서 기우고, 넥타이를 매는 둥 마는 둥했다. 한숨도 자지 못한 채 아침을 맞은 탓이었다.

앞 장의 끝부분을 읽고 이거 '괴기 호러 소설인가?' 하고 생각하는 사람이 있으면 곤란하니까 먼저 그건 아니라고 딱 잘라 말해 두겠다. 우리가 우연히 맞닥뜨린 건 '금기인 7대 불가사의를 캐내려는 멍청한 세 사람을 응징하는 유령'이나 '암묵적인 규칙을 위반하는 사람이 다가오면 되살아나는 골

렘(golem. 스스로 움직이는 진흙 인형-옮긴이)'이 아니다.

하지만 솔직히 그런 존재를 마주한 것만큼 깜짝 놀랐고, 당황스러웠고, 벌벌 떨었다. 우리는 어디로 향하는 줄도 모르고 도망치려고 했다. 상대가 진짜 도둑이라고 해도 우리는 교칙을 두 개나 위반했다. 설령 도둑을 잡는다고 해도 교칙 위반이 소멸될지 어떨지 의심스러운 것도 변함없는 사실이다.

하지만 우리는 도망칠 수 없었다.

악 하고 소리를 지르고 몸을 돌려 뛰어가려고 한 순간, 뒤에서 목소리가 날아들었다.

"멈춰. 너희가 누군지 알고 있다. 중학교 2학년 C반 아오키 다모츠, 가츠라 하루키, 세이케 아키라!"

학급도, 이름도 알고 있다면 도망쳐봤자 소용없다. 게다가 들리는 목소리는 젊은 남자의 또박또박 정확한 일본어 발음이라서 유령이나 도깨비라고 생각되지 않는다. 그렇다면 무작정 도망치기보다 저쪽이 어떻게 나올지 차분히 지켜보는 편이 좋다. 최악의 상황이래봤자 퇴학이다. 부모님한테 잔소리를 듣기만 하면 된다. 그렇다고 뭐, 거기까지 빈틈없이 생각해서 멈춰선 건 아니지만.

"흐음, 도망치는 게 소용없다는 걸 깨달았나. 그 정도 머리는 돌아가나 보군. 돌아와봐. 할 얘기가 있어."

깔보는 듯한 말투라서 화가 치밀어 올랐지만, 달리 어떻게

할 방도도 없다. 우리는 얼굴을 마주 보고 느릿느릿 되돌아
갔다. 그 녀석은 우리가 내팽개친 만년필형 손전등을 쥐고 우
리를 기다리고 있었다. 조금 전에 봤던 침입자처럼 혀를 끌끌
차주고 싶었다. 거품을 물며 만년필형 손전등을 놓고 도망치
다니! 최악이라고 해도 좋을 상황이다. 작년 생일에 아버지
한테 받은 독일제 만년필형 손전등. 하지만 이름을 써놓지 않
아서 누군가 주웠다면 돌려받을 수 없을 것이다.

"이거 네 거지."

의외로 상대는 나한테 순순히 돌려주었다. 그것도 주인인
내 쪽을 향해 불을 켠 채로. 자신을 똑똑히 보라고 말하듯이.
나는 거리낌 없이 그 불빛에 비친 우리 앞에 나타난 제2의 수
상한 인물을 관찰했다. 그리고 왜 처음에는 그 사람을 사람
이 아닌 조각상이라고 착각했는지 그 이유를 깨달았다.

그 녀석은 완벽한 일본어를 구사하고 있었지만, 아무리 봐
도 일본인이 아니었다. 구불구불 물결치는 밝은 백금 색 머리
카락. 처음에 내 눈에 들어온 건 만년필형 손전등 불빛의 동
그라미 안에 드러난 그 머리와 하얀 셔츠를 입은 등이었다.
조금 전에 본 대리석 조각상과 마찬가지로 새하얗게 보였다.
나이는 우리와 같을까, 조금 더 위일까.

"너, 누구야?"

나를 다시 바라보는 잿빛 눈동자가 반짝반짝 빛났다.

"무의미한 질문이군."

입가가 일그러지고 비아냥거리듯 웃음을 흘렸다.

"황인종이 아니면 일본인이 아니란 소린가? 적어도 내 일본어 실력은 너보다 훨씬 낫잖아, 세이케 아키라."

나는 울컥 화가 치밀어서 되받아치려고 했지만 다모츠가 나보다 빨리 입을 뗐다.

"그럼 질문을 바꾸지. 너는 누구이고, 왜 여기에 있고, 어떻게 우리 이름을 알고 있지?"

"나는 호쿠토 학원에 소속되어 있지. 여기 있는 이유는 몇 가지가 있어. 그 하나는 다른 사람에게 방해받지 않고 잘 보고 싶었기 때문이야. 이…… 왕국을."

"왕국……?"

하루가 수상쩍다는 듯 중얼거렸다.

"호쿠토 학원이 왕국이라고……?"

"그래. 어떤 의미에서는."

"아아, 그런가. 그럼 너는 그 왕국의 왕이라도 된다는 거냐!"

나는 큰 목소리로 외쳤다. 묘하게 잘난 체하는 듯한 그 녀석의 말투에 이유 없이 속이 메슥메슥 역겨웠다. 그러나.

"아키!"

"바보야. 큰 소리로 말하면 어떡해!"

하루와 다모츠가 좌우에서 말리는 것과 동시에 그 녀석도 집게손가락을 들어 쉿 하고 나에게 신호를 보냈다. 나는 점점 더 기분이 나빠졌다.

"나머지 질문에 대답할게, 아오키 다모츠. 내가 너희를 알고 있는 건 어떤 사람한테 정보를 들었기 때문이야. 너희가 왜 기숙사를 빠져나와 여기에 있는지는 묻지 않겠어. 그것 역시 들어서 알고 있지. 호쿠토 학원 7대 불가사의라, 확실히 매력적인 주제야. 너희 마음은 알겠어."

우리는 마찬가지로 숨을 삼키고 동화 속의 왕자 같은 그 녀석의 얼굴을 뚫어지게 바라보았다. 어떻게 그런 것까지 알고 있을까? 오늘 밤 우리가 꾸민 계획은 우리 말고는 그 누구한테도 정보가 새어 들어가지 않았을 텐데.

"누구한테 들었지?"

"곧 알 수 있을 거야……. 오늘 밤은, 아니, 이제 아침이 됐구나. 그만 기숙사에 돌아가는 편이 좋겠다. 그렇지 않으면 수업시간에 졸려서 큰일 날 테니까."

그리고 그는 느닷없이 사라졌다. 아니, 내가 들고 있던 만년필형 손전등 불빛의 동그라미에서 미끄러지듯 몸을 뺐다. 나는 황급히 불빛을 흔들었지만, 보이는 건 까만 나무 사이로 멀어져가는 하얀 등뿐이었다.

"기다려, 이 자식아!"

"금방이야. 안달할 필요 없어."

나직하게 속삭이는 듯한 목소리가 또렷이 귓가에 와 닿았다. 그 놀리는 듯한 태도는 여전하다. 나를 안심시킨다기보다 화를 돋우게 하는 말투였다.

"오늘 안으로 아마 우리는 또 만나게 될 거다. 그때는 너희도 좀 더 여러 가지를 알게 되겠지. 그러니까 그때까지는 지금껏 보고 들은 것에 대해서는 입을 다무는 편이 좋아. 이건 진심으로 하는 충고다. 다모츠, 하루키. 너희는 적어도 아키라보다는 냉정하게 생각할 수 있지?"

"뭐라고, 이 자식이……. 이런!"

쫓아가려고 했던 나는 나무뿌리에 걸려 넘어졌다. 팔을 다모츠에게 잡혀 "진정해" 하는 말을 들으니 더더욱 화가 치밀어 올랐다.

"기다려. 너, 이름은 뭐야?"

그렇게 묻는 하루한테 목소리가 되돌아왔다.

"J라고 해두지."

"J? 이니셜?"

하지만 숲 속에는 발소리도, 사람의 기척도 들리지 않는다. 그리고 어느새 빽빽이 우거진 나무 사이로 해가 뜨기 전에 희미하게 비치는 빛이 감돌고, 참새가 지저귀는 소리가 들리기 시작했다.

그런 까닭에 우리는 태양을 두려워하는 흡혈귀처럼 서둘러 캠퍼스를 달려 철조망을 뛰어넘고 홈통을 기어올라 방으로 들어갔다. 한숨이라도 붙여야 한다는 건 누가 말하지 않아도 알고 있지만, 조금 전과 같은 일을 겪자마자 과연 잠을 잘 수 있을까? 더구나 누군가가 그 자식에게 우리의 이름과 계획을 알려주기까지 했다는 걸 알게 된 마당에.

하지만 차분히 생각해보면 그 답은 거의 확실하다. 처음에 나 혼자서 7대 불가사의에 대해 반 아이들에게 물어봤다가 나중에 하루와 다모츠와 함께 구체적인 계획을 세우고 후와 소라미 여사를 찾아가 이야기해주었다. 그렇다면 그 자식, J는 후와 여사가 연결되어 있다는 거다. 고등학교 학생이란 말이야?

"적어도 중·고등학교에는 그런 녀석이 없어. 일본어가 유창한 백금 색 머리카락을 지닌 놈이 있다면 지금까지 알려지지 않았을 리가 없지."

다모츠가 자신 있는 듯 단언한다.

"대학에는 미국이나 유럽에서 유학 온 학생이 꽤 있잖아."

"대학생으로 보이진 않았어."

"월반한 천재 같은 건가?"

"에잇, 마음에 안 들어엇!"

나는 달리 울분을 터트릴 방법이 없어 베개를 주먹으로 푹 푹 내리쳤다. 다모츠는 시무룩한 표정으로 팔짱을 끼고, 천장을 보고 누웠다.

"후와 선배가 흘렸다고는 단정할 수 없어. 아키의 기획서는 그대로 남겨 두고 왔잖아. 그걸 학보사의 누군가가 마음대로 읽었는지도 몰라."

음, 후와 여사를 동경하는 다모츠는 그렇게 생각하고 싶을 테지.

"내일 다시 한 번 만나볼게. 그 기획서를 어떻게 했는지 확인해야겠어. 너희는 어떻게 할래?"

"뭘 하든 상관없어. 근데 그 자식, 우리를 어떻게 할 생각이지?"

"어떻게 할 생각이라니?"

2층 침대 위층에서 하루가 거꾸로 누워 내 얼굴을 훔쳐봤다.

"학급과 이름을 알고 있다는 건 우리기 교칙 위반한 걸 기숙사 사감선생님이나 학생 지도부에 얼마든지 고자질할 수 있다는 거잖아."

"그렇다면 J 역시 마찬가지야."

"바아보, 그 자식이 대학생이라면 위반도, 뭣도 아니잖니."

"그러지는 않을 거 같은데."

하루의 표정이 묘하게 태평스러워 보였다. 나는 화가 치밀어 하루의 얼굴을 쏘아보았다.

"뭐야?"

"직감."

"하루. 넌 항상 자료를 산더미처럼 모으지 않으면 안심이 안 되는 녀석인데, 왜 이럴 땐 침착하게 낙관적이냐!"

"직감이란 건 말이지, 아키. 자료를 끌어 모아서 결과를 이끌어낸 거야. 다만 그 추론 과정이 무의식으로 행해지기 때문에 일일이 말로는 설명할 수 없어."

"호오."

"게다가 우리를 고자질해도 J한테 아무런 이득이 없어."

"그럼, 눈감아주면?"

"우리가 J한테 빚이 생기는 거지. 그럼 J는 우리의 협력을 기대할 테지. 우리가 자기 기대대로 움직이지 않으면 그때 일러바쳐도 되는 거고."

곰곰이 생각해보니 무서운 소리를 한다, 이 녀석.

"게다가 틀림없이 우리한테도 J는 커다란 실마리가 될 거야. 아키, 넌 얼마 전까지 진심으로 7대 불가사의에 대해 조사할 생각이 있었잖아."

"상대가 우리를 이용할 마음이 있다면 우리도 그 녀석을 이용하면 된다는 소린가?"

"그래. 하지만 그러려면 아키, 좀 더 냉정해져야 해."

"시끄러워!"

우리가 대화를 나누는 사이, 다모츠는 코를 골며 잠이 들었다.

그래서 변변히 눈도 붙이지 못한 채 아침을 맞이했다.

서둘러 동아리방에 가고 싶다거나 서무실에서 중·고등학교에 외국인 유학생이나 귀국 자녀가 있는지 확인하고 싶었지만 그럴 수는 없다. 오늘 하루는 5교시 수업이 꽉 짜여 있었다.

그날 아침은 평소와 어딘가 분위기가 달랐다. 기숙사 식당부터 달랐던 것 같다. 하지만 우리는 너무 졸려서 그 징후를 놓쳤다. 간신히 아침을 다 먹고 교실로 가기 전에 한 번 더 셋이 모여 세수를 하고 교실에 들어갔다. 우리 앞자리에 앉는 시미즈가 기뻐서 어쩔 줄 모르겠다는 얼굴로 "자습이래!" 하고 말한다. 화요일 아침 1교시 수업은 영어 독해. 교사는 C반의 부담임이기도 한 가토 선생님. 20대 후반 남자로 가르치는 방식은 훌륭하다.

"왜? 가토 선생님, 갑자기 아프대?"

"아냐, 아냐. 캠퍼스 쪽에서 어떤 사건이 일어난 거 같아."

"사건?"

순식간에 심장이 덜컥 내려앉았다. 설마 우리가 한 일과 무슨 관련이? 그렇다고 해도 남기고 온 건 기껏해야 발자국 정도다. 모조리 탄로 났다고 해도 점심시간이나 방과 후에 생활지도실에 불려가는 게 고작일 거다.

"가토 선생님은 여기 근처 교직원 기숙사에 살고 있잖아? 같은 기숙사에 있는 교사 전원이 대학교 쪽으로 불려갔다는 것 같은데."

거기까지 들었지만 뭐가 사건이란 건지 눈곱만큼도 모르겠다. 중·고등학교 교직원 기숙사는 캠퍼스 안이 아니라 이곳의 옆 동네에 있는 듯하다. 젊은 독신 교사는 거의 다 그곳에 살고 있고, 방재훈련이나 체육대회나 대학 행사가 있을 때에도 동원되어 일을 한다고 한다. 그렇지만 왜?

수업을 알리는 종소리가 울리고 5분 정도 지나 교실 앞문이 열렸다. 들어온 이는 가토 선생님이 아니라 반장인 모리시타 시즈카였다. 키는 껑충하다. 마르고 목이 가늘기 때문에 한층 커 보였다.

"자, 학급 여러분. 모두 주목해주세요."

옆구리에 끼고 있던 종이뭉치를 교탁 위에 놓고 모리시타는 여유롭게 말했다. 절반쯤 모리시타를 향해 고개를 돌렸지만 와글와글 떠드는 소리는 그리 간단하게 멈추지 않았다. 그렇기는커녕 "반장, 자습하라며?", "나, 화장실 갔다 와도 돼?", "야, 그럼 도서실에서 공부하자앗!" 하고 대놓고 제멋대로 지껄이는 녀석들이 있다. 모리시타는 잠시 아무 말도 하지 않은 채 그들을 바라보고 있다가 갑자기 폭발했다. 종이뭉치를 두 손으로 붙잡고 힘껏 두드려댔다. 으아아, 조용히 해!

한순간 쥐죽은 듯 고요해진 교실에 모리시타의 낮고 억눌린 목소리가 흘렀다.

"조용히 해, 너희!"

모리시타는 무표정한 얼굴이었지만, 교실 안에는 재채기 한 번 하는 아이가 없었다.

"가토 선생님한테 급한 일이 생겨서 오늘 1교시 수업은 자습이야. 지금부터 나눠주는 종이의 영문을 일본어로 해석해. 사전은 사용해도 돼. 수업시간 종료 5분 전에 거둘게. 결과는 중간고사에 가산된대. 이상. 질문 있어?"

나는 손을 번쩍 들었다.

"반장, 자습이라니 무슨 일이야?"

하지만 돌아온 대답은 이랬다.

"질문은 이 종이에 대해서만 받을게."

"엇. 하지만 처음에는 그런 말 안 했잖아."

"세이케."

모리시타는 기분 나쁜 느낌이 드는 엷은 웃음을 지으며 나를 내려다보았다.

"네가 꼬치꼬치 물고 늘어지는 건 자유지만, 그만큼 해석

할 시간이 줄어들지 않겠어?"

반 친구들은 일찌감치 현실적인 선택을 한 듯하다. 그들의 무언의 압력에 나는 백기를 드는 수밖에 없었다.

그렇게 시작된 오늘 하루이지만, 질서를 유지하기 위한 반장의 위압적인 노력에도 아랑곳하지 않고 뭔가 지금까지 없었던 이상사태가 일어났다는 사실은 감출 길 없이 시시각각 뚜렷해졌다. 2교시인 지리 시간에는 담당 이즈미 선생님이 나타났다. 하지만 확실히 안절부절못하는 표정으로 지난번 수업에 이어 진도를 나가는 것이 아니라 하얀 지도에 색깔을 칠하는 과제를 내주고 시간이 반 정도 흐른 뒤 자리를 떴다.

3교시와 4교시는 시간표대로라면 2학년 세 반이 모두 체육을 하러 대학교 캠퍼스 운동장을 사용해야 하지만, 오늘은 비좁은 중·고등학교 담장 안에서 천천히 달리기와 체조를 했다. 햇볕이 쨍쨍한 탓에 기진맥진했다.

그리고 점심시간. 중·고등학교가 다 같이 모여서 평소라면 굉장히 왁자지껄할 점심시간의 식당도 오늘은 묘하게 조용하다. 급식대 저편에서 조리하는 아주머니들도 옹기종기 모여서 뭔가 하고 싶은 말이 있는데 하지 못하는 듯한 표정을 짓고 있다. 플라스틱 쟁반을 든 학생들도 말수는 적었지만 테이블을 차지한 사람의 물결은 식사를 다 했을 때도 전혀 줄어들지 않았다.

당연하다. 평소에는 친구끼리 잡담을 한다고 해도 학생 대부분이 대학교 캠퍼스로 간다. 그쪽이라면 잔디밭도, 벤치도 있고 편한 기분으로 느긋하게 있을 수 있다. 체력이 남아도는 녀석은 비어 있는 체육관이나 코트에서 공을 쫓아다닌다. 동아리방도 모두 캠퍼스 안에 있다. 그 정도로 대학교는 넓고 그 공간을 우리는 상당히 잘 활용하고 있다. 그런데 오늘은 중·고등학교 학생은 캠퍼스 안에 들어가면 안 된다고 한다. 더구나 교문에서 바깥으로 나가는 것도 금지했다. 방송부 여학생이 스피커를 통해 지시사항을 소리내어 읽는 동안 교실 안은 웅성거리는 소리로 시끌벅적했다.

"거짓말!"

"농담하지 마, 갇혔다고!"

장난기 섞인 목소리였지만 내 귀에는 그 말이 비명처럼 들렸다. "농담이야" 하고 웃는 녀석도 있지만 나는 웃을 수 없었다. 호쿠토 중학교에 입학해서 1년 하고 1개월, 지금까지 그런 소리를 학교 안에서 들은 기억이 없었다. 새삼 지금 일어나고 있는 사태가 심상치 않다는 걸 느꼈다. 어제 우리가 겪은 일과 오늘 이 상황이 관계가 있는 건 아닐까? 있다면 어떤?

거의 아무 말도 하지 않은 채 점심을 급하게 먹은 우리 세 사람은 달리 갈 곳도 없이 중·고등학교 담장 안을 안절부절 못하는 마음으로 어정어정 돌아다녔다. 하루도, 다모츠도 나와 마찬가지로 다들 분명 이야기하고 싶은 게 있을 거다. 하지만 다른 사람이 들을 만한 장소에서 말할 수 없는 것 역시 사실이다. 요컨대 점심시간에 그 이야기는 할 수 없다는 말이다. 까딱하다가는 어깨가 부딪칠 정도로 주위에 중·고등학교 학생 천지였다.

"이상한 거야, 사람의 마음은."

고개를 숙인 채 하루가 조그맣게 중얼거렸다.

"평소에는 주말을 제외하고 아침부터 밤까지 줄곧 이 담장 안에서 생활하고 있다는 걸 대수롭지 않게 여겨왔어. 그런데 나가면 안 된다는 말을 듣는 순간 수용소에 갇힌 것처럼 답답한 기분이 드네."

"캠퍼스로 갈 수 있냐, 갈 수 없냐가 다르지, 당연히."

다모츠가 맞장구를 쳤다.

"하지만 내가 여기저기 옮겨 다닌 초등학교는 어디든 넓이가 여기 중·고등학교의 반도 안 됐어. 사람이 적은 시골 학교랑 반대로 도쿄 한복판에 있는 학교 역시."

하루네는 아버지의 일 때문에 이사를 많이 다녔다. 그래서 중·고등학교는 안정감 있게 공부할 수 있도록 기숙사가 있는 호쿠토 학원으로 정했다고 들었다.

"도대체 무슨 일이 일어났을까?"

이 정도라면 누가 들어도 평범한 이야기의 범위에 속한

다고 생각하며 나도 대화에 참여했다. 하지만 무심결에라도 "어제는……" 하고 말하지 않도록 신경을 써야 했다.

"설명 정도 해주면 좋을 텐데, 우리한테 말이지."

"수상한 사람이 들어온 것 같다고 이즈미 선생님과 다른 여자 선생님이랑 이야기하던데."

하루가 말했다.

"아아. 그래서 젊은 남자 교사만 모여서 캠퍼스 안을 돌아다니는 건가."

다모츠가 말했다. 나는 멍청하게도 그 말을 들을 때까지 깨닫지 못하고 있었다. 하지만 오전 중에 나타난 그 선생님은 나이 지긋한 여교사였다.

"하지만 여러 명이 같이 있어도 사람 하나 찾는 건 그리 간단하지 않을 텐데……"

중얼거리고 있는데 내 어깨를 다모츠가 거칠게 움켜잡았다. 위험한 소리는 하지 말라는 의미라고 생각했지만, 그게 아니었다. 그때 우리는 중·고등학교와 캠퍼스를 구분하는 철조망을 반 바퀴 돌고, 문 바로 옆까지 와 있었다. 평소라면 저녁식사를 하는 6시까지 커다랗게 열려 있을 철문이 오늘은 단단히 닫혀 있었고, 큼지막한 자물쇠가 채워져 있었다. 그 저편은 바로 남쪽으로 향하는 포장도로이고, 400미터 정도 앞에 있는 광장에서 대학 캠퍼스 정문으로 들어오는 도로와

직가으로 교차한다.

그 한쪽에 2차선 정도는 될 법한 넓은 길에 사람이 보였다. 겨우 몇 미터 앞에 두 남자가 서서 이쪽을 바라보고 있었다. 역광이었기 때문에 얼굴을 똑바로 볼 수 없었지만, 확실히 이쪽으로 눈길을 향하고 있었다. 물론 우리를 보고 있다기보다 중·고등학교 건물을 보고 있는 거겠지만.

"뭐야, 저 사람들."

"가자."

다모츠가 내 어깨를 잡아 당겼지만 무슨 까닭인지 발이 움직이지 않았다. 그곳에 서 있는 두 남자 가운데 한쪽. 그 사람과 시선이 딱 마주쳤는데 눈을 뗄 수가 없었다. 내가 바란 것도 아닌데.

그림자가 드리웠던 얼굴이 점점 또렷이 보였다. 그 옆에 있는 남자는 당당하고, 키가 크고, 더블 양복에 담배를 피워 물고 있었는데 콧수염도 기르고 어쩐지 지위가 높아 보였다. 나를 보고 있는 남자는 키가 훨씬 작고, 어깨도 좁고, 입고 있는 까만색 양복도 싸구려인 것 같았다. 궁상맞아 보이는 꼴이 얼굴도 왠지 그런 분위기를 풍길 것 같다. 푸석푸석한 머리카락이 어깨까지 닿을 정도로 길게 뻗어 있고 뺨이 움푹 파이고 눈만 이상하게 날카롭다. 그 사람이 나를 물끄러미 바라보면서 얇은 입술을 실룩거리며 웃었다.

“왜……”

어떻게 할 생각도 없이 나는 무의식적으로 다모츠의 손을 뿌리치고 달려 나갈 뻔했다. 아무리 돌진한다고 해도 사이에 문이 굳게 닫혀 있는데.

어제처럼 철조망을 기어올라서?

아니, 그런 것까지 생각한 건 아니다. 그저 그 사람이 나를 보고 웃었다. 그것도 좋은 의미가 아니라 업신여기거나 코웃음 치거나 놀리거나 어쨌든 그런 종류의 웃음이란 것만은 틀림없어서 그 사실이 나를 흥분하게 만들었다. 앞뒤 생각하지 않고 덤비고 싶은 기분이 들었다.

하지만 그건 겨우 1초 정도 사이에 일어났던 일이 분명하다.

“뭐 보고 있어?”

두 남자가 아무 일도 없었던 것처럼 돌아서서 어슬렁어슬렁 멀어져가고 있을 즘 무뚝뚝한 여자의 목소리가 뒤에서 들렸다.

“아아, 모리시타……”

하루가 태평스러운 목소리로 말하며 돌아다보았다. 그곳에 서 있는 사람은 2학년 C반의 반장이다.

“왜 그래? 그렇게 무서운 얼굴을 하고?”

“땅을 보고 있어.”

“피곤해 보이네, 반장.”

"넘겨짚어서 정보를 빼내려고 해도 나는 아무것도 말하지 않을 거야."

"말하면 안 되는 게 있다고 해도 너무 숨기면 오히려 모두 불안해한다고."

흥 하고 모리시타는 콧방귀를 뀌었다.

"그런 말 나한테 하지 마. 결정권이 있는 사람한테 해."

언뜻 온순한 초식동물 부류로 보이지만 실상은 "내가 짖어대면 굉장해요" 할 것 같은 반장 모리시타 시즈카에게 바쳐진 별명은 고지라다. 평소에는 내숭을 떨고 있다가 이때다 싶을 때에는 짖어대며 상대를 억누르는 게 그녀의 방식이다. 아파토사우루스에서 티라노사우루스 렉스로 변신한다고 할까. 그 모리시타가 웬일인지 하루한테만은 새침을 떨지 않는다. 그리고 하루도 모리시타와 이야기할 때는 조금 분위기가 달라진다. 말수가 늘어난다. 이사 온 지 얼마 안 된 하루지만 어릴 때 몇 년인가 모리시타의 이웃으로 살았던, 소꿉친구이자 호쿠토 학원 토박이인 그녀와 감동(?)적인 재회를 한 듯하지만 자세한 건 나도 모른다.

"누구한테 결정권이 있는데?"

하루가 묻자 모리시타는 불쾌한 듯 미간에 세로주름을 잡으며 말했다.

"너는 어떻게 생각해?"

만약에 내가 누구한테 결정권이 있냐고 물었다면 순순히 되묻지 않았을 거다.

"그런 건 몰라. 하지만 적어도 수상한 사람이 캠퍼스로 숨어들지는 않은 거 같아."

"앗? 왜?"

엉겁결에 그렇게 물은 사람은 나였다. 하루는 어깨를 살짝 움츠리며 입을 열었다.

"학생을 캠퍼스 안으로 들어가지 못하게 할 정도로 위험하고 수상한 사람이라면 선생님들한테만 맡기는 건 너무 위험하잖아. 누군가 다치면 학교 책임이고. 아냐?"

모리시타는 잠자코 있었다. 하루가 이어서 말했다.

"게다가 무엇보다 이상한 건 그 수상한 사람은 언제 어디로 캠퍼스에 침입했지? 정문이 열려 있는 시간이었다면 기숙사로 돌아가는 학생도, 교직원도 있었을 테니까 수상한 사람인지 어떤지 알 수가 없지. 만약에 그렇게 겉모습이 수상쩍어 보이는 사람이었다면 정문 경비실에 있는 경비원이 알아차리고 제지했을 거라고. 그걸 아침이 되고 나서 이렇게 난리법석을 피울까?"

"네 머리가 좋다는 건 알고 있어, 가츠라."

모리시타는 툭 하고 하루의 머리에 손을 올렸다. 키는 모리시타가 아마 10센티미터 정도 더 클 거다.

“그만둬.”

하루는 화가 치미는 듯 그 손을 뿌리쳤다.

“그러니까 그런 말은 함부로 지껄이지 않는 편이 좋아. 너희도.”

모리시타는 나와 다모츠를 번갈아 바라보고 목소리를 내리깔았다. 그녀가 말을 이었다.

“아까 저기 서 있던 아저씨, 키가 큰 쪽, 그 사람이 이사장인도조. 아무래도 알아차리지 못한 거 같아서 이야기해두는데 말이야.”

“이사장이라고…….”

그래서 지위가 높아 보였군. 하지만 그게 어쨌다는 거지.

“그 사람은 호쿠토 학원을 장악하기 위해서라면 수단을 가리지 않는대. 그런 후원자는 어디든 존재하지. 외부 학교 출신이라고 해서 태평스레 노느라 정신없다간 큰 코 다칠걸.”

그 말만 하고 휘익 등을 돌리는 모리시타에게 나는 서둘러 말을 걸었다.

“기다려. 그럼 이사장 옆에 있던 사람은?”

“누군지 아냐고?”

걸음을 내딛으려던 모리시타는 어깨너머로 힐끗 돌아보았다. 그리고 이어서 말했다.

“혼자 있을 때 인적이 끊긴 장소에서 그 사람과 맞닥뜨리면 최대한 날쌔게 도망칠 거야, 나라면."

　오후 첫 수업 때 결국 중·고등학생 전원이 학교 건물을 빠져나가 기숙사 안에서 대기하라는 지시가 떨어졌다. 자습실이나 자기 방에서 공부하라는 뜻으로 수학 문제집이 배포되었다. 보기만 해도 짜증이 치밀어 올랐다. 불평불만의 야유가 터져 나올 거라고 생각했지만, 그건 오전 중에 다 쏟아냈는지 우르르 기숙사로 향하는 학생들은 의외로 조용했다.
　"가축 무리 같아."
　다모츠가 내뱉은 말이 씁쓸했다.
　"'독립자존'은 그저 허무한 주장인가."
　하루는 끊임없이 주위를 두리번거렸다.
　"역시 없나, 그 J라는 녀석."
　"중·고등학교에 다니고 있다면 알려지지 않을 리가 없지."
　"아, 저기. 후와 여사다."
　어깨까지 오는 긴 머리카락을 찰랑거리며 잰걸음으로 여자 기숙사 쪽으로 걸어가고 있는 모습이 보였다. 하지만 말을 걸 정도로 가깝지는 않았다. 그녀도 이쪽을 보려고 하지 않았다. 가까웠다고 해도 무슨 말을 하면 좋을지 잘 모르겠지만.

　투덜투덜하면서도 결국 오후에 몇 시간을 그 문제집으로

때웠다. 이윽고 저녁식사 시간이 되었다. 학생 기숙사는 남자 기숙사와 여자 기숙사로 나누어져 있고, 각각 중학교와 고등학교로 갈려 있지만, 식당은 따로 떨어진 커다란 건물에 있다. 남자가 앉는 자리와 여자가 앉는 자리는 습관적으로 나뉘어 있다. 기숙사가 남녀로 구분되어 있는 이상 당연한 것인지도 모르지만, 요즘 세상에 고리타분하다는 생각도 든다.

식당 2층에는 휴게실이라고 불리는 방이 있다. 기숙사는 이성이 출입금지이지만, 이 방에서는 그런 규칙이 없다. 휴게실은 낡고 허름하고, 기름칠을 한 나무바닥에 방석이 깔린 의자와 삐거덕거리는 탁자, 때가 탄 장기와 체스판, 그리고 텔레비전이 두 대 있을 뿐이다. 평소에는 오갈 데 없는 몇몇 남학생이 모여 소등시간이 되어 쫓겨날 때까지 잡담을 하거나 텔레비전에 달라붙어 있을 정도로 사람은 적다.

남녀가 교실 외에서 만날 수 있는 장소 가운데 하나라고 해도 학교에 여자친구가 있는 녀석은 이런 곳에서 만나지 않는다. 주말을 기다렸다가 학교 밖에서 좀 더 멋들어진 장소에서 데이트를 즐긴다. 당연하지 않나? 여기는 한가한 무리나 재미있게 있을 만한 허름한 곳이다.

그 휴게실이 오늘 밤에는 일찍이 본 적 없는 성황을 누리고 있었다. 기숙사 말고는 여기에 있을 수밖에 없기 때문에 그것도 무리는 아니다. 학생들의 비위를 맞추려는 걸까, 평소에는 없던 주스와 콜라캔을 넣어둔 자판기가 옮겨져 있고, 옆에 있는 상자에 동전이 있어 먹고 싶은 사람은 누구든 먹을 수가 있다. 나는 적어도 오늘만큼은 재빨리 방에 돌아가서 이런저런 생각을 하고 싶었지만, 반 친구가 나를 이곳으로 데리고 와서 잠깐만 함께 있기로 했다. 다모츠는 학보사 부원을 발견하고 이야기를 하러 갔고, 하루는 무료하게 텔레비전을 바라보고 있었다.

프로그램이 끝난 다음에 건설 주택 광고방송이 흐르자 주위 학생들의 관심은 텔레비전 화면에서 멀어졌다. 하루가 탁자 위의 리모컨을 들어 단추를 누르는 모습이 두 눈에 들어왔다. 뉴스 프로그램의 주제곡이 흐르고 의원의 직권 남용 사건이 이러쿵저러쿵 별로 재미없어 보이는 소식이 귓가에 들리는 순간, 하루가 갑자기 눈을 둥그렇게 떴다.

뭘 보고 놀란 걸까 생각하고 나도 텔레비전을 쳐다보고 앗 하고 외마디를 질렀다. 화면에 비치고 있는 남자의 얼굴이 기억났다. 나와 하루는 마주 보고 착각이 아니라는 걸 확인하고 다시 화면으로 얼굴을 돌렸다. 몇 사람이 마이크를 들이밀자 그걸 뿌리치듯 묵묵히 걷고 있는 양복 차림의 남자. 그 옆얼굴이 또 클로즈업된다. 음, 확실히 그 얼굴이다. 하지만 그게 어떤 뉴스인지, 정확히 이해할 시간은 없었다. 옆 사람이 손을 뻗어 하루한테서 리모컨을 빼앗아 들고 "큰일이다. 시작한단 말이야!" 하고 말하면서 채널을 돌렸다. 컴퓨터 그래 픽 자막이 번쩍거리고 노출 수위가 지나치게 높은 무대의상을 입은 아이돌 가수가 저편에서 튀어나왔다.

"선배, 자리에 앉아요."

"으윽."

바로 옆으로 체격이 좋은 고등학교 남학생 네댓 명이 우르르 몰려들어서 우리를 텔레비전 앞 의자에서 몰아냈다. 나와 하루는 다모츠한테 말을 건네고 휴게실을 나섰다.

남이 듣지 않았으면 하는 이야기는 기숙사 방으로 돌아가서 하는 수밖에 없다. 그런데 조금 전 그 상황에서 가버렸다면 반 아이들이 우리 둘이서 무엇을 보고 놀랐는지 탐색하려 들겠지. 제대로 잘 속일 수 있을지 자신이 없었다. 그 상황에서 고등학생들이 끼어들어 채널을 바꾼 게 어쩌면 행운이었는지도 모른다.

"뭘 보고 있었어, 너희?"

방문을 닫은 순간 기다렸다는 듯 다모츠가 물었다.

"그 남자야."

"그 남자라면 이사장하고 함께 있었던 사람?"

"아니. 어젯밤에 '옛 구역'에 있던 사람."

"틀림없어?"

나와 하루는 앞 다퉈 고개를 끄덕거렸다.

"근데 채널이 금방 바뀌어서 어떤 뉴스였는지 몰라. 의원의 직권 남용이 이러쿵저러쿵."

"잠깐, 기다려."

그렇게 말하고 방을 나간 다모츠는 쭈글쭈글한 신문 한 뭉치를 들고 돌아왔다. 기숙사 1층에는 라운지 같은 공간이 있어서 날마다 신문이 놓여 있지만 학생 대부분은 읽지 않는다. 그도 그럴 것이다. 만화와 텔레비전, 스포츠란 외의 신문 지면을 날마다 꼼꼼히 읽는 중학생은 언론인을 지망하는 다모츠밖에 없다. 오늘은 그래도 시간이 남아 돈 학생이 몇 차례 봤는지 꽤나 꾸깃꾸깃했다.

"이 사람인가?"

다모츠가 펼친 건 머리기사가 실린 첫 페이지를 넘긴 2면으로 '의혹 의원 비서, 실종됐나?' 하고 가로로 쓰인 표제 밑에 조그마한 얼굴 사진이 한 장 있었다. 하지만 신문의 망점이 빽빽하지 않아서 짧은 머리를 7대 3으로 나눈 중년보다는 조금 젊은 남자라는 정도만 알 수 있었다. 이것만 보고 어제 한밤중에 '옛 구역'에서 목격한 남자인지 아닌지 물으면 고개를 갸웃거릴 수밖에 없다.

텔레비전 화면에 비춰진 얼굴은 아주 잠깐 동안밖에 보지 못했지만, 신문 사진보다 훨씬 선명했기 때문에 나는 확신을 갖고 고개를 끄덕일 수 있었다. 틀림없어. 우리가 본 그, 옛 도서관 문을 발로 차고 침을 뱉은 무례하기 짝이 없는 남자가 이 사람이라고.

"그래서? 그 사람 범죄자야? 무슨 짓을 했대?"

"아키. 신문 기사는 일본어로 쓰여 있거든. 알고 싶으면 읽어."

"귀찮단 말이야, 그런 거. 네 특기잖아. 설명해줘."

"어이없다. 이런 자식 천지라서 요즘 일본 젊은이는 온통 바보라는 말을 듣는 거지."

다모츠는 투덜투덜하면서도 신문을 펼쳐 그 기사의 내용을 해설해주었다. 딱히 흥미롭지도 않은, 어디선가 들었던 것 같은 직권 남용 사건이다. 문부과학성 관리에게 어느 사립대학교 경영자가 어떤 허가를 받기 위해 뇌물을 주었고, 그걸 중개한 중의원이 얽혀 있는 사건이다. 리베이트를 받았는지 안 받았는지 모르지만 그 자리에 참석했던 의원 비서가 얼마 전부터 모습을 감추었다. 의원은 모르는 이야기라고 했고, 만약에 사실이더라도 비서가 자신의 이름을 대고 마음대로 저지른 일이라고 했다. 이름 같은 건 빼고 사건의 진행 과정만 나열해놓으면 그런 식이다. 하루는 무릎을 내밀며 다가와 열심히 들었지만, 나는 중간부터 귀찮아져서 침대에 벌렁 드러누운 채 흘려들었다.

"사실은 말이지."

해설이 끝날 무렵 다모츠는 더욱 우쭐거리는 기세로 말했다.

"너희가 그 뉴스를 보고 알아차리기 전부터 나는 이 사건에 주목하고 있었어. 아까 학보사 선배들과 이야기했던 것도 이 사건이었어."

"그럼 호쿠토 학원과 어떤 관련이 있어?"

"직접적으로는 없어. 이사장인 도조라는 사람이 문부과학성 관리였대."

"낙하산 인사로 부임한 사람인가?"

시큰둥하던 나는 이 이야기를 듣고 몸을 벌떡 일으켰다.

"그러고 보니 아까 고지라가 무슨 말을 했는데……."

"이사장은 호쿠토 학원을 장악하기 위해서라면 수단을 가리지 않는다."

하루가 조그마한 목소리로 그 말을 되풀이했다.

"돈을 받은 관리는 아마도 이사장의 옛 부하이거나 동료인 듯해. 그 직권 남용 사건의 열쇠를 쥔 의원 비서가 실종된 거고. 어쩌면 오늘 캠퍼스를 봉쇄한 건 그 사건과 관련이 있지 않을까? 이렇게 말해도 아주 생뚱맞은 소리는 아니지?"

"그 이야기를 학보사 부원하고 했어?"

"아아, 후와 여사는 붙잡지 못해서 다른 선배랑. 하지만 우리가 본 사람이 설마 그 의원 비서일 거라고는 생각 못했어."

"그럼 어떻게 되는 건데."

“비서가 경찰 조사를 받으면 곤란한 사람이 여기에 비서를 숨겨둔 게 아닐까?”

“구체적으로 어디에?”

“이사장 사택은 꽹장히 크잖아. 그곳이라면 몇 사람이나 묵을 수 있지.”

“사택은 사람 출입이 많아서 뜻대로 안 될걸. 하지만 캠퍼스 가장자리라면 손님용 숙소 말고도 교직원을 위한 단독주택 같은 게 많이 있어. 그 주변의 빈집에 사람 하나 정도 숨기는 건 간단하지.”

“관리나 의원에게 이사장이 부탁받았을지도 모르고.”

“그래. 상대에게 은혜를 갚을 수 있고, 상대의 약점을 잡게 되고.”

“그렇다면 꼭꼭 잘 숨어 있어야 하잖아. 아무리 한밤중이라고 해도 왜 그런 곳에 있었던 거지?”

“따분했겠지, 분명히.”

“뭐라고? 범죄자인 주제에 긴장감도 없는 거야!”

하루의 말에 나는 어이가 없었지만, 다모츠는 고개를 끄덕였다.

“비서가 실종되고 오늘로 닷새째야. 범죄라고 해도 사람을 죽인 것도 아니고, 언제까지 숨어 있어야 하는지도 모르잖아. 지겨워하다가 남의 눈에 띄지 않을 것 같은 시간에 어슬렁어슬렁 돌아다니면 이상할 게 없지 않나."

"하지만 태평스럽게 산책을 하는 걸로는 안 보였어."

"기분이 심란하니까 마구 화풀이하고 싶었겠지, 틀림없이."

"뭐야, 하루. 동정하고 있는 것 같은데."

"그렇지 않아."

하루는 입가를 일그러뜨리며 묘하게 어두운 웃음을 지었다.

"그런 사람, 알고 있어. 자신을 정당화하는 변명을 언제든 산더미처럼 갖고 있지. 자신은 항상 옳아서 재난을 당하면 그건 남의 탓이다. 그렇게 마구 화풀이할 뿐만 아니라 자신이 걷고 있는 발 앞에 있다는 이유 만으로 풀이든 벌레든 아무렇지도 않게 짓이겨 버리면서도 나쁜 짓을 했다고 생각하지 않지."

나와 다모츠는 서로 얼굴을 바라보았다. 하루의 그런 표정, 처음 봤다. 그렇지만 다모츠는 나에게 눈으로 찡긋 신호를 보였을 뿐 화제를 돌렸다.

"관리나 의원에게 부탁받은 이사장이 경찰에게서 도망치려는 의원 비서를 캠퍼스 안에 숨겨줬어. 거기까지는 거의 확실해. 그럼 다음이 문제야. 그것과 오늘의 소동은 어떤 관련이 있지?"

"우리한테 들키고 난 뒤 캠퍼스에서 빠져 나가는 모습이 경비실 경비원에게 발각된 게 아닐까?”

“빠져 나가다 들켰다면 지금 캠퍼스 안에서 수상한 사람을 찾는 건 이상한데.”

“그럼, 다시. 일단 빠져 나갔다가 들어오는 걸 경비원이 발견했어. 경비원이 수상쩍어서 쫓아갔지만 놓쳤고, 그래서 난리가 난 거지.”

“그렇다면 안 찾지 않을까? 이사장은 어떤 이유를 붙여서라도 속여야 하잖아. 비서가 발견됐다고 하면 차마 그 사람이 마음대로 들어왔다고 말할 수는 없을 텐데.”

“그러니까 역시 수상한 사람을 찾는 건 아니구나.”

하루가 중간에 끼어들었다.

“그렇다면 뭘 찾고 있었던 거지?”

“그건 아직 모르겠지만…….”

“근데 방금 신문을 빌려 올 때 기숙사의 츠보타니 사감선생님이 그러던데. 대학교와 관계없는 사람이 잠입한 것 같다고. 누군가를 찾고 있는 건 진짜인 거 같아.”

“그렇다면 생각할 수 있는 건 하나네.”

하루는 아무렇지도 않게 말했다.

“숨겨줬던 비서가 제멋대로 사라졌어. 하지만 바깥으로 나가지 않았다는 건 거의 확실해. 그러니까 그 행방을 급하게 찾을 필요가 있었지.”

"캠퍼스 안에서 실종?"

"직권 남용, 뇌물 수수 사건의 결정적인 증인인 비서를 맡아두고 있으면 이사장한테는 비장의 카드가 되지. 하지만 숨겨뒀는데 사라졌습니다, 어디로 갔는지 모르겠습니다 하면 문제가 달라져. 이사장 자신이 숨겨놓았다고 의심을 받을 수도 있어. 발등에 불이 떨어졌다고 초조해하며 난리를 치는 것도 무리는 아냐. 논리는 제대로지?"

나는 두 손으로 머리카락을 쓸어 넘겼다. 어쩐지 어수선해서 이야기의 진행과정이 잘 이해가 되지 않았다.

"제멋대로 사라지고 그 사람은 결국 발견되지 않았던 거지? 어디로 가버렸을까? 무엇 때문에? 전혀 모르겠는걸."

"여러 가지 가능성이 있다고 생각해."

하루도, 다모츠도 여전히 태연자약했다. 억울하지만 나만 이야기가 어떻게 돌아가는지 모르는 것 같았다.

"하지만 아키, 너도 스스로 썼잖아. 호쿠토 학원 7대 불가사의의 일곱 번째, 학원 창립자의 정체를 알 수 없다고."

나는 눈을 끔뻑끔뻑했다. 왜 갑자기 여기서 또 이야기가 7대 불가사의로 돌아가지? 지금 하고 있는 이야기는 직권 남용, 뇌물을 주고받는 사건이잖아. 그것과 이건 전혀 상관없지 않나?

"아키, 도서실에 있던 『호쿠토 학원 80년사』 꼼꼼히 읽지 않았구나.”

“아니, 읽긴 했는데 중요한 게 안 쓰여 있던데……”

“아주 막연한 내용만 쓰여 있어서 그 부분은 상상으로 메우는 수밖에 없어. 창립자의 정체를 알 수 없는 것뿐만 아니라 지금도 학원 총장이 앞에 나서지 않는 건 필연성 때문이라고 생각하는데.”

“필연성이라고?”

나는 얼떨결에 고개를 갸웃거렸다.

“그러니까 음, 입학식 때도 총장의 인사가 없었잖아?”

학교 안내 팸플릿에는 ‘학원 창립자 기타 다이잔의 말’이 실려 있다. 하지만 그 외에는 지금 총장이 ‘있기는 있다(있는 듯하다)’라는 식일 뿐 기념식 같은 곳에도 모습을 드러내지 않는다. 무슨 까닭일까? 학생의 입장에서 보면 대부분 지루한 의식을 질질 끄는 것뿐인 연설이나 인사는 적게 하는 편이 좋긴 하지만.

“지극히 직관적으로 말하면 호쿠토 학원이라는 학교의 존재 자체를 처음부터 마음에 들어 하지 않는 사람이 있었어. 이사장은 그 세력에 속해 있어. 모리시타가 말했던 호쿠토 학원을 장악한다는 건 학교를 총장 손에서 빼앗아 그쪽 세력 밑에 두겠다는 걸 의미해. 그리고 거기에 대립하는 이른바 총장파 같은 게 있지. 정리하면 이런 상황 같은데……. 다모츠,

넌 어떻게 생각해?"

"아아, 그거 좋은데."

"그럼, 비서를 숨긴 건 총장파라는 소리야?"

"가능성은 있어."

"'옛 구역'의 어딘가에?"

"그럴 수도 있고."

"J라는 녀석도 있잖아."

다모츠가 말하자 "그래, 걔도 있었지" 하고 내가 고개를 끄덕거렸다.

"그 녀석은 총장파일까?"

"그건 아직 몰라. 이사장 부하로 숨겨놓은 비서를 감시하고 있다가 그자가 그 장소에서 빠져나가서 뒤를 쫓아 왔다가 우리와 맞닥뜨렸는지도 몰라."

"J가 이사장 부하라면 학보사의 후와 여사도 그렇다는 건가?"

"꼭 그렇다고는 할 수 없어."

다모츠가 화난 듯 소리를 질렀다.

"후와 여사가 그 사람한테 우리를 알려줬는지 어떤지 아직 확실하지 않잖아. 그리고 총장파 대 이사장파의 대립에 '옛 구역'과 7대 불가사의가 어떻게 얽혀 있는지도 몰라."

다모츠는 후와 여사를 믿고 있는 듯하다. 총장파의 실체는 여전히 모르겠지만, 이사장이 직권 남용 사건과 관련이 있다는 것은 일단 확실한 듯하다. 그렇게 되면 적어도 이사장파를 지지하고 싶은 마음은 들지 않는다. 후와 여사가 그쪽 진영에 정보를 흘리고 있다고 생각하고 싶지 않겠지.

"하지만……."

늘 그렇듯 나의 입은 생각보다 먼저 달싹거렸다.

"하지만 어쩐지 이상한 이야기야. 학교는 경영자나 이사장의 소유물이 아니잖아. 평범한 회사처럼 사들이거나 빼앗는 대상이 아니라구. 애당초 우리 학생이 없으면 학교가 성립하지 않는데 왜 우리를 무시하고 대립과 탈취, 그런 상황을 만드냐고!"

생각하면 할수록, 입 밖으로 말을 내뱉으면 내뱉을수록 화가 치밀어 오른다. 하지만 오늘 느닷없이 중·고등학교 학생을 이유도 없이 캠퍼스에 못 가게 하고, (아마) 교사들까지 동원하는 방식을 보면 이사장의 눈에는 학생도, 교사도 채찍으로 몰아야 말을 듣는 가축 정도로 보이는 게 분명하다.

낮에 담배를 한 손에 든 이사장이 바라본 건 역시나 중·고등학교 건물이 아니고 우리였다. 명령 하나로 철조망 속에 가두어두고 바깥으로 나갈 수 없는 상태에서 명령을 거스르지도 못하고 멍하니 털이 깎이기를 기다리는 무력하고 바보스러운 양의 무리 같은 우리. 그걸 보고 그 사람은 무시하듯 미소를 머금고 있었다.

"교육산업이라는 말도 있어. 학비를 받아 교육 서비스를 제공한다, 그 결과 경영자는 이익을 얻는다. 그런 관점에서 학교도 기업하고 다르지 않다고 말할 수 있지. 노려보지 마, 아키. 나도 그게 좋다고는 생각하지 않아."

다모츠가 쓴웃음을 지으며 어깨를 움츠렸다.

"이사장이 사유화한 호쿠토 학원이 우리 학생한테 좋은 장소라는 생각은 도저히 안 드는데."

"하지만 직권 남용 사건의 용의자를 캠퍼스에 숨겨둔 게 사실이라면 이사장은 이미 학원을 사유화하기 시작했다고 말할 수 있겠네."

하루가 낮게 중얼거렸다.

"교사를 사병 대신으로 쓰는군."

"우리 역시 억지로 내몰려서 이용될지도 모르는 거 아닌가."

"학원은 이사장의 왕국, 이사장은 왕."

호쿠토 학원을 왕국이라고 말한 사람은 J다. 그렇다면 역시 그 녀석은 이사장의 부하인가.

"그렇다고 해서 총장파가 이사장보다 더 나은지 어떤지 모르잖아."

호쿠토 학원에는 우리 학생이 이해할 수 없는 수수께끼가 있다. 수수께끼에 숨겨진 건 어쩌면 흔한 직권 남용 사건의 증인 정도가 아닐지도 모른다. 학교는 그 비밀을 숨기기 위해 창립되었을 가능성 또한 있지 않을까? 망상이라고 치부할 수 없다. 7대 불가사의는 그 비밀과 맞닿아 있기 때문에, 그래서 조사해서는 안 되는 거였나? 그렇다면 우리 학생들은 이용당하고 있는 거다.

나는 확인해야 한다, 호쿠토 학원의 진정한 모습을. 그 때문에 7대 불가사의를 조사한다. 이런 일이 일어났기 때문에 더욱 그렇다. 나는 침대에서 몸을 일으켰다.

"가자."

둘 다 어디로 가느냐고 묻지 않았다. 묻는 대신에 두 사람 모두 나를 따라왔다.

싸구려 양복을 입은 '죽음의 신'

우리는 다시 한밤의 캠퍼스를 걷고 있었다. 지금도 수색이 계속되고 있다면 아무래도 담을 뛰어넘는 건 무리였다. 하지만 그런 기미는 전혀 없었다. 어제와 마찬가지로 캠퍼스로 통하는 문은 잠금장치가 잠겨 있을 뿐 경비가 서 있지도 않았다. 괭활힌 대학 구내도 사람의 그림자조차 없이 아주 고요했다.

딱 한 번 경비원 같은 제복을 입은 두 사람이 정문 방향에서 걸어오는 걸 보았다. 발소리와 허리에 매단 열쇠가 짤랑거리는 소리, 하나씩 들고 있는 만년필형 손전등의 빛도 아주 멀리 보였기 때문에 불빛이 없는 나무 그늘에 숨어 있는 우리는 아무런 불안감도 없었다. 안전화의 묵직한 발걸음이 쿵쿵

하고 숨어 있는 우리의 눈앞을 스쳐지나갔다.

게다가 경비원 두 사람은 걸으면서 줄곧 커다란 소리로 떠들었다. 올해 프로야구의 판세에 대해 이런저런 이야기를 나누었다. 수상한 사람을 찾고 있기는커녕 '만약에 숨어 있는 사람이 있다면 이쪽으로 오지 마라, 사라져라, 없어졌으면 좋겠다' 하고 말하는 듯한 순찰이었다.

오늘 밤 우리는 어제와 달리 대학 본부에서 좀 더 남쪽을 향해 걷고 있었다. 그곳은 캠퍼스 서쪽을 차지하는 '옛 구역'과의 경계가 어느 정도 떨어진 곳이다. 어제 들어간 숲보다 약간 나무가 듬성듬성 있는 밝은 느낌의 숲 속에 2층짜리 아담한 대학생 기숙사와 소형 맨션풍 교직원 사택이 띄엄띄엄 있고, '옛 구역'에 가까워질수록 오래되고 커다란 집이 있다. 하루가 조사한 바에 따르면 근속연수가 긴 교수일수록 훌륭한 서양식 주택에 사는 게 일종의 관습이지만, 최근에는 캠퍼스 바깥에서 사는 교수도 늘어나서 빈집이 된 채로 폐허가 된 곳도 있는 듯했다.

손님용 숙소는 학생과 교직원의 가족, 친구, 지인이 머무는 소박한 호텔 같은 곳이었는데, 그곳에는 당연히 동석한 손님도 있고, 기숙사에서 가까워 사람의 눈도 많았다. 텔레비전과 신문에 얼굴을 내민 사람이 안심하고 숨어 있을 장소라고 생각하기는 어렵다. 그렇다면 생각할 수 있는 건 당연히 아무도 없을 게 분명한 빈집이다.

하루가 구립도서관에서 복사한 주택지도는 2년 전의 것으로 사택에 살고 있는 교직원의 이름까지 하나하나 기입되어 있었다. 그것과 교직원 명부를 비교하면 지도가 발행된 후에 정년을 맞이했거나 이사한 교수의 이름을 지울 수 있었다. 우리는 우선 목표로 삼은 집을 두 채 정도 표시했다.

두 채 가운데 한 채는 대학교 캠퍼스 남단 가까이의 경사진 곳에 있고 그 아래로 'ㄴ' 자 형태로 흐르는 강이 내려다보인다. 사람의 눈에 쉽게 보이지 않는 곳이다. 다른 한 채는 그보다 북서쪽 숲 속에 있다. 캠퍼스 바깥쪽 둘레에 있는 자동차 길에서도 보이지만 '옛 구역'으로 자연스레 들어가는 길이 바로 근처에 있다. 어제의 우리처럼 발밑이 위험하다는 생각을 하지 않아도 어슬렁어슬렁 걸으면 옛 도서관 앞으로 갈 수 있기 때문에 가능성은 상당히 높은 것 같았다.

물론 당사자는 훨씬 전에 캠퍼스 안에서 사라졌을 게 분명하다. 정문은 통과하지 못했더라도 중·고등학교를 포함한 호쿠토 학원을 둘러싼 담장은 지겨울 정도로 길다. 조금 다리가 아프더라도 꾹 참는다면 사다리가 없더라도 도망칠 수 있는 장소는 틀림없이 있다. 아마 이사장도 하루 정도 찾아보고 발견되지 않으면 더 이상 수색은 단념할 것이다. 지금쯤 애가 타서 안절부절못한다면 깨소금 맛이다.

"하지만 아키, 그 남자가 숨어 있던 흔적이 있다면 어떻게 할 생각인데?"

"그건 정해져 있잖아. 이사장이 증인을 감추고 있었다는 증거를 찾아내면 돼."

나는 톡 하고 청바지 주머니를 두드렸다. 낮에 매점에서 산 렌즈가 달린 일회용카메라를 들고 왔다. 갖고 나올 수 없는 거라면 촬영하고 경찰보다 주간지에 고발하는 편이 낫다. 그런 까닭에 나는 상당히 의욕적이었다.

"증거 같은 걸 그렇게 간단하게 찾아낼 수 있나? 지문을 채취할 수 있는 것도 아니고."

"의원비서가 보이지 않게 됐다는 걸 알게 된 시점에서 그 정도 뒷수습은 당연히 끝냈겠지. 그렇지 않다면 아무것도 모르는 교직원을 동원해서 사람 찾기를 시키지는 않았을 텐데."

"나도 그렇게 생각해."

하루와 다모츠의 공격을 양쪽에서 한꺼번에 받고 나는 부루퉁해졌다. 어쩐지 이 녀석들, 최근에 나를 대할 때 한통속이 된 거 같은데.

"뭐야, 다모츠. 이사장과 직권 남용 사건을 먼저 끄집어낸 건 너잖아?"

"아아. 어제 우리가 본 사람이 그 의원 비서인 이상, 달리 생각할 길이 없어."

"증거 같은 게 발견되지 않는다면 투서든 뭐든 해보자고. '호쿠토 학원의 이사장이 캠퍼스 안에 증인을 감춰두고 있습니다. 우리는 똑똑히 목격했습니다' 하고. 투서가 아니라 나가야 할 곳에 나가서 증언하는 것도 괜찮아!"

"교칙을 위반한 중학생 조무래기 셋의 증언일 뿐이야."

"그럴 거라면 일부러 증거를 찾으러 갈 필요가 하나도 없어 보이는데."

하루가 아주 심한 소리를 툭 하고 내던지듯 말하고, 다모츠가 픔 하고 웃음을 터트렸다. 나는 내 입에서 나온 말의 모순을 새삼 깨닫고 얼굴이 빨개졌다. 뭐, 괜찮잖아. 우리는 끊임없이 이렇게 바보 같은 소리를 하면서 함께 행동하니까. 일일이 그걸 재현한다면 아무리 지면이 많아도 부족하다……. 정신을 차리고 보니 '옛 구역'과 가까운 쪽 빈집 바로 옆까지 왔다.

"이. 숲 저편이야. 그 집."

한쪽 2차선은 넓은 외부도로 위에서 중단되었다. 하루가 가는 방향을 손가락으로 가리켰다.

"길에서 너무 가깝잖아."

"기다려. 저거 집에서 비치는 불빛 아냐?"

나무가 우거져 있기 때문에 또렷이 보이지는 않는다. 그저 노란 전등불 같은 게 바람에 흔들리는 나뭇가지 저편에서 새어 들어온다.

"저 집 가까이에 누군가 살고 있는 집이 있나?"

"없어. 한 채만 뚝 떨어져 있어서 숨어 있기 좋은 집이라고 생각했는데."

다모츠의 목소리가 딱딱했다.

"그럼, 그 집에 누군가 있다는 말……."

"돌아온 걸까. 그런가, 다모츠?"

"뭐 때문에."

"그건 여러 가지 생각할 수 있지. 숨어 있는 게 지긋지긋해서 잠시 바깥에 놀러 나간 건지도 모르고, 경찰에 출두할 생각으로 도망쳤지만 막상 어려운 상황에 닥치고 보니 그것도 바보 같은 기분이 들어 다시 돌아왔는지도 모르고. 배가 고파서 라면이 먹고 싶어졌다든가."

"너 같은 사람도 아니고" 하는 다모츠의 중얼거림은 깡그리 흘려들었다.

"하지만 우리의 감도 녹슬지 않았어. 단번에 적의 소굴을 발견했잖아."

그 말을 하면서 그쪽을 향해 발걸음을 내딛었지만 하루가 갑자기 그런 나의 팔을 붙잡고 "멈춰" 하고 말한다.

"어, 왜?"

"그러니까 만약에 그 남자가 정말로 있다고 한다면 아키,

넌 얼굴을 마주 보고 무슨 말을 할 건데?"

"아니, 그건 음, '악덕 의원의 비서. 당신이 한 일을 전부 알고 있어'라든가. '신기하게도 줄에 매달려 있군, 하느님한테도 자비는 있네'라든가."

이건 물론 반 농담이지만 하루는 웃기는커녕 울 것 같은 얼굴로 멈추라는 말을 되풀이했다.

"어쩐지 위험하다는 생각이 들어. 굉장히."

나는 다모츠에게 눈길을 주었다. 다모츠는 늘 그렇듯 냉정하게 판단을 내렸다.

"전진. 단, 아주 조심해야 해. 바깥에서 집의 상태를 살피고 위험해 보이면 당장 도망치자. 선두는 나, 아키는 맨 끝. 하루는 마음이 내키지 않으면 여기서 기다리고."

"알았어" 하고 나는 바로 고개를 끄덕였다. 하루는 조금 망설이고 나서 "나도 갈게" 하고 대답했다.

숲 속을 삐져나가 포장이 되어 있지 않은, 완만하게 구부러진 길을 걷다 보니 집이 나타났다. 저택이라고 불러도 손색이 없을 정도로 훌륭한 2층짜리 서양식 주택이었다. 벽은 새하얀 타일이고, 경사가 진 커다란 지붕은 새까맣다. 오랫동안 빈집으로 있었던 탓인지 '유령 저택'이라고 하는 편이 어울렸다. 현관 앞의 땅바닥은 잡초로 빽빽하게 뒤덮여 있었고 처마 밑에 차를 주차하는 곳의 포석에는 날아든 썩은 낙엽이 달라붙어 있었다. 창문은 깨지지 않았지만 커튼이 없는 검은 구멍 같았다. '이상하다, 불빛이 켜진 곳은 없나' 하고 둘러보았더니 2층 창문이 어렴풋이 밝았다.

"켜 있는 건 2층, 남쪽 방의 전등인 것 같아. 저쪽의 빛이 복도를 넘어 이쪽까지 비치는 거네."

다모츠가 속삭였다. 이 집은 현관이 북쪽을 향하고 있다. 누군가 있는 듯한 곳은 2층 남쪽. 확실히 그곳에서 앞쪽은 캠퍼스 남쪽을 막고 있는 강으로, 떨어질 듯한 급경사 외에 아무것도 없다. 창문에서 불빛이 새어나와도 들킬 걱정은 비교적 적은 것이다. 하지만 우리가 알아차린 걸 보면 완벽하게 숨을 만한 장소는 아니다. 하지만 이러한 곳이 의외로 의심받지 않을 수도 있었다.

발소리를 죽이고 걸으면서 하루는 우리 소매를 끌고 발밑을 손가락으로 가리켰다. 무성하게 우거진 잡초 위에는 풀을 밟아 뭉갠 게 확실해 보이는, 그리 오래되지 않은 발자국이 남아 있었다. 눈이나 부드러운 진흙처럼 또렷한 발자국이 보이는 건 아니기 때문에 들어온 흔적인지 나간 흔적인지 알 수 없지만 상당히 여러 번 드나든 것 같았다.

나는 두 사람에게 남쪽을 돌아보고 오자는 손짓을 보냈다. 다모츠는 잠깐 생각하고 나서 고개를 끄덕이더니 앞장섰다. 하루는 마지못해서 그 뒤를 따라왔다. 길에 세워져 있는 수은등의 불빛도 전혀 닿지 않는 집 남쪽은 어제 '옛 구역'의 숲을 떠올리게 하는 어둠이 깔려 있었다. 원래는 정원다운 화단이나 정성 들여 손질한 키 작은 나무가 있었는지도 모른다. 하지만 집 근처를 간신히 비추고 있는 2층의 커다란 창문에서 떨어지는 빛을 통해 지금은 완전히 황폐해진 상태라는 걸 알 수 있었다.

나는 조용히 목을 빼고 머리 위에 있는 2층 창문을 쳐다보았다. 희미하게 밝은 유리창 안에 사람의 모습을 찾을 수는 없다. 그렇지만 여기 서서 볼 수 있는 부분은 창문 바로 안쪽뿐이다. 누군가 그 방에 있어도 이런 상황이라면 발견당할 걱정도 없고, 우리 쪽도 아무것도 알아볼 수 없다. 2층 창문이니 몰래 다가가서 끄트머리에서 안을 들여다볼 수도 없고…….

문득 정신을 차리고 보니 내 앞에 있던 둘이 조금 떨어져 있었다. 집이 이니라 우거진 숲 속에 얼굴을 향하고 우뚝 서 있었다. 무엇을 보고 있나 유심히 바라보니 창문에서 떨어지는 빛이 가까스로 닿는 정도의 나무 사이에 사람의 형상처럼 보이는 것이 어렴풋이 떠올라 있었다. 아아, 또 조각상이야? 나는 생각했다. 이런 곳까지 조각상이 세워져 있는 건가? 하지만 그렇게 태평하게 바라보고 있을 상황이 아니잖아? '뭐 하고 있어' 하고 말을 건넬 수도 없어서 나는 두세 걸음 걸어서 하루의 팔꿈치를 붙잡았다.

그 순간 용수철이 장치된 것처럼 돌아보는 하루의 얼굴. 그 표정만으로 나는 뭔가 심상치 않은 일이 일어났다는 걸 알았다. 평소에는 내려다보는 듯한 하루의 두 눈이 눈동자가 쏟아질 정도로 동그래져 있었다.

뭐야? 눈으로 묻는 나에게 하루는 그저 턱으로 저편을 가리켰다. 순간 다모츠가 나무 사이를 향해 걷기 시작했다. 마침내 나는 깨달았다. 검은 나무줄기 사이에 세워져 있는, 조각상으로 보이는 물체. 입고 있는 건 새까만 양복 같다는 사실. 그리고 땅바닥에 서 있는 것치고 머리의 위치가 너무 높다는 사실. 자세히 보니 그 머리 위로 뻗은 나뭇가지에서 뭔가 줄 같은 게 내려져 있었다. 바로 그건…….

"목……."

목을 맸어? 소리를 치려는 내 입을 하루가 재빨리 틀어막았다. 당황하는 나를 다모츠가 돌아보는 순간, 끼익 하고 이가 들뜬 듯 삐걱거리는 소리가 울리며 창문이 열렸다. 그곳에서 얼굴을 내밀고 우리를 내려다보는 남자. 이쪽을 보고 아주 잠깐 놀란 듯 눈을 휘둥그레 뜨더니 얇은 입술을 쭉 올리고 소리를 내지 않고 웃었다.

물론 그 웃음은 1초의 몇 분의 1인가 하는 아주 짧은 시간이었던 게 분명하다. 몸을 뒤로 돌린 다모츠가 두 팔을 휘두르고 '도망쳐!' 하는 몸짓으로 뛰었다. 그 모습을 본 순간 이윽고 주술에서 풀렸다. 나와 하루도 땅바닥을 차며 내달리기 시작했다. 숲을 빠져나가는 편이 거리가 짧을 거라고 생각했다.

"곧장 길을 달려가. 그 편이 빨라!"

어느새 추월한 다모츠는 낮은 목소리로 말을 건네고 맨 앞에서 달렸다. 그가 어느 쪽으로 향하고 있는가는 물을 필요도 없다. '옛 구역' 쪽이다. 우리가 추격을 따돌릴 방법은 그것밖에 없었다.

중·고등학교로 도망치는 최단거리는 대학 본부를 기세 좋게 가로질러 가는 것이다. 하지만 그곳은 수은등이 쭉 비추는 넓은 길과 출입문이 자물쇠로 채워져 들어갈 수 없는 건물밖에 없다. 또한 속도와 지구력이 필요하다는 점에서 나와 다모츠는 물론, 체육은 영 젬병인 하루도 불안하다. 저쪽이 차를 이용해서 우리를 쫓아오면 어떻게 할 수도 없다.

아니, 그것보다 확실히 우리는 본능적으로 공포에 사로잡혀 마음속이 공황상태였다. 그러니까 알아버렸다. 방금 전에 목격한 죽은 사람과 그 집의 2층에 있는 남자가 누구인지.

나뭇가지에 매달려 있던 사람은 우리가 한밤중에 목격한 '도망쳐서 숨어 있던 의원 비서'였다.

그리고 빈집 2층에 있던 사람은 오늘 낮에 이사장과 함께 우리를 바라보고 있던 남자였다. 엷은 웃음을 띤 이사장 옆에 서 있었던 묘하게 궁상맞고 음흉한 얼굴을 한 죽음의 신 같은 남자. 모리시타조차 정말로 싫어하는 듯 보였다.

그 사람이 누구인지는 모른다. 이사장과 친한 것처럼 보였던 까닭은 아무래도 직권 남용, 뇌물 수수 사건과 연관된 관리나 의원과의 관계 때문일 것이다.

그 사람이 그 집에서 무엇을 하고 있었는지는 모른다. 하지만 적어도 의원 비서의 자살과 아무런 관련이 없을 리 없다. 우리는 발소리를 전혀 내지 않았다. 그런데도 금세 알아차릴 수 있었던 건 2층 창문에서 나무 사이로 목을 매단 사체를 바라보고 있었다는 거겠지. 그래서 다모츠를 발견한 걸 테고.

보통 사람이라면 안면이 있는 누군가가 눈앞에서 자살했다면 깜짝 놀랄 것이고, 죽으려는 걸 알았다면 최소한 줄을 끌러 내려놓으려고 할 것이다. 아니, 전혀 얼굴도 본 적 없는 타인이라 해도. 죽음의 신 같은 녀석은 그걸 태연히 바라보고 있었다. 태연하기는커녕 놀랍게도 재미있는 구경거리라도 보듯 미소를 짓고 있었다.

사람이 자살한 모습을 웃으면서 바라보고 있다면 그건 이미 사람이 아니다. 진정한 죽음의 신이다. 그 죽음의 신에게 들켰다. 쫓아온다. 이것이야말로 공황상태다! 냉정하게 생각한 건 전혀 아니지만.

어슬렁어슬렁 걷고 있을 때는 긴팔 운동복 하나로 조금 추운 느낌이 들었는데, 전력 질주를 했더니 금세 몸이 뜨거워져 땀이 배어나왔다. 캠퍼스를 둘러싼 그저 넓은 포장도로. 수은등에 밝게 비친 잔디. 전망이 좋은 가로수길. 달려도, 달려도 끝이 보이지 않는다.

그 집에서 '옛 구역'으로 통하는 샛길이 있었지만, 당연히 다모츠는 그쪽으로 가지 않았다. 멀기는 하지만 우리가 중·고등학교를 향해 도망쳤다는 인상을 남기지 않는 편이 좋다. 그래서 대학 본부 남단까지 달려 그곳에서 직각으로, 서쪽을 향해 방향을 틀었다. 스스로가 토해내는 숨소리로 귀가 시끄러울 정도였다. '이제 틀렸어' 하고 약한 소리를 내뱉는데 마침내 '옛 구역'과 '새 구역'을 가르는 숲이 눈앞에 다가왔다.

"하루, 힘내!"

"조금만 더!"

휘청휘청하는 하루의 팔을 나와 다모츠가 두 팔로 붙잡고 나무 사이로 뛰어 들어갔다. 낮은 곳에 툭 튀어나온 나뭇가지에 부딪치고 뿌리에 걸려 넘어져도 우는소리도 못하고 그대로 무턱대고 달렸다. 어젯밤에는 그렇게 짙고 눈앞을 빈틈없이 까맣게 칠한 듯이 보였던 숲. 그런데 지금 그 안에 숨으려고 하니 어쩐지 텅텅 빈 듯 미덥지 못한 느낌이 들었다.

하지만 여기까지는 분명 그 남자도 쫓아올 수 없다. 우리는 수은등 불빛도 닿지 않는 곳까지 뛰어가다가 결국 멈춰 섰다.

휴우. 다모츠와 얼굴을 마주 보며 한숨을 내쉬었다. 귀를 기울여봐도 아무 소리도 들리지 않았다. 한밤의 캠퍼스는 완전히 쥐죽은 듯 고요했다.

"안 쫓아오는 거 같은데."

"자동차는 없었지."

"야, 괜찮아?"

"응……. 괜, 찮아."

하루는 낙엽 위에 쭈그리고 앉은 채로 간신히 고개를 끄덕였다.

"얼굴, 들킨 거 같아?"

"가능성은 있어."

나는 떨떠름하게 인정했다.

"낮에 그 사람을 잠깐 동안 힐끔힐끔 바라봤잖아."

"하지만 설마 몇 반인지는 모르겠지."

낮에는 교복을 입고 있었는데, 그 디자인은 중학교와 고등학교가 별반 다르지 않았다. 다만 학교 상징이 중학교는 빨간색이고 고등학교는 파란색이기 때문에 들킬 가능성이 있기는 하지만.

"쫓아오지 않는다고 해도 저쪽에서 숨어서 기다리고 있을지도 몰라."

"멀리 돌아가서 허를 찌르는 수밖에 없어."

벌써 거기까지 생각하고 있었던 걸까. 다모츠의 말투는 침착했다.

"일단 캠퍼스를 나가서 북쪽 길로 담을 넘어가자. 아직 12시도 안 됐어. 시간적인 여유는 있어."

"하지만 적어도 우리가 중학생이라는 사실은 들켜버렸어."

"그게 왜?"

"교칙 위반을 한 건 사실이잖아."

"바보. 우리가 규칙을 위반했다면 저쪽이 한 짓은 뭐냐?"

그 말을 듣고 나는 엉겁결에 앗 하고 소리를 지를 뻔했다. 도망치는 데 필사적이어서 어딘가로 내팽개치듯 머릿속에서 사라졌는데.

"그래. 그 의원 비서는 자살하고."

"자살이 아닌지도 몰라."

"응?"

"살해당했는지도 모른다고. 다모츠, 넌 그렇게 생각하지?"

앉은 채로 하루가 중얼거렸다.

"증인을 숨겨주는 것도 언제까지 그럴 수는 없어. 그 사람이 경찰에 발견되거나 진저리가 나서 스스로 출두해서 곤란한 이야기를 하는 것보다 차라리 아무 말도 못하게 처치하는 편이 안심이 되겠지. 그 사람은 어쩌면 신변의 위험을 느끼고 도망치려고 했던 건지도 몰라. 하지만 결국 도망치지 못하고."

"그럼, 그 죽음의 신 같은 얼굴을 한 사람은."

"말 그대로 죽음의 신, 살인청부업자라고 생각할 수 있겠지, 그치?"

몸이 오싹해지고 등줄기가 서늘해졌던 건 땀이 식어버린 탓만은 아니었다. 그 사람이 바라보고 있던 건 자살한 사체가 아니라 자살한 것처럼 보이도록 한 사체였던 걸까? 화가 자신이 그린 그림이 만족스럽게 완성됐는지 약간 떨어져서 바라보며 확인하듯.

"그렇다면 우리, 기숙사에 돌아가는 것보다 경찰서로 가는 게 낫지 않을까?"

"그 남자가 살해당한 거 같아서?"

하루는 예상 밖의 이야기를 들었다는 얼굴로 나를 쳐다봤다. 나 자신이 상식적인 어른의 말을 했다는 기분이 들었다.

"보고도 못 본 척을 하는 것도 왠지 기분 나쁘지 않아?"

"그것도 선택해야 할 방법 가운데 하나지."

늘 그렇듯 다모츠는 그 정도는 이미 염두에 두고 있었던 것 같다.

"하지만 위험은 산더미처럼 있어."

"뭐, 규칙위반이 탄로 나는 건 어쩔 수 없지만."

"그뿐만이 아냐. 내가 생각하는 최악의 시나리오를 말할까? 파출소는 해결을 못할 거라고 생각하고 경찰서까지 가서 사정을 말한다고 하자. 당연히 경찰은 우릴 쉽게 믿지 않을 거야. 몇 번이나 같은 이야기를 되풀이해줘도 한밤중에 왜 기숙사를 빠져나갔느냐는 추궁을 받고, 설교를 들을걸. 까딱하다간 부모님과 선생님도 불러들일지 몰라. 그리고 우리 말을 믿는다 치고 사체를 찾아 나선다고 해도 이미 사라졌겠지. 그 집에도 사람이 숨겨져 있던 흔적은 아무것도 남아 있지 않을 테고. 당연하지. 우리가 도망친 걸 보고 그 사람은 쫓아오기 전에 사체를 감추고 빈집에 사람이 있었던 흔적을 지웠을 테니까. 경찰이 캠퍼스를 수색한다면 아무리 빨라도 내일 아침 이후가 될 거고. 그 정도는 저쪽도 예상하고 있겠지."

"그런……."

말대꾸를 하려고 했지만 다모츠는 명탐정처럼 집게손가락을 흔들어 보였다.

"결국 남는 건 우리가 도망친 사실뿐이야. 불량한 꼬맹이가 악질적인 장난을 할 생각으로 전혀 근거도 없는 주장을 했다고 할 게 뻔해. 당하는 건 정학 며칠이나 반성문 정도의 벌이라고 해도 말이지. 문제는 그걸로 우리의 이름이 이사장과 그 살인청부업자한테 알려지는 거지. 그 사람이 증인을 자살한 것처럼 꾸며서 사체를 없앴다면 다음은 우리 차례인지도 몰라. 금세 찾아오진 않을 거야. 그 사건과 관련이 있다고 생각하지 못할 무렵에."

“살해당한다고, 우리도?”

설마 하며 웃음을 터트리고 싶었다. 그럴 리가 없잖아. 우리 같은 평범한 꼬맹이를 죽여 봤자 아무 소용없잖아. 하지만 다모츠는 다짐을 받듯 나를 똑바로 바라보며 차분하게 되풀이해서 말했다.

“최악의 시나리오라고 말했잖아.”

“그럼 최악이 아닌 게 있단 소리야?”

“하지만 아까 셋이서 함께 꿈을 꾼 게 아니라면 사람이 하나 죽었어. 도저히 낙관적으로 생각할 수 없어.”

“웃을 수가 없네, 그거 참.”

“최악의 사태가 발생하지 않도록 최악의 경우를 생각해두는 거지, 나는. 그래도 아키, 넌 웃고 싶은 거냐?”

나는 다시 한 번 말대꾸를 하려고 했지만 제대로 소리가 나오지 않았다. 다모츠는 나와 하루를 번갈아 바라보았다. 그 얼굴에는 농담의 빛이 조금도 섞이지 않았다. 그래도 ‘설마 그런……’ 하는 생각만 드는 건 내가 바보이고 전혀 사태 파악을 못하고 있는 걸까?

나도 딱히 나 자신과 하루와 다모츠를 얼씨구나 하며 위험에 빠지게 하고 싶지는 않다. 경찰에게 의심을 받거나 그 탓으로 부모와 교사에게 설교를 듣거나 그 정도 일 역시 당연히 피할 수 있다면 피하고 싶다. 하지만 그렇다고 해서 봐버린 사체를 잊어도 좋다고 태연하게 생각하냐고 묻는다면…….

하루가 중얼거렸다.

"경찰에게 익명으로 전화를 걸면 어떨까. 뉴스에 나온 사람을 캠퍼스 안에서 발견했다든가."

"하지만 그 정도로 경찰이 움직일까?"

"무리야, 증거가 없으면 영장도 발부받을 수 없어."

"그래도 아무것도 하지 않는 것보다 낫지 않나."

"응, 그럼 가자!"

다모츠가 고개를 끄덕이고 나도 어느 정도 한숨을 돌린 기분으로 동의한 바로 그 순간. 휘익 하고 공기를 가르는 소리가 예고도 없이 우리 귀를 관통했다. 하루가 주저앉고, 나와 다모츠가 양쪽에서 기대고 있던 두꺼운 나무줄기. 거기 꽂혀서 흔들리고 있는 건 길이가 30센티미터 정도 되는 새하얀 알루미늄 막대기였다. 아니, 노란 깃털 같은 게 붙어 있으니까 화살인가. 그런데 그게 이렇게 똑똑히 보인다는 사실은.

웃음소리가 낮게 들렸다. 감기에 걸려 목이 아픈 사람처럼 찢어진 종이봉투에서 공기가 새는 것 같은 피식피식 하는 이상한 웃음소리. 그 웃음소리를 들은 건 처음이었지만 그 소리가 누구의 입에서 나오고 있는지는 한 치의 의심도 없이 확신할 수 있었다.

우리는 그 자리에서 꼼짝도 하지 못한 채 고개만 돌려 화살이 날아온 방향을 봤다. 어둠에 익숙해진 눈에 비쳐지는 전등이 너무 눈부셨다.

머리에 헤드램프를 쓰고 두 손에 작은 석궁을 들고 서 있는 남자. 그 싸구려 양복을 입은 죽음의 신이었다.

옛 도서관의 마법사

"그런 짓을 하면 곤란해, 꼬맹이들."

죽음의 신이 웃었다.

"왜 그래? 무사히 도망쳤다고 안심하고 있는데, 갑자기 내가 나타나서 목소리도 안 나오나? 마침 그 집 주변에 조금 특수한 도료를 뿌려두었거든. 너희 발자국을 더듬어오는 건 일도 아니었어."

말을 하며 천천히 다가왔다. 하루가 드디어 일어섰다. 화살이 꽂힌 나무 앞에 서 있는 우리는 밀리듯 주뼛주뼛 뒤로 물러났다. 그건 도망치고 있다기보다 거의 본능적인 행동이었다.

"이런, 도망칠 생각인가. 좋아, 좋아. 한밤중에 숲 속에서 벌이는 여우사냥 놀이도 즐거울 거 같군. 하지만 석궁의 위력을 가볍게 보지 않는 편이 좋아. 보다시피 화살촉이 굉장히 날카롭거든. 명중률이 어떤지 바로 알 수 있을걸. 아아, 물론 너희 셋을 한꺼번에 죽이진 않을 거야. 하지만 누군가 하나는 확실히 활과 화살의 희생물이 되겠지. 가장 약하고 발이 느린 한 사람이. 아프리카의 사바나에서 사자가 영양 무리를 덮칠 때처럼. 무리를 지키기 위한 야생의 법칙이지. 제비뽑기를 할까, 꼬맹이들.”

남자는 이쪽을 향해 조금씩 다리를 질질 끌며 거리를 좁혀 왔다. 푸석푸석한 목소리로 중얼거리며 기뻐서 어쩔 줄을 모르겠다는 듯 어깨를 흔들며 낮게 웃음을 흘렸다.

“뭐야, 그렇게 겁낼 필요 없어. 옷 위에 맞으면 가벼운 상처 정도로 끝나. 음, 눈이나 목에 맞으면 곤란할지도 모르지만. 왜 그래, 벌써 전의를 상실했나? 도망칠 기운도 없나? 그럼, 재미없잖아. 난 모처럼 의욕이 넘쳐나는데. 필사적으로 도망칠 마음이 들도록 시험 삼아 한 번 뜨거운 맛을 보여줄까?”

남자는 웃느라고 일그러진 얼굴 앞에 검정색 금속제 석궁을 들어서 자세를 잡았다. 천천히 다가오면서 뾰족한 끝을 우리 얼굴 높이에서 천천히 오른쪽으로, 왼쪽으로 미끄러뜨렸다.

“의견을 물어볼까. 자, 누가 좋겠나.”

그렇게 움직이고 있어도 무기의 뾰족한 끝은 어긋나지 않았다. 줄에서 손을 놓으면 팽팽히 잡아당긴 활시위가 총신에

엎은 화살을 날릴 거다. 단단한 나무줄기에 박힌 부분을 보니 맞으면 틀림없이 상당히 위험할 것이다.

셋이 한꺼번에 다른 방향으로 달리면 장해물이 많은 숲이라서 아무리 헤드램프를 쓰고 있어도 밤이니까 한번 쏘고 나서 다음 화살을 쏠 때까지 어느 정도 시간차가 생길 것이다. 그리 간단히 성공할 거라고 생각하지는 않는다. 만일 실패한다면 화살이 푹 하고 몸에 박히겠지. 그렇게 생각하니 한심한 이야기지만 오금이 저려서 발이 마음처럼 움직이지 않았다.

"내가 갈게."

다모츠가 고개를 앞으로 향한 채 속삭였다.

"저 사람, 몸무게는 나보다 안 나가. 첫 번째 화살이 빗나가면 달려들겠어. 너희는 그 사이에 도망쳐."

"그건 불가능해."

하루가 울 것 같은 목소리로 대답했다.

"어차피 내 걸음으로 도망칠 수 없어. 그러니까."

그 순간 나는 결심했다. 그렇다기보다 늘 그렇듯 생각하기 전에 몸이 움직였다. 땅바닥을 차고 죽음의 신을 향해 내달렸다. 번개처럼 날아오는 화살. 달리는 나를 향해 낮게 날아오는 화살을 간신히 피했다. 하지만 결과적으로 푹 엎어졌다. 물론 두 손을 짚고 그 자리에서 바로 벌떡 일어났다. 바닥에는 낙엽이 두툼하게 쌓여 있어서 별다른 충격은 없다.

계산하지 못했던 건 두 번째 화살을 준비한 속도가 무시무시할 정도로 빨랐다는 사실이다. 내가 일어서기 전에 화살이 장전된 석궁을 코앞으로 들이밀었다. 이렇듯 가까운 거리에서 눈이라도 맞으면 100퍼센트 끝장난다. 머릿속이 새하얘지고 죽음의 신 같은 녀석의 입이 달싹달싹 움직이며 뭔가 말하고 있는 것이 보였지만, 그 목소리가 귀에 들리지 않았다.

'나, 정말로 죽나?'

'이대로……?'

이런 생각이 들면서도 무서움조차 느끼지 못하는 건 얼어붙어버린 탓일까?

아니, 멈춘 건 시간인지도 모른다. 열로 찐득하게 녹은 엿가락처럼 늘어난 시간 속에 갇혀버린 것 같은.

"엎드려!"

그때 어딘가에서 날아온 목소리. 어디선가 들어본 듯한 목소리라는 생각까지 들 겨를은 없었다.

눈앞에서 툭 하고 둔탁한 소리와 함께 뭔가가 폭발했다. 사진기 플래시보다 백배는 더 눈부신 듯한 빛이 얼굴 한가운데에서 터졌다. 눈을 바늘꽂이로 찌르는 듯한 아픔에 나는 아앗 소리를 지르고 두 손으로 얼굴을 감싸면서 쓰러졌다…….

정신을 차리고 보니 나는 쓰러지지 않았다. 양쪽에서 팔을 잡히고 질질 끌려 가고 있었다. 눈은 동그랗게 떴지만 아무것도 안 보였다. 방금 그 플래시 같은 것 때문에 정신이 아찔했다. 욱신욱신하고 눈물이 나고, 코가 막혔다. 하지만 멈춰서 코를 풀 수도 없다. 숨이 턱 막히고 땀이 줄줄 났다. 눈이 보이지 않는 상태에서 달렸기 때문에 머리와 다리는 끊임없이 뭔가에 부딪쳤다. 그렇게 괴로워한 기억은 여태까지는 한 번도 없었다. 하지만 이를 악물고 필사적으로 발을 버둥거렸다. 내 두 팔을 잡고 있는 사람이 하루와 다모츠라는 건 알고, "엎드려!" 하는 목소리가 누구인지도 알아차렸다.

아주 잠깐 동안 멍해져서 뭐가 뭔지 알 수 없게 되었는지도 모른다. 정신을 차리고 보니 걸음은 멈췄고, 끼익 하고 묵직한 문이 열리는 듯한 소리가 들리는 것 같았다.

"아키, 문지방이야. 발을 들고 넘어가. 그래. 왼쪽 발도."

하루가 조그만 목소리로 말했다.

"요 앞에 계단이 있으니까 왼손으로 벽을 짚어."

"응, 고마워."

"괜찮아? 눈, 아직도 안 보여?"

"괜찮아……. 놔둬. 빌어먹을……."

"너 너무 무모했어."

걸어가는 방향 위쪽에서 예상했던 목소리가 들려왔다. 나는 눈을 감은 채 그쪽으로 얼굴을 돌렸다.

"무기를 가진 상대한테 맨몸으로 정면에서 덤비는 바보가 어딨어?"

"바보라서, 미안해!"

나는 마구 고함을 질러댔다.

"젠장, 내가 실명했으면 어쩔 뻔했어, J!"

"석궁에 맞는 편이 나았을까? 알아차리지 못해서 미안하군."

나는 말문이 막혔지만, 점점 더 화가 치밀어 올라서 입을 삐죽거리고 꾹 다물었다. 도움을 받았다고 해서 이런 녀석한 테 꼭 인사를 해야 하나. 나는 벽을 손으로 더듬더듬하면서 오른팔을 받쳐주는 하루의 손을 의지해서 차근차근 계단을 올라갔다. 보이지 않는다고 시건방지게 구는 녀석의 발을 밟 아버릴 작정이었다. 하지만 간신히 도착한 곳에서 발부리가 바닥에 걸려 넘어지고 말았다. 그걸 받혀준 건 하루의 손이 아니었다.

"괜찮나?"

따스하고 메마른 손, 그리고 상당히 나이가 든 남자의 목소 리.

"아프게 해서 미안하네. 젖은 수건을 줄 테니 열을 조금 식 혀 보게. 조금 지나도 안 나으면 안약을 주겠네."

"저 누구신지……?"

그렇게 묻는 사람은 내가 아니라 하루다. 하지만 대답은 곧 바로 돌아오지 않았다. 그 사이에 나는 편안한 의자에 앉혀져 차가운 수건을 눈 위에 올려둔 채 한숨을 푹 내쉬었다.

"……그래. 묻고 싶은 게 틀림없이 여러 가지 있겠지. 자네들 셋 다."

"산더미처럼 있습니다."

대답하는 다모츠의 목소리.

"음, 자네들한테 그럴 자격이 있네. 물론, 지금 당장 모든 의문에 답을 할 수는 없지만."

앗. 결국 그렇게 가장 중요한 부분은 얼버무릴 셈인가? 그런 생각이 들기도 했지만 귀에 와 닿는 목소리는 뭐랄까, 굉장히 느낌이 좋았다. 온화하고 또렷하고 우리가 꼬맹이라서 적당히 구워삶으려는 태도와 가장 멀리 떨어진 듯하다. 목소리만 듣고 거기까지 생각하는 건 지나친 찬사일까?

"저기, 여긴 옛 도서관 안이죠?"

머뭇거리듯 하루가 물었다.

"그래. 지금은 옛 도서관이라 불리고 있겠지."

노인인 듯한 사람이 대답했다.

"저는 이 도서관은 이제 사용되지 않은 줄 알았어요."

"그렇게 됐지. 대학 본부에 새 도서관이 생기고 평소에 쓰는 새로운 문헌은 그쪽에 있네. 여기는 파손된 책이나 아직 정리되지 않은 부본이 약간 남아 있어. 내세울 만한 중요한 책은 없지. 그렇게 되어 있을 걸세, 표면적으로는 말이지."

"표면적으로요?"

다모츠의 목소리가 한순간에 싸늘해질 정도로 날카로웠다.

"그 표면적이라는 데 포함되는 건 우리 같은 외부 학교 출신입니까? 좀 더 넓게 일반 학생입니까? 그렇지 않으면 이사장 무리입니까?"

잠시 동안 침묵이 흘렀다. 나는 점점 더 참을 수 없어서 눈 위에 덮은 수건을 슬쩍 밀쳐보았다. 그곳은 꽤나 어슴푸레한 방 안이었다. 천장에서 비추는 조명이 없고, 갓에 씌운 천이 누렇게 바랜 플로어스탠드가 그윽한 빛을 내뿜고 있었다. 스탠드 옆에는 색 바랜 소파가 있고 하루와 다모츠가 앉아 있었다. 그리고 낮은 책상을 사이에 두고, 내가 느낌이 좋다고 생각한 목소리의 주인공인 노인이 의자에 앉아 있는 듯했다. 하지만 더러워진 유리를 통해 보고 있는 것처럼 윤곽이 번져서 확실하게 확인할 수 없었다.

내가 앉은 안락의자는 그곳에서 조금 떨어진 곳에 있었다. 빛이 직접 눈에 들어오지 않도록 배려를 해준 듯했다. 방 전체가 꽤 어두컴컴하지만, 나한테는 오히려 다행이었다. 이제 괜찮아졌다. 눈을 뜨고 있을 수 있다. 저쪽 문을 열고 두 손으로 쟁반을 든 J가 눈에 들어왔다.

"자네는 아오키 다모츠 군, 그렇지?"

"……네."

“아오키 군. 아까 말했듯이 자네들한테는 질문을 할 권리가 있네. 하지만 그 모든 걸 지금 당장 여기서 대답할 수는 없어. 절대로 거드름을 피우고 있는 게 아냐. 왜냐하면 지금 자네들 질문에 대답하려면 굉장히 많은 말이 필요한데, 자네는 아직 그 말을 이해할 수 없기 때문이지.”

“변명으로밖에 안 들립니다.”

“그럴지도 모르지. 그럼 이렇게 바꿔 말해볼까? 자네들 눈앞에 있는 건 커다란 숲이네. 자네들은 그 숲 앞까지 도착했고 이렇게 묻고 있네. ‘이 숲에는 어떤 나무가 있고, 어떤 생물이 살고, 그 안쪽에는 무엇이 숨겨져 있는지 알려주십시오’ 하고.

나는 그 질문에 대답하고 숲에서 살아가는 나무와 생명의 목록을 읽어주네. 숲 속에 숨어 있는 다른 존재의 이름도 낱낱이 빠짐없이. 하지만 나무와 그 나뭇가지에 사는 생물에 대해 필요한 만큼의 지식을 자네가 갖고 있지 않다면 그 목록이 자네한테 무엇을 전할 수 있을까? 내 대답은 결국 자네한테 아무것도 전해줄 수 없는 상태에서 사라져버릴 걸세.”

“대답해주셔도 제가 이해할 수 없다는 건가요?”

“그렇지는 않네. 하지만 자네 눈앞에 있는 건 자네가 생각하는 것보다 훨씬 복잡하고 긴 시간을 거쳐 지금 같은 상태가 됐다는 거지. 그걸 하나하나 풀어헤치지 않고서는 오해만

낳을 걸세.”

“……하지만 그 남자는 살인범입니다.”

더는 입을 다물고 있을 수 없어서 나는 안락의자에서 일어나며 말했다. 아직 빛이 눈에 들어오면 찌르는 듯한 통증이 있지만 안 보이는 건 아니었다. 알고 보니 하루와 다모츠, J가 나를 보고 있었다. 정면에 있는 사람은 느낌 좋은 목소리의 주인공였다. 나이는 몇 살 정도일까? 나이 지긋한 집안어른이 없어서 잘 모르겠다. 예순일까, 일흔일까. 털모자를 쓰고 하얀 수염을 기르고 안경을 쓴 노인이다.

나는 빛나는 남자의 눈을 보고 놀랐다. 눈동자에 빛이 깃들어 반짝반짝 광채를 내뿜고 있는 전등 같은 눈. 그런 눈을 하고 있는 노인을 처음 봤다. 적어도 내가 알고 있는 노인은 아니, 좀 더 젊은 어른도, 어쩌면 꼬맹이조차 여릿한 빛에 탁하고 피곤한 눈을 갖고 있는데, 이 사람은 얼굴에 주름이 잡혀 있으면서도 가면이거나 화장을 한 것처럼 갓 태어난 아기의 생기 어린 눈을 지니고 있다.

“세이케 아키라 군, 그렇지?”

그렇게 이름이 불리자 해야 할 말을 잊어버린 것처럼 나는 멍하니 있다가 퍼뜩 정신을 차렸다.

“아, 네.”

“눈이 나았으면 여기 와서 앉아도 되네. J, 차를 준비해주겠나?”

 우리한테는 인사치레라도 느낌이 좋다고 할 수 없는 J가, 이 노인한테 말대답을 하지 않는다. 맑은 적갈색 홍차가 잔에 부어지고 달콤한 향기가 주위에 떠돌았다. 쟁반 위에는 설탕과 우유 단지 외에 손으로 만든 것 같은 쿠키를 담아 놓은 접시도 있었다. 우리는 아무런 거리낌 없이 맛있게 먹었다. 저녁을 먹고 나서 다섯 시간도 더 지났던 터라 굉장히 배가 고팠다.

 뜨거운 홍차는 위부터 온몸으로 구석구석 스며드는 듯했고, 쿠키는 딱딱했지만 호두와 나무열매가 잔뜩 들어 있어서 씹을수록 정겨운 맛이 났다. 배가 상당히 고팠기 때문인지 손을 멈출 수가 없었다.

 “먹으면서 말해도 괜찮으니까 오늘 밤에 자네들이 본 걸 들려주겠나?”

 묻고 싶은 건 우리였지만, 그런 말을 듣고 이야기하지 않을 수는 없다. 우리 세 사람은 우물우물하면서 서로의 이야기를 보충해주고 목을 매단 사체를 발견할 때까지의 일을 설명했다. 도무지 정리가 안 되는 이해하기 어려운 말이었지만, 노인은 섣불리 끼어들지 않고 우리 이야기를 들어주었다.

 “어떻게 생각하나, J?”

 노인이 다정하게 물었다. 찻잔의 가장자리에 아랫입술을

댄 채 잠자코 있던 그 녀석이 대답했다.

"적어도 살인은 아닐 거라고 생각합니다."

"왜 그렇게 단정짓는 건데?"

내 머릿속에도 떠오른 말을 나보다 빨리 다모츠가 입 밖으로 내뱉었다.

"자살로 위장해도 이 캠퍼스 안에서 사체가 발견되는 건 그들한테는 바라는 바가 아니기 때문이야."

J가 바로 대답했다.

"죽이려면 캠퍼스 안은 안 돼. 좀 더 사체를 감추기 쉬운 장소를 선택하겠지."

"나중에 감출 작정이었는지도 모르잖아."

"사체를 옮기는 건 힘이 들어. 그런데 살아 있는 사람이라면 스스로 걷잖아."

그 말투가 몹시 싸늘했다. 하루는 흠칫 하고 어깨를 떨었다. 나 역시 모처럼 따스해진 뱃속에 얼음 덩어리가 들어간 듯한 기분이 들었다.

"그들이라는 건 이사장 패거리야?"

이 질문은 내가 했다.

"꼭 그렇지만은 않아. 그 남자를 고용한 쪽이라는 거지. 의원 비서는 뇌물을 준 쪽, 뇌물을 받은 쪽, 중개해준 중의원, 그리고 증인 은닉죄를 피할 길 없는 이사장, 모든 이한테 위험한 존재였기 때문이야."

"하지만 그렇다고 해서 죽이려고 하기에는."

하루가 새파랗게 질린 얼굴을 쳐들고 말했다.

"너무 지독해. 믿을 수 없어."

하루는 믿을 수 없는 것이 아니라 믿고 싶지 않은 것이다. 하지만 J가 하는 말이 맞겠지. 그 죽음의 신은 방금 전에 사체를 발견한 우리를 석궁의 표적으로 삼을 생각이었다. 물론 죽일 작정은 아니고 잔뜩 겁을 줘서 경찰에 신고하는 건 생각조차 못할 정도로 위협하려는 것뿐일지도 모른다. 그러나 아니, 그렇지 않다. 그 사람은 십중팔구 진심이었다. 그리고 무엇보다 그 상황을 즐기고 있었다. 위험한 장면을 들키고 감추려 하기보다는 멍청한 꼬맹이를 위협하고 사람 사냥의 표적으로 삼은 데에 흥분되는 마음을 주체하지 못하는 얼굴이었다.

그 사람은 죽일 필요가 있다고 생각하면 태연하게 몇 사람이나 죽일 수 있을 거다. 비서의 자살 역시 그곳에서 목을 맨 건 비서 자신의 의지라고 해도 그 사람이 막다른 곳으로 몰아넣었던 게 분명하다. 도망치려고 해도 도망칠 수 없고 살해당할 바에야 스스로 죽는 편이 낫겠다고 생각하게 만들었겠지. 그렇다면 살인과 다름이 없다. 그리고 죽음의 신은 2층에서 그 사체를 보고 '이런 이런, 육체노동은 귀찮은데, 어떻게 어디로 옮겨가야 할까' 하는 생각을 하고 있었을 게 분명하다. 그런데 그곳에 우리가 나타났던 거다.

'그 남자⋯⋯'

조금 남은 홍차 잔을 든 채 나는 목을 매고 죽어버렸던 그 의원비서를 떠올렸다. 처음에 본 건 아마도 술에 취해서 깊은 밤의 '옛 구역'으로 들어와 옛 도서관 문을 흔들어보고, 발로 차고, 커다란 소리로 혼잣말을 하던 모습. 그리고 텔레비전 뉴스 속에 대중매체 무리가 들이민 마이크를 뿌리치면서 성 큼성큼 걷고 있는 모습. 그리고 신문의 망점 사진. 마지막은 얼굴이 똑똑히 보이지 않았다. 아마도 보이지 않았던 게 잘된 거겠지만.

이야기를 나누기는커녕 제대로 얼굴을 마주한 적도 없는, 지금까지도 이름조차 정확히 기억하지 못하는 남자다. 중의 원 비서를 하고 있다는 건 틀림없이 정치에도 야심을 품은 인 물이었을 것이다. '기껏해야 사립학교'라고 말한 점으로 미루 어 국립 T대학교 출신인가. 살아서 만났다면 절대로 좋아할 수 없는 상대다.

하지만 죽어버렸다. 어쩌면 직권 남용 사건에 어느 정도 책 임이 있을지도 모르지만 사형을 당할 정도로 나쁜 짓을 하지 는 않았을 것이다. 그 사건과 관련된 의원의 비서라는 탓으 로 그치들이 저지른 악행의 몫까지 짊어져야 했다. 그렇게 생 각하자 조금은 불쌍하고 동정해줘도 좋을 듯한 마음이 든다.

조금은 말이다.

대화가 끊어진 지점에서 다시 다모츠가 물었다.

"당신들은 이사장과 대립하고 있죠, ……총장파입니까?"

J가 깜짝 놀란 듯 눈을 휘둥그레 떴다. 하지만 노인의 온화한 얼굴은 흔들림이 없었다.

"총장파라. 그건 아오키 군, 자네가 붙인 이름인가?"

"그럴지도 모릅니다. 그런데 어떻게 된 겁니까?"

노인은 눈을 내리깔고 손에 들고 있는 잔에서 홍차를 한 모금 마시고 받침접시에 내려놓았다. 하지만 그 손을 찻잔 손잡이에서 떼지 않은 채로 말했다.

"도조 이사장한테는 뛰어난 경영수완이 있지. 사회가 이만큼 변화해왔는데 전통을 준수하기만 해서는 호쿠토 학원이 앞으로 순탄한 길을 걷지 못할 거라는 그의 의견이 전혀 틀렸다고는 나 역시 생각하지 않네. 변화해야 하는 것, 변하지 않으면 안 되는 것도 분명이 있겠지. 하지만……."

한숨을 한 번 쉬고 노인은 말을 이었다.

"하지만 바꿔서는 안 되는 것, 그걸 바꿔버리면 호쿠토 학원은 사라지게 돼. 적어도 호쿠토 학원 건립 이념에 경의를 표하지 않은 도조 이사장의 방식에는 찬성할 수가 없네."

표정은 여전히 온화했지만 그 입에서 나온 말은 지금까지와 달리 단호했다. 의자 위에서 몸을 앞으로 쓱 내민 J의 등줄기가 그 순간 곧게 펴졌다. 한 손을 가슴에 대고 뭔가 중얼거리는 듯했다.

"건학 이념 '독립자존' 말입니까?"

"그리고 진리는 우리를 자유롭게 한다."

노인의 목소리는 목관악기처럼 깊은 울림을 주었다. 왠지 모르게 그 말이 이해될 듯한 느낌이 들었다. 잠깐 기다려달라는 기분으로 나는 서둘러 끼어들었다.

"하지만 우리는 외부 학교 출신이라서 잘 모릅니다. 이 학교에는 여러 가지 이상한 점이랄까 수수께끼 같은 점이 있지 않습니까? 뭔가, 입 밖으로 내뱉지는 않지만 다들 알고 있는 금기 같은. 그래서 우리는……."

"호쿠토 학원의 7대 불가사의를 조사해보려고 생각했군. 거기에 단서가 있을 거라는 느낌이 들어서. 그렇지, 세이케 군?"

"네? 네, 그렇습니다."

"자네가 말하듯 호쿠토 학원에는 수수께끼가 있어. 7대 불가사의가 아니라…… 찾으려고 들면 좀 더 있겠지만. 자네들은 그 수수께끼를 자네들 손으로 조사하고 해답을 찾아야해. 조사하고 생각하고 답을 찾아내게. 그게 무엇보다 중요한 거니까. 아까 아오키 군에게 말했듯 질문할 권리는 있지만, 지금 당장 대답할 수 없는 이유 가운데 하나는 그걸세. 다시 말해 해답은 하나가 아니네. 스스로 발견해낸 답은 주어진 답보다 낫지. 수수께끼를 풀려고 도전하는 학생은 오랜만이로군. 굉장히 기대하고 있네."

"네? 그 말씀은……."

"7대 불가사의를 밝혀내는 것에 뭔가 특별한 의미가 있다는 겁니까?"

내가 하고 싶은 말을 하루가 쏜살같이 뱉어냈다.

"그것 역시 자네들이 찾아내야 할 해답 가운데 하나네. 가츠라 군."

그렇게 말하고 웃음을 머금은 노인은 또 금세 웃음을 거두었다.

"설마 이 캠퍼스에서 사람이 죽고, 그런 위험한 사람이 배회할 거라고는 예측하지 못했네. 그 탓에 끔찍한 일을 당한 건 불쌍하지만…… 안심해도 좋네. 앞으로 자네들 신상이 위험해지는 일은 없을 걸세. 내가 보장하지."

"이 아이들이 위험해진 건 전적으로 아이들 스스로 막무가내였던 탓입니다, 선생님."

J가 불쾌한 듯한 표정으로 끼어들었다.

"오늘 낮에 그렇게 소동이 일어났는데 어이없게 이 밤에 또 캠퍼스를 돌아다닐 정도로 호기심이 많을 거라고는 생각 못했어. 이제 진저리가 처진다면 7대 불가사의 같은 거 싹 잊고 구립 중학교로 전학을 가는 편이 좋지 않겠어?”

“쓸데없는 참견이군!”

나는 화가 치밀어 올라서 큰 소리로 되받아쳤다.

“그런 일은 네가 끼어들 문제가 아니잖아!”

“그런가. 그렇다면 앞으로 쓸데없는 참견은 조심하도록 하지. 설령 내 눈앞에서 네가 살해당한다고 해도.”

“으…….”

나는 신음했다.

“일본인은 예의 바른 민족이라고 들었는데, 다른 사람이 도와줬을 땐 인사를 하는 거라고 배우지 않았나?”

나는 자포자기하듯 “정말 고맙습니다” 하고 커다란 소리로 외쳤다. 상대는 점잖은 얼굴로 “천만에요” 하고 말하고는 히죽 웃었다. 참으로 하나하나 화가 나게 만드는 녀석이다. 그러고 보니 이 자식은 나를 화나게 만들고, 그걸 즐기고 있나?

“한 가지 더 물어봐도 되겠습니까?”

녀석과 내가 말을 주고받는 것을 아랑곳하지 않고 하루가 차분히 입을 뗐다.

“이사장이 호쿠토 학원을 자신의 소유물로 삼으려고 하는 건 사실입니다. 지금까지 그런 거 저희는 전혀 몰랐지만요.”

“……으음.”

“그런데 호쿠토 학원의 총장이란 사람은 어째서 모습을 드러내지 않습니까? 그 사람이 똑바로 하면 이사장도 제멋대로 할 수 없지 않을까요?”

노인은 금세 대답하지 못했다. J가 뭔가 말하려는 걸 한 손으로 막고, 그대로 침묵했다. 마침내 가만히 수그린 얼굴을 들었지만, 눈썹 사이에는 그때까지 없었던 세로 주름이 새겨져 있었다.

“……총장은 아프다네.”

쉰 목소리로 노인이 대답했다. 조금 전까지만 해도 오보에를 연상시키던 아름다운 울림과는 목소리가 딴판이었다.

“하지만 그 사실이 공공연하게 알려지면 이사장에게 더욱 힘을 실어주는 셈이 되지. 원래 총장은 앞에 나서는 걸 좋아하지 않았네. 도조가 낙하산 인사로 부임할 때까지 호쿠토 학원의 총장은 오랫동안 공석처럼 되어 있었지. 그래서 좋았고. 절대 권력을 지닌 지배자가 피라미드 같은 조직의 꼭대기에 서서 모든 걸 내려디보고 지시한다. 그런 건 결코 다이잔의 이상적인 학원의 모습이 아니었네.”

“다이잔……?”

그 말을 입 밖으로 내뱉고 난 뒤에서 나는 그게 호쿠토 학원의 창립자 이름이란 걸 떠올렸다.

“이제까시는 그걸로 좋았지만 하루가 말한 것처럼 지금은 상황이 바뀌었습니다. 이런 때 학교를 지키기 위해서는 독재

자는 아니더라도 책임의식을 지니고, 앞에 나설 수 있는 사람이 필요합니다."

나도 다모츠와 비슷한 의견을 이야기했다.

"그렇습니다. 총장이 나온다면 이사장을 해고하는 것도 가능하지 않을까요?"

"그렇게 간단한 이야기가 아니야."

J의 말에 또 화가 불끈 치밀었다.

"그렇다면 우리한테도 이해할 수 있도록 설명을 해줘."

"미안하지만 세이케 군, 시간이 필요하다네."

J의 말에는 반발할 수 있었지만, 노인의 묘하게 슬픈 듯한 말투를 듣고 보니 더는 따질 수가 없었다.

"나도 지금 상태가 좋다고는 생각하지 않네. 중요한 걸 지키기 위해서는 방법을 바꿔야 한다는 걸 총장에게 이해시켜야겠다고 생각했고. 그럴 때 자네들이 나타난 것도 상황을 바꾸는 전조인지도 모르겠네."

이런 말을 들어봤자 결국 "잘 모르겠습니다" 하는 반응이 정직할 거다. 우리 세 사람은 얼굴을 마주볼 수밖에 없었다. 그 순간 갑자기 진짜 새가 지저귀는 소리처럼 부엉부엉 하는 울음소리가 들렸다. 벽에 걸린 커다란 시곗바늘이 겹쳐지고 창문이 열리더니 부엉이가 울었다.

"벌써 12시인가. 자네들은 기숙사로 돌아가야지."

"네. 하지만……."

아직 이야기가 마무리되지 않았다고 우리는 입을 모아 말했다.

"걱정할 필요 없네. 기숙사까지 바래다줄 테니."

"그런 게 아닙니다."

"이틀이나 밤을 새우고 수업시간에 졸지 않을 자신 있어?"

젠장. J 녀석. 우리가 절대로 부정할 수 없는 말을 밉살스럽게 입에 올리다니.

"아무튼. 아무리 그래도 오랜만에 도서관에 찾아온 손님인데. 돌아가기 전에 잠깐 여기 서고 안을 보여주겠네."

노인은 그렇게 말하면서 의자에서 벌떡 일어났다. J가 재빨리 옆에 따라붙어 노인의 왼쪽 팔꿈치를 부축해주었다. 재촉하니 그걸 무시하고 죽치고 앉아 있을 수도 없는 노릇이었다. 하는 수 없이 우리도 의자에서 일어서서 두 사람 뒤를 따라갔다.

"그것도 자네들한테 숙제네."

우리를 향해 돌아보는 노인의 눈이 장난을 좋아하는 어린아이의 눈처럼 반짝거렸다.

"호쿠토 학원 7대 불가사의 가운데 첫 번째, 학교 상징에는 왜 별이 여덟 개 있는가. 그 수수께끼의 해답을 스스로 조사해보게. 참고서적을 몇 권 빌려줄 테니."

“……저, 저기 근데 할아버지는 누구십니까?”

단단히 마음을 먹은 듯 하루가 물었다.

“나 말인가. 나는 옛 도서관의 마법사.”

“네?”

“하하, 그건 농담이네. 나는 옛 도서관의 사서이자 관리인,
후치노라고 하네.”

미로 속으로

　옛 도서관 사서인 '후치노 선생님'이 마법사라는 건 농담
이 아닐지도 모른다.
　우리 셋은 그날 밤 마법에 걸려 도서관의 미궁 속으로 안내
되고, 그 뒤로 아직도 그곳에서 빠져나오지 못하고 있는 것인
지도 모른다.
　세계, 그 자체와 같은 크기를 가진 도서관.
　그 자체가 우주와 동일한 도서관.
　옛 도서관의 서고 터널은 사실은 다른 세계와 통하고 있다.
나니아로 통하는 옷장 서랍처럼…….
　무슨 잠꼬대를 하느냐고 생각할 수도 있다. 하지만 그날 밤
부터 연달아 일어난 사건을 생각하면 과장하는 게 아니라는

실감을 하게 된다.

후치노 선생님은 옛 도서관에 살고 있다고 했다. 우리가 있는 곳이 거실이고, 옆에 침실과 부엌과 목욕탕이 있다. 그는 홀로 몇 십 년이나 그곳에서 바깥에는 거의 나가지 않은 채 생활하고 있었다고 했다. 믿기 어려운 일이었다.

"그렇게 놀랄 정도는 아니잖나? 내 나이 정도가 되면 날마다 살아가는 데 필요한 건 그다지 많지 않네. 작은 보금자리와 익숙해진 편안한 의자. 쓸데없는 잡음이 닿지 않는 한 이런 생활이 쾌적하고, 또 살기 쉽다고 할 수 있지."

혼자서 쓸쓸하지 않은가요? 어디론가 여행을 떠나고 싶지는 않습니까? 바깥세상이 신경 쓰이지 않으세요? 우리가 차례로 물었지만 선생님은 웃음을 머금으며 고개를 가로저었다.

"여기에는 나도 다 읽을 수 없을 만큼의 책이 있네. 책을 펴면 친구는 얼마든지 만날 수 있고, 눈 깜짝할 사이에 우주 저 끝에 떨어져 있는 곳을 여행하지. 나한테는 그걸로 충분하고 말고. 게다가 필요한 뉴스는 여기까지 정확히 전달된다네."

그 말이 거짓이라고는 생각하지 않지만, 나한텐 이런 곳에 틀어박혀 언제까지 있어야 하는지도 모르는 채로 생활한다는 건 완전히 무리다. 하지만 그 공기까지 세피아 톤으로 물들일 듯 시대에 뒤떨어지고 케케묵은 주제에 묘하게 편안한 느낌이 들었다. 사람을 침착하게 만드는 거실에 있었으니 그런 생각이 들었을지도 모른다. 내가 이렇게 생각하는 것 자체가 선생님의 마법에 걸린 증거인지도 모르지만.

"그럼 따라오너라" 하는 말을 듣고 졸졸 따라 걷기 시작한 우리는 좁은 복도 안쪽의 자그마한 문을 지나 서고로 발을 들여놓았다. 하지만 불이 켜진 그곳에 나타난 건 우리 가운데 아무도 상상하지 못한 것이었다.

설명하기 쉽지 않지만, 그곳은 건물 몇 층 분량의 바닥을 들어낸 공간으로 금속 책꽂이를 빽빽이 채워놓았다. 대부분 책이 꽂혀 있는 책꽂이는 위아래로 길게 뻗어 있는 벽 같았다. 금속 파이프가 기둥으로 세워져 책꽂이를 받치고 있었다. 사람이 다가갈 수 있도록 2미터 높이마다 발판이 설치되어 있었다. 파이프와 파이프 사이에 공사현장에서나 볼 수 있을 것 같은 구멍 뚫린 금속판이 놓여 있는데, 그 위로 걸어 다닐 수 있었다.

건물 외벽은 돌과 벽돌인 듯하고, 그 안쪽을 따라 폭 1미터도 안 되는 통로가 있었다. 그 바닥도 전부 똑같은 금속 발판이었다. 파이프 기둥에 일단 고정해놓은 듯하지만 한 걸음씩 걸을 때마다 덜커덩거려 당장이라도 빠져서 떨어질 듯했다. 위, 아래층으로 이동할 수 있도록 통로 바닥에 구멍이 뚫려 있고, 벽에도 사다리가 달려 있었다. 나머지 공간에는 오로지 책꽂이와 책꽂이 사이를 사람 하나가 간신히 빠져나갈 만큼의 발판만 있었다. 발밑의 틈으로 엿보니 위에도, 아래도 같은 층이 촘촘히 겹쳐져 있는 듯했다.

"전부, 이런 겁니까?"

어안이 벙벙해진 내가 물었다. 후치노 선생님은 휘익 어깨 너머로 돌아보고 입을 열었다.

"응? 그렇게 놀랐나?"

"네, 뭐. 이런 건 처음 보거든요."

"전부일 리가 있나. 맨 위층에는 이 도서관을 세웠을 때부터 있었던 출납카운터와 열람실이 있네. 높은 천장을 고딕풍 아치가 받치고 있고, 유럽의 유서 깊은 도서관에 필적할 만한 아름다운 조각 장식과 샹들리에와 건설 당시에는 최신식이었던 출납용 리프트가 있지. 하지만 최근 몇 십 년 동안 잠겨 있는 상태라서 먼지가 쌓여 있다네."

음, 그런 거라면 옛 도서관 안에 있어도 놀랍지 않지만 이 공사현장 같은 책꽂이 더미는 뭘까? 도대체.

"뭐, 이렇게 하는 게 가장 수납 효율이 좋네."

기가 질린 내 표정을 바라보며 노인은 장난기 가득한 개구쟁이 같은 얼굴로 큭큭 웃었다.

"근데 이 책꽂이, 분류기호 같은 게 전혀 표시되어 있지 않네요. 어디에 무슨 책이 들어 있는지 이 상태에서 알 수 있나요?"

하루가 물었다.

"당연히 알지."

노인은 밝은 목소리로 대답했다.

"어디에 어떤 책이 있는지 내 머릿속에 정확히 남아 있네. 대출은 해주지 않으니까, 뭐, 간단한 이야기잖나."

우리는 결국 기가 막혀서 입을 다물 수밖에 없었다. 설마 이분, 몇 십 년이나 혼자서 도서관에 틀어박혀서 책 더미를 여기저기로 옮기거나 마음 내키는 대로 늘어놓으며 놀았던 게 아닐까? 그렇다면 훌륭한 은둔형 외톨이라 불러도 되지 않을까?

"게다가 어디에 무슨 책이 있는지 예측할 수 없는 도서관이라는 게 재밌지 않나. 특정한 책을 찾으려고 해도 찾을 수 없네. 그 대신에 우연히 예기치 못한 만남이 있지. 자네들은 이 서가 사이를 헤매고 돌아다니다가 숲에서 버섯을 찾듯 제목과 책등 색깔과 문자 디지인에 눈이 확 이끌려 한 권을 집어 들게 되지. 미지의 책과 생각지도 못한 만남을 경험하게 되는 거야. 그런 도서관을 나는 전부터 꿈꾸고 있었다네. 그 꿈을 하나 실현해보고 싶었네. 그래서 서고의 구조는 이와 같다네."

"재밌다고 생각하지만요……."

"실용적이지 않네요."

"핫핫하. 맞아!"

노인은 기분이 아주 좋은 듯했다.

"실용적인 걸 따지자면…… 요즘은 인터넷이 있잖나. 도서관은 그것과는 다른 지식 체계여야 하네. 지식의 미궁이라고 하면 안 되겠나."

안 되겠냐고 해도, 음.

"아야."

맨 뒤에서 걷고 있던 다모츠가 조그맣게 소리를 질렀다. 어딘가 부딪친 듯했다. 우리 가운데 가장 키가 크고 어깨가 넓은 다모츠에게 이 통로는 너무 좁을 것 같다.

"미안하네, 아오키 군."

후치노 선생님이 또 돌아보며 웃었다.

"이 서고를 처음 만들었을 때는 일본인의 체격이 지금처럼 커지리라고 생각지 못했네. 어차피 한동안 임시로 사용하려고 만들었던 거지만. 그래도 우리 체중의 두 배 무게가 더해져도 충분히 버틸 수 있도록 계산해두었네."

그건 그렇겠지. 하지만 고소공포증이 있는 사람은 힘들지도 모른다. 더구나 만일에 이 발판이 떨어진다면 순식간에 바닥까지 굴러 떨어지겠지. 그런 생각을 하면 마음 놓고 책도 볼 수 없다. 볼펜 한 자루라도 떨어트린다면 주우러 가기도 만만치 않겠군.

"그것보다도 여기가 왜 사용되지 않고 폐쇄되어 있는지 궁금합니다."

다모츠가 따지는 듯한 말투로 물었다.

"이 정도의 장서를 썩혀 두고 있다는 게 이상합니다."

"그것도 7대 불가사의 안에 들어 있겠지?"

선생님의 목소리는 더더욱 즐거운 듯했다. 어쩐지 이 서고에 들어오고 나서 조금 전보다 훨씬 건강해진 것 같다.

"세이케 군, 자네는 뭐라고 썼나?"

"서고의 미로에서 사람이 사라지고, 그리고 흑마술 저주에 걸린 책이 숨겨져 있다."

"음, 그거야. 애썼네. 두 가지 수수께끼에는 인과관계가 있다고 하는 편이 좋겠어. 어리석은 사서가 네크로노미콘과 비치구스 주술 법전 같은 주문에 걸린 책을 손에 넣은 참이고, 그 책에서 뻗어가는 힘으로 공간이 일그러지고, 도서관 통로가 다른 세계로 연결되어버리고, 행방불명 같은 기괴한 사건이 빈번하게 벌어져 폐쇄할 수밖에 없었다는 줄거리는 어떤가."

"농담이시죠?"

"아니, 아니. 그렇다고 단정할 수는 없네. 나 역시 이 도서관의 모든 걸 다 아는 건 아니니까."

어깨가 흔들리고 있었다. 소리를 죽이고 큭큭 웃고 있었던 것이다.

"뭐가 그렇게 우스우세요?"

나는 화가 나서 또 물었다.

"제가 말한 7대 불가사의가 우스꽝스럽다면 그렇다고 말씀해주세요. 저희는 진지하게 이야기하고 있으니까요."

"그렇습니다. 아까 그게 농담이 아니라면 후치노 선생님이 그 책을 손에 넣은 사서이고, 책의 저주를 봉인하기 위해 자기 자신까지 도서관에 가두어뒀다는 거네요."

하루도 웬일인지 분개하고 있는 듯했다.

"'옛 구역'이 폐쇄된 것도 모두 그 책의 저주 탓인가요. 여기서는 시간이 멈춰 있고, 선생님은 백 년이 지났는데도 더는 나이를 먹지 않았군요. 그래요. 사실은 선생님이 바로 호쿠토 학원의 창립자인 기타 다이잔, 그 사람인 거죠!"

"훌륭해."

웃음을 멈추고 선생님은 낮게 중얼거렸다.

"가츠라 군, 자네한테는 소설가의 재주가 있는 듯하군."

그러고 나서 갑자기 등을 둥글게 만 선생님의 뒷모습이 서가 사이로 빨려 들어갔다. 사람 하나가 간신히 빠져나갈 수 있을 정도의 틈새를 걸으면서 좌우 서가를 바라보고 손가락으로 가리킨 쪽에 있는 책을 J가 빼냈다. 그리고 꺼내 온 책 몇 권을 다모츠의 팔에 안겼다.

"특별히 빌려주겠네. 하지만 다른 사람한테는 보여주지 말게. 그럼. 이러고 있는 사이에도 자네들의 수면시간이 줄어들

170

겠군. 지하 서고를 잠깐 둘러보고 오늘 밤은 마무리할까. 다음에 만날 때에는 숙제의 답을 꼭 들려주기를 바라네. 셋이서 힘을 합쳐서 아까처럼 훌륭한 답을 주리라 기대하겠네."

그 무렵 홍차와 쿠키로 보충됐던 우리의 활동 에너지도 다시 제로에 가까워지고 있었던 것이 틀림없다. 안개가 뒤덮이듯 머리가 멍해졌다. 꼼짝 않고 있다가는 그 자리에 서서 잠이 들어버릴 것 같았다.

나중에 떠오른 건 벽에 붙은 사다리를 상당히 오랫동안 내려왔다는 사실. 삐그덕, 삐그덕 울었지만 뚝 떨어지지 않고 바닥에 발이 닿아서 안심했던 사실. 조금 전까지 위험한 발판이 있던 서고와 전혀 다른 터널 공간에 서 있었던 사실. 그 터널 안이 돌바닥으로 되어 있고, 썰렁한 교회 내부처럼 가운데가 불룩한 형태였다는 사실.

높은 천장은 굴곡을 이룬 잿빛 돌로 이루어져 있었고, 어디서 새어 들어오는지 알 수 없는 부드러운 빛이 주위에 가득했다. 정말 꿈이나 환각이 아니었을까? 솔직히 잘 모르겠다.

그 빛이 비추는 벽의 바닥에서부터 천장 부근까지 나무 책꽂이가 빈틈없이 이어지고 있었다. 책꽂이를 채우고 있는 크고 작은 다양한 책, 책등으로 이루어진 벽, 그것들은 어둠속에 녹아들고 있었다. 다시 돌이켜보아도 꿈속 같은 정경이다.

"여기도 옛 도서관 안입니까?"

"아아. 지하 서고. 학원 창립 때부터 있었던 가장 오래된 장서가 있네. 안에는 그 당시 당당히 공개하기 어려웠던 서적도 있다네. 여기서 실제로 사람이 사라졌다는 소리는 듣지 못했지만, 사라질지도 모른다는 생각은 여기 서 있을 때면 들기도 하지, 나 역시."

후치노 선생님의 중얼거림도 어쩐지 꿈속에서 듣는 것 같았다.

"이 서고의 터널은 무한히 뻗어 있는 게 아닐까? 책등을 보면서 걸어가면 먼 과거나 미래에 다다를 수 있지 않을까? 그런 식으로 어느 정도 진지하게 생각한다네. ……아아, 이거 보게."

앞에서 걷고 있던 선생님이 발을 멈추고 우리 쪽으로 몸을 돌렸다. 선생님의 말과는 다르게 지하도서관의 거대한 서고는 그곳에서 더 이상 앞으로 나갈 곳이 없었다. 우리는 천장이 높고, 바닥은 잘 닦인 나무로 이어진, 그다지 넓지 않은 방에 서 있었다.

정면에 문이 하나 있고, 좌우 벽에는 사람만 한 크기의 초상화가 두 점, 서로 마주 보고 걸려 있다.

한 장은 모닝코트에 길쭉한 모자를 옆구리에 낀 노인이었는데, 그 얼굴이 어쩐지 낯이 익었다. 분명 이 사람이 창립자인 기타 다이잔이다. 학교 안내 팸플릿에 실린 사진과 많이 닮았다. 머리숱이 적고 인중에서부터 수염이 뒤덮여 있는 모습이 엄숙한 메이지시대(1868~1912년)의 남자 같았다.

또 한 장은 깃이 높고 소매가 긴, 새까만 드레스를 입은 여자다. 일본인이 아니다. 콧날이 매끈하고, 파랗고 날카로운 눈을 지닌 그렇게 젊지 않은 백인으로 오른손에 펜을 들고, 왼손에 종이를 놓고 뭔가를 쓰다가 고개를 들고 있었다.

"이 사람은 누구입니까?"

하루가 물었다.

"엘리자베스 레기나 베텔스만. 독일에서 온 오르간 연주가로 기타 다이잔의 친구였던 것 같네. 자, 그 문으로 나가면 거리가 상당히 단축되지. 오늘 밤은 여러 가지 생각하지 말고 쉬게나. 걱정할 필요 없어. 자네들 신변에 위험이 닥치는 일은 절대로 없을 테니까."

선생님이 말한 대로 문을 열고 보니 낯익은 콘크리트 통로가 있었다. 생각해보니 그곳은 동아리방이 있는 3층짜리 건물의 지하였다. 그곳에서 지상으로 나가면 중·고등학교를 둘러싼 철조망이 눈앞에 있다. 조그마한 출입구에 채워진 잠금장치는 J가 열어주었다. 기진맥진한 터에 담을 넘지 않고도 돌아올 수 있다는 사실에 안두했던 것도 확실히 기억났다.

고맙다는 인사를 하려고 생각한 순간, J는 잘난 체하는 듯한 충고를 불쑥 내뱉었다.

"앞으로는 멋대로 빠져나오면 안 돼."

나는 또 화가 치밀었다.

"우리가 선생님이 내준 숙제의 답을 알아내면 어떡할래?"

하루가 되물었다. J는 잠깐 생각하듯 아랫입술을 지그시 깨물더니 말했다.

"이걸 빌려주지."

그는 작은 휴대전화기를 하루에게 건네주었다.

"단축번호 1번으로 도서관, 선생님 숙소로 연결되지만 아무 때나 걸어서 귀찮게 하면 안 돼. 그리고 조심해서 다뤄. 휴대전화기 반입은 금지되어 있잖아. 압수당할 상황에 놓이면 망가뜨려."

"알았어. 고마워."

하루가 그렇게 말하자 녀석은 깜짝 놀란 듯 차가운 잿빛 눈을 깜빡거렸다. 그러곤 입속으로 뭔가 우물우물하더니 그대로 사라져버렸다. 무사히 기숙사 방에 돌아오고 나서 나는 하루에게 불평을 터트렸다. 그건 일종의 화풀이였다.

"뭐야, 하루. 그런 녀석한테 인사를 하고."

하지만 하루는 그 말에 대꾸하지 않고 혼잣말을 하듯 말했다.

"수수께끼가 풀리기는커녕 늘어나기만 했어."

“하나를 알면 그 때문에 알쏭달쏭한 게 더욱 늘어나.”

“뭐 말이야?”

“아키, 넌 알아차리지 못했어? 아까 기타 다이잔 저편에 걸려 있던 초상화의 인물.”

“독일에서 왔다는 여자 오르간 연주자? 그 여자가 왜?”

다모츠도 옆 침대에서 목을 길게 뽑았다.

“오르간 연주자만은 아닐 거야.”

“왜?”

“음, 그 초상화가 걸렸다는 건 창립자에 필적할 만한 중요 인물이 아닐까 싶어.”

“J는 분명 그 여자의 친척이나 자손일 거야. 얼굴이 상당히 닮았더라고.”

다음 날은 아무것도 특별한 일 없이 평범한 하루가 이어졌다. 저어도 오전 중에는. 어제의 기묘한 대대적인 수색에 대해 학교에서는 아무런 설명이 없었다. 학생들 또한 질문을 하지도 않았다. 마치 그런 일 같은 건 없었다는 듯 수업과 쉬는 시간이 담담하게 반복되었다. ‘뭐야, 아무도 신경 쓰지 않는 거냐’ 하고 생각하는 건 내가 어젯밤에 보았던 목을 매달아 자살한 사체의 정경을 잊지 않고 있기 때문이다.

하지만 학교 안이 이렇게 평온한 건 그 죽음의 신 같은 녀석이 사체를 어디론가 옮겼기 때문일 것이다. 그걸로 잘된 건가? 입을 꾹 다물고 아무것도 모르는 표정을 짓고 있어도 되는 걸까, 정말? 어제는 그렇게 하는 수밖에 없었지만, 앞으로도 계속? 그렇게 생각하니 머리가 어질어질했다.

뭔가 이상하다. 우리는 옛 도서관 지하를 빠져나와 비서가 목을 매달아 자살하지 않은 다른 차원의 호쿠토 학원으로 빠져나온 건 아닐까? 여긴 직권 남용 사건의 의원 비서가 캠퍼스에 숨겨졌던 일도, 이사장이 거품을 물고 그 비서를 찾으라고 교직원을 동원했던 일도 일어나지 않은 건 아닐까? 우리가 생각할 일은 오직 '7대 불가사의 수수께끼'가 아닐까?

그렇지만 그건 두말할 필요도 없이 진실이 아니다. 오늘은 어제의 연속이었다. 우리가 그 사실을 깨닫는 데에는 시간이 그리 오래 걸리지 않았다.

점심시간에 식당으로 가려고 하는데 다모츠가 조그마한 목소리로 말했다.

"휴게실에서 텔레비전을 보자."

점심시간에 텔레비전 시청은 금지되어 있지만, 휴게실 문이 잠겨 있지 않아서 대놓고 떠들지 않으면 문제가 될 것은 없었다. 매점에서 빵과 우유를 사들고 우리는 남의 눈에 띄지 않도록 재빨리 식당 위층으로 올라갔다. 다모츠의 의도가 뉴스를 보려는 것이라는 건 캐묻지 않아도 알 수 있었다. 다모츠는 관심 있는 사건이 일어날 때는 학보사에 있는 텔러비전을 보러 가는 녀석 아닌가!

하지만 휴게실 텔레비전 앞에는 먼저 온 손님이 있었다.

"너희구나."

반장인 모리시타였다.

"웬일이냐, 모리시타."

하루가 싱긋 웃으며 물었다.

"점심시간에 텔레비전 시청은 바람직하지 않아. 규칙으로 금지해놓은 거 몰라?"

"그건 반장도 마찬가지 아니야?"

"마음대로 해라. 너희가 아무리 아이돌한테 흥미가 있다고 해도 난 상관 않겠어."

모리시타가 벌떡 일어났다. 그대로 나가는가 싶었는데, 조금 떨어진 소파에 진을 치고 앉아 귀에 이어폰을 꽂았다. 음악이라도 들으려는 건가. 무엇을 생각하고 있는지 도무지 알 수 없는 여자애다. 하지만 다모츠는 모리시타가 안중에도 없었다. 리모컨으로 황급히 바꾼 채널에서 뉴스가 흘러나왔다. 어제 본 보도진의 마이크에 둘러싸여서 묵묵히 걷고 있는 의원 비서의 영상.

하지만 영상에 겹쳐진 기자의 음성은 어제와 달랐다.

"……도쿄에서 사체로 발견된 스미타 다카시 씨는……."

나는 하마터면 소리를 지를 뻔했지만, 장소가 장소인지라 가까스로 참았다. 귀를 기울여 듣고 있자니 여러 가지 영문을 알 수 없는 상세한 내용이 들려왔다. 중의원의 비서로 경시청에서 참고인으로 출두를 요구받은 뒤 행방이 묘연해졌던 스미타 씨(비서의 이름이었다)의 사체는 오늘 새벽 도쿄 네리마구 S공원 벤치 위에 뉘여 있었다. 사체에는 목을 매어 죽은 듯한 흔적이 남아 있었지만, 줄은 발견되지 않았다고 한다.

다모츠는 텔레비전을 끄고 일어났다.

"이만 실례."

모리시타에게 그 말을 남기고 빵을 베어 물면서 다모츠는 계단을 종종걸음으로 내려갔다. 우리도 서둘러 그 뒤를 쫓아갔다. 도중에 올라오는 여학생과 엇갈렸다. 생각보다 점심시간에 휴게실을 찾는 사람이 꽤 있는 것 같았다. 비밀이야기라면 걸으면서 하는 편이 안전할 것 같다.

"인터넷 뉴스?"

"컴퓨터 자리가 비어 있다면."

그럴 가능성은 희박하다.

"어떻게 생각해? 다모츠."

"S공원이라고……. 직선으로 어림잡아 10킬로미터 떨어진 곳이잖아."

"자동차를 타고 간다면 대단한 거리는 아니야. 게다가 밤이고."

우리를 놓친 죽음의 신 같은 녀석이 자살한 비서의 사체를
버리러 간 것을 예상하고 내가 말했다. 캠퍼스에서 발견되면
이사장이 관여했다는 게 발각될지도 모른다. 그러면 범인 은
닉이 아닌가. 참고인일 테니까! 그게 아니더라도 뭔가 문제가
될지도 모르고.

"멍청하구나."

다모츠가 툭 내던지듯 말했다.

"절대로 발견하지 못하도록 처리하려면 구덩이를 파서 묻
든가, 무거운 걸 달아서 도쿄 만에 가라앉히던가, 하다못해
좀 더 멀리까지 가서 산속에 버리던가 해야 하는 거 아니야!"

"자살이라면 자살인 상태로 두는 편이 좋을 텐데. 목에서
줄을 벗겨 내지 않고."

하루도 냉정한 말투로 맞장구를 쳤다. 그러고 보니 이 녀석
도 추리소설 같은 걸 꽤나 읽었나 보다.

"하지만 말이지, 사체를 옮겼다면 흔적이 남잖아. 사후 반
점이라고 하나. 목을 맨 위치 같은 곳에서."

나도 이야기에 끼어들었다.

"그러니까 발견되는 건 상관없지만, 그런 걸 판별할 수 없게
될 정도로 부패가 진행된 뒤가 좋겠지. 산속에서 목에 줄을
매단 채 부패되어 있다면 스미타가 스스로 거기까지 도망쳐

서 자살했다고 보이잖아.”

“그렇지. 여기서 네리마라면 바다든 산이든 역방향이야.”

곰곰이 생각해보니 빵을 베어 물고 우유를 마시면서 이런 이야기를 하는 우리 역시 위험하지 않을까 싶었다. 어머니가 엿듣기라도 한다면 ‘우리 아들이 그동안 혹시 살인을 저지른 게 아닐까’ 하고 공황상태에 빠질지도 모른다. 농담이 아니다. 이건 단순한 추리일 뿐이다.

“맞아. 아까 뉴스로는 자세한 상황을 알 수 없지만, 벤치 위에 누이고 줄도 벗겨놓았다는 걸 보니까 아무렇게나 내버린 거 같진 않아.”

“그렇지.”

“그럼 왜 그랬을 거라고 생각해?”

나 역시 궁금해하던 것을 하루가 정확하게 짚어냈다.

“죽은 사람에 대한 경의를 표현한 걸까?”

“그 남자가 그런 일을 할 사람이라고 생각해?”

“생각하지 않아” 하고 나와 하루가 대답했다. 그 사람한테 살해당했다고 단언하는 건 아니다. 짧은 만남이었지만, 충분히 그렇게 생각이 든다. 적어도 그 죽음의 신 같은 남자는 죽은 이에 대한 경의 같은 걸 손톱만큼도 생각하지 않는 인간이라는 사실.

사이코처럼 사체를 절단하는 잔인한 살인귀는 아닐지도

모른다. 쓸데없는 짓은 하지 않고, 문제될 건 되도록 줄이고 싶은 합리주의자인 것 같다. 어젯밤에도 우리를 죽이지 않더라도 경찰에 신고할 마음조차 먹지 못하게끔 겁을 줄 필요가 있었다. 그래서 독살스러울 정도로 악역을 연기했다.

뭐, 그렇더라도 생긴 건 어쩔 수 없을 거다. 굉장히 착한 사람처럼 행동해야 해서 그렇게 행동한다면 무리가 갈 것이다. 타고난 성격이 전혀 딴판이지는 않을 것이다. 그런 생각이 든다. 사체를 버리는 데 멀리까지 안 가도 된다면 얼씨구나 하고 가까운 데 내버리겠지만, 줄을 벗겨낼 정도로 쓸데없는 수고는 들이지 않을 것 같다.

비정한 합리주의자라는 점에서는 J도 비슷하다. 도움을 준 인물을 이렇게 생각하는 건 도리에 어긋나다고 할지 모르겠다. 하지만 그 녀석이 우리를 도와준 건 우연히 마주쳤기 때문이 아니라 뭔가 합리적인 이유가, 정확히 말하면 우리가 이용 가치가 있기 때문이 아닐까? 뭐, 어떤 이유든 죽이는 것보다 도와주는 편이 나을 테지.

"그럼 누가 했을까?"

"하루, 넌 어떻게 생각해?"

"정보가 부족해, 결정적으로."

이럴 때 인터넷이 가장 유용하다. 대중매체의 보도뿐 아니라 무책임한 소문부터 확실한 정보까지 눈에 띄는 사건에는 장마철 곰팡이처럼 무수한 이야기가 달라붙는다. 하지만 어디까지가 사실인지 알 수 없다.

그러나 빈 컴퓨터는 찾을 수 없었다. 점심시간에 학생에게 개방되어 있는 컴퓨터는 다들 자리를 차지하고 있었다. 학보사 동아리방에 가면 비어 있을지도 모르지만 선배들이 주위에 있을 것이다. 더구나 뭘 보느냐고 물어본다면 설명을 할 수 없다. 그런 처지에 놓이게 되는 건 곤란하다. 이사장과 그 직권 남용 사건이 관련이 있다는 걸 알아차린 선배도 있을 테고.

거기까지 생각하고 나는 나 자신이 떠올려서 시작한 7대 불가사의 조사와 이사장파 대 총장파의 대립과 직권 남용 사건이 전혀 다르다는 걸 새삼스레 깨달았다. 그러나 세 가지 사건 모두 떼려야 뗄 수 없을 정도로 얽혀버렸다. 나는 이 상황에서 머리를 감싸 쥐고 싶어졌다.

후와 여사에게 7대 불가사의 조사를 단번에 거절당하지 않았다면 다모츠는 분명 이사장이 의원 비서를 감싸고 있던 일에 대해서도 그녀에게 털어놓았을지도 모른다. 후와 여사는 사회 뉴스에도 관심을 보이고, 고등학생답지 않은 날카로운 분석을 더한 사설을 때때로 〈호쿠토 타임스〉에 게재한다. 따라서 어떻게 이사장의 부정을 파헤치느냐도 분명 함께 생각해줄 것이다.

하지만 우리가 의원 비서인 스미타를 발견하고, 다음 날 그 사체까지 보게 된 건 애당초 그녀가 말렸던 7대 불가사의 조사를 실행했던 탓이다. 이사장과 틀림없이 결탁하고 있는 죽음의 신 같은 녀석에게 습격을 당했다. 연결고리는 잘 모르겠지만, 분명 7대 불가사의와 관련되어 있다. 후와 여사가 "시시하다" 하고 부정한 우리의 7대 불가사의 조사를 적어도 후치노 선생님은 환영하고 있다. '옛 구역'을 금기시하는 건 그녀 한 사람의 생각인지도 모른다.

그렇다고 J와 후치노 선생님을 어디까지 의지해야 할까? J는 신출귀몰하지만, 아무리 생각해도 성격이 안 좋고 나를 눈엣가시처럼 여긴다. 이건 내기를 해도 좋다. 선생님은 상당히 괴짜이지만, 착한 사람이라는 점만은 틀림없다. 하지만 꽤나 나이가 많고, 은둔형 외톨이다. 위급할 때는 우리를 지켜줄 힘이 있는 것 같지 않다.

'왜 이렇게 엉망이 되어버렸을까……. 나는 딱히 총장파도, 이사장파도 아니고 사회 정의 같은 거 알지도 못한다. 그지 평범한 중학생으로 평범하게 즐거운 학교생활을 보내고 싶을 뿐인데…….'

하앗 하고 한숨을 내쉬다가 나는 눈앞에 여학생이 우리 셋을 물끄러미 바라보고 있다는 걸 알아차렸다. 우리는 도서실 컴퓨터 코너 옆 벽에 기대서 한 군네라도 비면 달려가기 위해 만반의 기회를 노리고 있었다.

"무슨 용건이라도?"

다모츠가 퉁명스레 물었다.

"어. 너희 세 사람한테."

시시도 마리나, 우리와 같은 반인 여자아이다. 외부 학교 출신이지만 성적은 우리 학년에서 2등 아래로 내려간 적이 없는 대단한 애다. 단발머리에 헤어밴드를 올리고 학생다운 뿔테 안경에 교복 넥타이를 깔끔하게 맨, 어디서나 볼 수 있는 성실한 여학생의 모습이다. 지금까지 중·고등학교의 우등생은 모두 호쿠토 토박이들이 독점하고 있던 터라 신기한 존재라 할 수 있다. 물론 나는 지금까지 한 번도 이 여자아이와 이야기를 나눈 적이 없고, 딱히 관심도 없다.

시시도는 어깨에 찰랑거리는 자신의 머리카락을 오른손으로 가볍게 젖히고 턱을 치켜들고 다모츠를 보았다. 다모츠는 키가 크기 때문에 턱을 들지 않으면 눈길을 맞출 수 없다.

"아까도 휴게실에서 말을 걸려고 했는데 어긋나서 어디로 갔나 줄곧 찾아 다녔어. 동아리방이 있는 건물로 갔나 했는데…… 컴퓨터를 쓰고 싶어? 도서실은 쉬는 시간에 늘 붐비고 불편하잖아. 알고 있을지도 모르겠는데, 나 컴퓨터 동호회에 들어갔어. 내 전용 컴퓨터를 갖고 있어."

묘하게 우쭐거리는 듯한 말투다. 그래서 어쩌라고.

"동아리 권유하러 왔어?"

다모츠는 '그럴 리는 없겠지' 하는 말투로 되물었다. 휴게실에서 쫓아왔다면 컴퓨터를 화제로 삼을 수는 없을 것이다. 하지만 시시도는 고개를 끄덕였다.

"응, 꼭 너희 세 사람을 우리 동아리방으로 초대하고 싶어. 오늘 밤 저녁식사 후 8시에 와줄래. 외출 허가는 틀림없이 날 테니까."

동아리방이 있는 건물은 중·고등학교 바깥쪽 캠퍼스에 있기 때문에 밤에는 보통 드나들 수 없다. 꼭 그 시간에 활동하고 싶은 경우에는 미리 사용 허가와 학생의 외출 허가를 받아야 한다.

"귀찮은데."

내가 대수롭지 않게 생각하고 그렇게 말한 건 시시도의 '초대해줄게. 기뻐해' 하는 식의 말투가 거슬렸기 때문이다. 컴퓨터 동호회라는 건 몰랐지만, 어차피 우등생이 중심이 되어 있을 거다. 그렇다면 우리에게는 자격이 없다. '특별히'라고 해도 딱히 기쁘지 않았다.

"나는 읽고 싶은 책이 있어서."

하루는 진심일 것이다. 옛 도서관에서 빌려 온 책을 조사하고 싶어서 견딜 수 없을 거다.

"두 사람한테 그럴 마음이 없다면 나도 마찬가지야."

다모츠가 시원스레 고개를 가로저었다. 시시도는 거절당

할 거라고 생각조차 못했는지 안경 속의 눈이 동그래졌다.

"너희, 몰라? 이게 어떤 의미의 초대인지?"

"전혀. 하지만 딱히 알고 싶지도 않아. ……점심시간도 곧 끝나겠다. 갈까?"

다모츠가 복도 쪽으로 삐죽 얼굴을 내밀고 걸음을 내딛었다. 우리도 따라서 도서실을 나갔다. 시시도가 우리 뒤를 쫓아왔다.

"기다려!"

앞으로 돌아와 가로막았다. 얼굴이 새빨갛다. 화가 난 듯이.

"비켜."

다모츠가 위협적으로 말했지만, 시시도는 꼼짝도 하지 않았다.

"너희가 얼마나 바보고 세상물정을 모르는지 알긴 아니? 이런 기회를 허사로 만들어도 난 상관없어. 하지만 말이야. 나중에 원망 듣는 건 싫어서 말해두는 거야. 이 초대를 거절하면 틀림없이 후회하게 될 걸."

"시시한 소리 하지 마. 모처럼 밤에 생긴 자유시간에 허름한 동아리실에서 중고 컴퓨터를 만지작거리는 게 무슨 기회라는 거냐?"

"바보구나. 정말!"

시시도는 비웃었다.

"컴퓨터 동호회 고문이 누군지 몰라? 도조 이사장님이야.
우리 동아리방은 이사장님 사택 안에 있고, 희망하는 사람은
하루 종일 자기 컴퓨터를 쓸 수 있어. 정말이지, 왜 너희 같은
바보를 초대하라고 이사장님이 말했는지, 전혀 모르겠다. 자,
이래도 거절하고 싶으면 거절해!"

최악, 한밤의 다과회

그런 까닭에 우리는 그날 밤, 사흘 연속으로 기숙사를 빠져나왔다. 오늘 밤에는 북쪽 문으로 나와 바깥 길을 돌아 동쪽 정문을 통해 캠퍼스로 들어갔다. 하지만 '옛 구역'의 드넓은 서쪽 지역까지는 가지 못했다. 대신 대학 본부가 있는 북쪽 언덕 위의 이사장 사택을 방문했다.

보통 외부 사람들이 호쿠토 학원 캠퍼스를 방문하면 정문 안쪽에 있는 경비실에서 확인을 받은 뒤 벚꽃 가로수가 즐비한 직선 도로로 들어가게 된다. 자동차를 오른쪽에 있는 주차장에 세우고 앞으로 걸어 가다보면 제일 먼저 만나는 곳이 중앙에 분수와 화단이 있는 원형광장이다. 중·고등학교 건물(그리고 건물을 캠퍼스에서 격리하는 철조망)은 그곳에서 오른쪽,

188

막다른 곳에 있다.

낮이라면 분수에서 솟아오르는 물줄기 뒤편으로 대학 본부의 하얀 건물이 몇 동쯤 보일 터였다. 하지만 지금 눈에 들어오는 건 오직 초록색뿐이다. 그 초록색에 파묻히듯 왼쪽에는 테니스코트와 체육관, 운동장, 실내 수영장 같은 운동시설이 있고, 좀 더 남쪽에는 교직원 기숙사와 학생 기숙사가 사이를 두고 서 있다. 원형광장을 지나 똑바로 가면 대학 본부가 나온다. 거기서 오른쪽으로 돌면 손질이 잘된 골프장 같은 잔디 언덕이 있고, 그 위로 느티나무 숲에 둘러싸인 유리 건물이 보인다. 건물은 케이크 상자처럼 생겼다.

예상했겠지만 이곳이 바로 이사장 사택이다. 그러나 예비지식 없이 보면 크기도 그렇고 위치도 그렇고, 백 사람이면 백 사람 모두 무슨 기념관이나 호쿠토 학원 전체를 아우르는 중요한 건물이라고 생각할 게 분명하다. 그만큼 이사장 사택은 멋있고 위풍당당하게 보인다. 대학의 심장부를 시야에 담을 수 있는 고지대에 한자리를 차지한 채.

도조가 이사장이 된 건 5년 전 일이다. 그 직후에 이 사택이 건설된 듯하다. 그때까지 호쿠토 학원의 이사장은 다들 이 대학 졸업생이었다. 문부과학성의 낙하산 인사로 임명된 데에 어떤 경위가 있었는지 조사했지만 확실한 결론을 얻지 못했다고 다모츠가 말했다.

　도조를 맞이하기 전에 이사회가 이미 허수아비가 된 모양이라는 말만 덧붙였을 뿐이다.

　어둠 속에서 벚꽃 가로수 길을 걸었다. 서두르는 기색 없이 터벅터벅 걸으면서 내가 물었다.

　"이사회라는 게 그렇게 대단한 거야?"

　고개를 갸웃거리는 내게 다모츠가 대답했다.

　"으음. 주식회사의 이사회와 마찬가지니까."

　어쩐지 알 듯 싶기도 하지만, 사실은 이해가 잘 가지 않았다.

　"그럼 총장은 사장인 건가?"

　"주식회사라면 이사회가 사장을 해임할 수 있지. 하지만 호쿠토 학원의 총장은 세습되는 거 같아."

　"사장이 아니라 왕인 셈인가?"

　"그럴지도."

　과연, 호쿠토 학원은 왕국이었다. 평화를 사랑하는 온순한 왕은 국민을 힘으로 지배하고 싶어하지 않는다. 그래서 모습을 감추고 있다. 하지만 그 틈바구니로 나쁜 사람이 다가와서 신하들을 현혹시켜 왕국을 빼앗으려고 하고 있다든가…….

　"하지만 혁명이 일어나면 왕도 물러나게 돼, 까딱하다가는 목이 싹둑 잘리는 거지."

　하루가 소곤거렸다.

“역시 아무리 생각해도 왕, 아니 총장은 너무 태평해.”

“혁명이 일어난다면 아무래도 들고 일어나는 건 학대받은 국민이겠지. 하지만 우리 왕국의 국민은 압제정치에 놓이지도 않았고, 혁명을 일으킬 기색도 없어. 제멋대로 날뛰는 이사장과 이사회라면 왕국을 빼앗는 것 정도야 누워서 떡먹기겠지. 음모 같은 걸 꾸며서.”

“그래. 혁명을 일으킬 기색도 없고, 음모를 알아차리지도 못한 거지. 그저 태평스레 주어진 자유와 평화를 만끽하고 있는 거야. 그런 상태를 뭐라고 부르는지 아키, 너 알아?”

“아니. 뭔데?”

“평화에 취해 있다.”

하루는 언제나 신랄하게 말한다. 하지만 아는 게 별로 없는 난 그럴싸하게 대꾸할 말을 찾지 못했다.

“아무튼 알아버린 이상 시치미를 뗄 수는 없겠지.”

다모츠가 말참견을 한다.

시시도의 말에 “가자” 하고 대꾸한 사람은 다모츠였다. 나는 예상치 못했던 이름이 나와서 깜짝 놀랐다. 하루가 “그만두자”며 다시 한 번 말렸지만 다모츠는 고집을 꺾지 않았다.

“도대체 이사장이 무슨 용건으로 우리를 부르는 걸까?”

“그걸 모르니까 가는 거지.”

“알면 어쩔 건데.”

"그 사람이 직권 남용 사건과 관련되어 있다는 증거를 포착하면 학원에서 쫓아낼 수도 있지 않겠어? 이런 절호의 기회를 놓치면 어떡해?"

다모츠는 무척이나 단호했다.

입 밖으로 내놓지는 않았지만 나는 내심 벌벌 떨고 있었다.

이사장이 우리 세 사람에게 관심을 보이는 건 의원 비서의 죽음을 목격했기 때문인 게 분명하다. 그 죽음의 신 같은 녀석이 어제 일어난 일을 이사장에게 전부 보고한 게 틀림없다. 아무리 사체가 캠퍼스 바깥에서 발견됐다고 해도, 그 사건과 이사장과의 연결고리가 아직 알려지지 않았다고 해도, 설령 우리가 열세 살짜리 꼬맹이라도 해도 이사장에게 우리 셋은 사건을 목격한 위험한 증인인 셈이니까.

그래서 그날 오후 우리는 밥 먹는 시간도 아껴가며 몸을 지킬 대책을 세웠다. 일단 그저께와 어제 본 사실을 아주 급하게 글로 썼다. 그리고 두 장을 더 복사해서 제가끔 서명을 한 뒤 이중 봉투에 넣었다. 봉투를 봉하고 우표를 붙인 다음 각각 다른 주소를 기입해서 우체통에 넣었다. 다모츠는 신문사에 근무하는 아버지에게, 나는 오사카에 살고 있는 사촌에게, 하루는 지방에 있는 옛 친구에게. 일단, '내용은 보지 말고 맡아주세요'라고 적은 쪽지를 동봉했다. 우리 신변에 무슨 일이 일어나면 그때 읽어주십사 하면서. 아이들이 목격한 데 지나지 않지만, 그것이 유언이 된다면 진지하게 믿어줄지도 모른다(우와, 멋지다!).

그러나 중학생 신분이란 서러움. 오후에도 수업이 있는데다가 청소당번이기도 하고, 어떻게든 특별활동을 빠진다 해도 다른 일을 하기에는 시간이 턱없이 모자랐다. 그리고 우리는 지금, 이사장 사택을 향해 도살장에 끌려가듯 터벅터벅 걷는 중이다.

"그런데 왜 우리 같은 학생을 부르는 걸까? 도무지."

"시시도처럼 이사장 지지파에 참여해달라고 말하려는 게 아닐까?"

"컴퓨터 동호회에 들어오라는 게 뭔가 굉장히 좋은 일이고 커다란 기회인 것처럼 얘기하더라."

"자기들은 이사장 지지파가 아니라 혁명파라고 생각하고 있는지도 몰라. 구태의연한 호쿠토 학원을 쇄신하는 운동을 떠맡고 있다, 뭐 그런 거."

"그게 바로 이사장이 뒤에서 조종하고 있다는 증거야."

"뒤라고 하기엔 너무 노골적이잖아."

"나쁜 일이라고 생각하지 않기 때문이겠지."

"직권 남용이나 탈취는 나쁜 게 아닌가?"

"가치관의 문제지."

"구체적으로 말해봐."

"낭비를 싫어하는 사람한테는 낭비를 모르는 체하는 게 나쁜 거라고 생각되겠지."

"도쿄 내의 넓은 땅을 제대로 활용하지 못하고 내버려두는 것처럼?"

잠시 묵묵히 있던 하루가 툭 하고 말을 내던졌다. "그래" 하고 다모츠가 고개를 끄덕였다.

"그러니까 같은 말을 했잖아."

내가 대꾸했다.

"그 죽은 비서 말이지."

"그래."

우리가 보고 있다는 걸 모르고 지껄였던 말. "'옛 구역'을 쓸데없이 낭비하는 것도 정도가 있지"라고 했던 것.

"그 사람도 가치관이 같았나?"

"뇌물을 받는 건 지위를 이용해서 돈을 버는 거야. 그러니까 애써 손에 넣은 지위와 기회를 살리지 못하는 것도 낭비라는 이론일 테지."

"결국 돈인가……."

나는 하늘을 보며 탄식했다. 벚꽃 가로수 길이 끝나자 널따랗게 펼쳐진 밤하늘이 보였다. 별가루가 총총 뿌려져 있다.

"그렇게 좋은가, 돈이."

"아키, 넌 필요 없어?"

“필요 없다고는 할 수 없지만 적어도 여기에 있는 한 그다지 쓸 일은 없잖아.”

컴퓨터도, 게임기도, 휴대전화기도 반입 금지. 교복을 입고 있는 시간이 대부분이라 옷도 필요 없다. 용돈도 주말에 외출할 때에야 겨우 쓸 수 있다. 그나마 데이트할 상대가 없으면 PC방에서 조금 쓰는 게 전부다. 대학생이라면 사정이 다르겠지만.

“돈 같은 건 필요 없어. 그저 빨리 어른이 되고 싶을 뿐이야.”

하루가 툭 하고 말을 내뱉었다.

“동감.”

다모츠가 짧게 동의한다.

“나도 그래.”

어린아이들은 자유롭지 못하다. 어른의 명령에 따라야 하니까. 우리 같은 어린아이들은 여러 가지에 얽매인다. 학교나 부모나 가정. 호쿠토 학원은 부모와 가정에서 아이들을 떼어내어 자유롭게 해주는 듯하지만 실은 그렇지도 않다. 학교라는 또 다른 우리에 가두어놓을 뿐이다. 그 사실을 의식할 때마다 어쩐지 목이 조이는 것 같다.

우리 학교의 건학 정신은 ‘독립자존’이다. 스스로 홀로 서기, 자신의 인격과 위엄을 유지하기.

하지만 그건 이상에 지나지 않는다. 결국 허망한 구호 같은 거다. '오른쪽으로 향해라, 오른쪽으로' 하는 말을 듣고 오른 쪽으로 가는 중학생 꼬맹이에게는 독립도, 자존도 있을 수가 없다. 하지만 적어도 다른 곳보다는 낫지 않을까…….

그건 그렇고.

물론 이사장 사택을 처음 본 것은 아니다. 체육관이나 운동장으로 가는 길에 힐끗 바라본 적은 있다. 하지만 발을 멈추고 정면에서 차분히 바라보는 건 처음이었다. 평평한 지붕에 하얗게 부어놓은 콘크리트와 벽처럼 보이는 투명한 유리창. 매우 현대적인 느낌을 주는 2층짜리 개인 주택이다. 아니다. 내가 알고 있는 고만고만한 집을 개인 주택이라고 한다면 이쪽은 초호화 저택이라고 말하는 게 맞을 것이다. 하지만 반은 사무실과 응접실로 사용하는 것 같으니 순수한 저택도 아니다.

업무 시간이 아니라 그런지 1층 정면 쪽을 향해 튀어나온 창문은 어둡다. 그런데 우리가 다가가자 문이 쓱 열렸다. 벨도 누르기 전에 말이다. 시시도였다. 교복이 아니라 분홍빛 원피스를 입고 있었다. 솔직히 말하자면 그다지 어울리지 않았다. 얼굴과 옷이 겉도는 느낌이랄까? 하지만 그런 건 우리가 상관할 바가 아니니까.

"너희, 굉장히 늦었네. 8시라고 말했잖아."

우리가 입을 뻥긋하기도 전에 시시도가 잔소리를 쏟아 부었다. 고압적이고 비난하는 듯한 말투에 마음이 상했다. 겨우 8시 10분을 막 지났을 뿐인데.

"중·고등학교 정문을 8시 10분 전에 나온 거 알고 있어. 왜 늦은 거야?"

"별일 없었어. 그냥 평소처럼 걸어왔을 뿐이야."

무던한 다모츠가 부루퉁한 얼굴로 대답했다. 하지만 시시도는 분이 안 풀렸는지 점점 더 열을 냈다.

"농담하지 마. 기어온 것도 아니고, 특별한 일도 없으면서 시간을 지키지 않다니. 제멋대로인 애들은 딱 질색이야, 실격이라고!"

그 순간 나는 다모츠에게 '돌아가자'고 말할 뻔했다. 그때 시시도 뒤에서 누군가가 나타났다. 그는 '자, 자' 하고 어르듯 그녀의 어깨를 두드렸다.

"현관 앞에서 말다툼할 일은 아닌 것 같다. 모처럼 와줬는데, 얘기는 끝까지 들어봐야지. 자, 들어와라."

말투는 전형적인 아저씨 같았지만, 딱 보기엔 안경을 낀 호리호리한 고등학생 같았다. 옷 취향도 별났다. 하얀 버튼다운 셔츠에 갈색 계통의 니트 카디건. 역시 아저씨 스타일이다.

"하지만 부장."

시시도가 불만스러운 얼굴로 돌아보았지만, 부장이라는 사람은 이미 안으로 들어간 뒤였다. 그녀는 어쩔 수 없다는 듯 토라진 표정으로 몸을 빼더니 우리 사이를 지나갔다.

그곳은 현관에서 칸막이 없이 이어진 넓은 로비 같은 공간으로 오른쪽에 회사 안내데스크 같은 카운터가 있었다. 하지만 지키고 있는 사람은 없었다. 그 뒤쪽이 조금 전 불빛이 꺼졌다고 생각한 방인 듯하다. 왼쪽 방은 문이 반쯤 열렸는데 인기척이 새어나왔다.

부장이라 불린 사람이 카운터에 한쪽 팔꿈치를 기댄 채 입을 달싹거렸다.

"나는 이 동아리 부장을 맡고 있는 고등학교 3학년 구도. 너희는 시시도의 반 친구라며? 다들 외부 학교 출신이라고? 동아리 참여를 희망한다고 들었는데."

"시시도의 반 친구이고, 외부 학교 출신이라는 것까지는 맞습니다. 하지만 동아리에 참여하고 싶다고 말한 적은 없는데요."

다모츠가 머뭇거리는 기색 없이 구도의 얼굴을 똑바로 보면서 대답했다.

"첫째, 우리는 이 동아리의 존재 자체를 오늘 시시도한테 처음 들었습니다."

"흐음……."

그는 안경 너머로 눈을 동그랗게 떴다. 깜짝 놀란 것 같았다.

"하긴……, 너희는 내가 기대하고 있던 것과 좀 달라 보이긴

해.”

이 사람, 너희 같은 바보는 필요 없다고 말하는 걸까?

“이사장님이 기대하는 인재랑은 차이가 나는데……, 시시도?”

“예? 저는 이사장님한테 직접 지시를 받고 따랐을 뿐이에요.”

시시도가 앙칼진 목소리로 대답했다.

“이상하네. 나는 아무 말도 못 들었는데.”

지적으로 보이는 구도의 눈썹이 언짢은 듯 한데 모였다. 바로 그때 정면의 문이 열리고 화제의 중심인 도조 이사장이 나타났다. 인기 연예인의 등장인가. 업무 시간이 아니기 때문일까? 늘 입는 더블 양복이 아니라 성기고 투박한 천으로 된 조잡한 재킷을 걸치고 있었다.

“이야, 시시도 양, 부탁 들어줘서 고마워. 수고했어. 이야기를 나중에 하게 되어 미안하네만 구도 부장, 나쁜 뜻은 없었네. 내가 앞에 나서는 것보다 자네들 동아리 이야기를 꺼내는 편이 가벼운 마음으로 올 수 있지 않을까 싶어서.”

“저희한테 용무가 있다면 말씀해주십시오.”

다모츠의 당당한 태도는 이사장 앞에서도 변함이 없다. 조금도 주눅 들 것 같지 않다. 다모츠의 그런 표정을 내려다보면서 상대는 오히려 재미있어 했다.

“마음에 들어. 나도 솔직히 이야기하는 편이 좋네. 2층으로 올라갈까. 아아, 자네들은 신경 쓰지 말고 모임활동 계속하게."

계단을 올라갔다. 2층은 이사장의 서재 겸 응접실처럼 보였다. 우리는 나름 상당히 긴장했던 모양이다. 나중에 이 방의 인테리어가 하나도 기억나지 않은 걸 보면. 이사장이 우리더러 소파에 앉으라고 권했다. 마냥 서 있을 수만은 없는 터라 그가 권하는 대로 자리에 앉았다. 책상 저편에 앉아 있던 이사장이 몸을 반쯤 내밀고 이쪽을 내려다보면서 입을 열었다.

"그런데 학생들."

그렇게 말하는 순간 이사장의 몸이 너무 커다랗게 보여서 등줄기가 서늘해졌다. 이런 걸 압도당했다고 표현해야 하나?

"솔직하게 얘기해보게. 자네들, 뭔가 나에게 묻고 싶은 게 있지 않나?"

이사장의 목소리가 한층 무겁게 들렸다.

"아뇨. 묻고 싶은 게 있는 쪽은 저희가 아니라 이사장님이라고 생각하는데요."

다모츠는 똑바로 고개를 든 채 한 걸음도 물러서지 않았다.

"그렇다면 자네들이 내가 흥미를 가질 만한 뭔가를 알고 있다는 뜻인가?"

"이사장님이 어떤 일에 흥미를 가지고 있는지 저희가 알 리가 없지요. 하지만 이사장님의 부하가 보고한 거라면."

“내 부하라니?”

“그, 죽음의 신 같은 얼굴을 한 남자 말입니다.”

다모츠가 이야기하기 전에 내 입에서 먼저 그 말이 툭 튀어나왔다. 아, 실수했나. 하지만 한 번 뱉어버린 말을 삼킬 수는 없다. 이사장은 두꺼운 눈썹을 찡그렸다. 흡사 마시려고 한 커피 잔에 파리가 날아든 걸 본 것 같은 표정이다. 가벼운 불쾌감 같은.

“그 남자…… 고누마는 내 부하가 아니네.”

“하지만 저희는 이사장님과 그 남자가 이야기하는 걸 봤습니다.”

나는 거의 자포자기하듯 말을 이었다. 바로 어제 낮의 일이다. 서로 알고 있는 걸 의뭉스럽게 감추려 해봤자 소용없다.

“그리고…….”

‘어젯밤에는’ 하고 말을 이으려는데 옆에서 하루가 옆구리를 쿡 찔렀다. 동시에 다모츠는 내 발등을 밟았다. 그 바람에 목구멍이 꽉 막히고 말았다. 아아, 알았어. 쓸데없는 소리 지껄이지 말라는 거지. 쳇, 아주 잠깐 동안 혀를 놀렸을 뿐인데. 그때 내가 하려던 말이 책상 저편에 있던 이사장의 입에서 튀어나왔다.

“자네들은 어젯밤에 규칙을 위반하고 기숙사를 빠져나갔어. 그리고 거기서 고누마와 텔레비전 뉴스에 등장한 스미타라는 남자의 얼굴을 봤어. 그렇지?"

그 말을 듣고 나는 '이런!' 하고 생각했다. 그렇다. 당연히 이사장은 그저께 일을 모를 거다.

"자살했습니까?"

다모츠가 냉정하게 되물었다.

"자네도 봤을 텐데."

"그 남자가 죽였을 거라고 생각했습니다."

"그건 아냐. 고누마는 살인청부업자가 아냐."

우리를 죽이려고 했는데?

"죽음의 신이라고 할 것까지 없어. 굳이 말하자면 사바나의 하이에나겠지. 사체 처리를 하는 자가 없으면 땅이 썩은 고기로 채워지지 않겠나."

"자살한 사람의 사체도 그 남자가 처리했다는 건가요?"

"그렇지. 하지만 왜 도쿄의 공원 같은 곳에 두었는지는 나도 몰라. 보고 받은 적도 없고."

"누구입니까?"

"자네들이 알 필요는 없어. 하지만 자네들도 초등학생이 아니니까 이해해주길 바라네. 학교 경영이 아주 깨끗한 사업은 아니라는걸."

직권 남용 사건의 증인을 경찰의 눈에 안 띄게 숨겨주고, 자살하니까 관계를 의심받을까봐 외부에 버리러 가는 게 학교 경영과 무슨 관계가 있다는 뜻인가. 말해줄까 생각했지만 이사장이 한 일을 우리가 어디까지 알고 있는가를 지금 여기서 알려주는 건 그만두는 편이 나을 것 같았다.

"깨끗한 일의 반대는 더러운 일이죠."

다모츠의 말에 이사장은 이를 드러내며 희미하게 미소를 지었다. '잘 알고 있군' 하고 말하는 듯한 께름칙한 웃음이다. 하지만 곧 웃음을 거두고 말했다.

"아오키 군이라고 했나. 아버지가 전국지 사회부 기자라면서. 자네도 장래 희망이 언론인인가?"

"제 이야기를 할 상황은 아닌데요."

별안간 화제가 바뀌자 다모츠는 깜짝 놀라 눈을 둥그렇게 떴다.

"아니, 나는 자네의 꿈이 실현될 수 있도록 지원할 생각이야. 아오키 군뿐만 아니라 다른 학생들도."

아무래도 이사장은 자신에게 불리한 걸 목격한 우리의 입을 막아버릴 생각인가보다. 사탕발림인가? 나는 다모츠만큼 머리가 좋지 않지만 그 정도는 짐작할 수 있다.

"호쿠토 학원은 언뜻 보기에 진보적인 교육을 실행하는 듯하지만 실은 그렇지 않아. 알맹이는 보수적이지. 자네들 외부 학교 출신들은 분명 그 점에 불만이 있을 거야. 내가 사택의 방 하나를 동아리에 개방하고 지원하고 있는 건 그런 학생들

의 불만을 조금이라도 해소하고 싶었기 때문이네. 또 앞으로
는 불합리한 전통에 얽매인 학원을 좀 더 공평하게 개방하려
고 해. 우등생이 아니더라도 자주적으로 행동하는 학생을 보
면 믿음이 가거든. 자네들처럼 말이야."

이야기가 점점 확대되고 있다.

"솔직하게 말하지. 자네들의 도움이 필요하네."

이번에는 갑자기 축소되었다, 그런가?

"그 자살한 남자, 스미타는 시시한 악당이네. 내 은인이기
도 한 사람한테서 뭔가를 훔치고 자살하기 전에 캠퍼스 안에
감춰둔 모양이야. 처음에는 고누마가 훔친 줄 알았는데 그렇
지 않았어. 스미타가 죽기 전에 내 앞으로 이메일을 보내왔고,
거기에 수수께끼 같은 암시가 있었지. 자신이 죽은 뒤에도 이
쪽을 곤란하게 만들려는 비뚤어진 악의지. 그 수수께끼를 자
네들이 풀어줬으면 하네."

"왜 그 남자한테 시키지 않습니까?"

다모츠가 되물었다.

"아까도 말했지만 나는 고누마를 신뢰하지 않아. 내가 그
사람을 고용한 것도 아니고. 틈을 보이면 고용주까지 아무렇
지도 않게 배신할 수 있는 인간이니까."

"하지만 왜 우리한테?"

하루가 말했다. 무릎 위에 올려놓은 손이 바들바들 떨렸

다. 하지만 목소리만큼은 흔들림이 없었다.

"자네들이 적임자라고 생각하기 때문이야."

기대했던 대답이 아니다.

"아아, 이야기를 계속했더니 조금 피곤하군. 커피라도 달라고 할까."

이사장은 책상 위의 인터폰으로 커피를 주문했다.

"대화를 나누다보니 내 선택에 확신이 생기는군. 자네들이 이처럼 자주적으로 행동할 수 있는 건 아마도 외부 학교 출신이기 때문이겠지. 안 그런가?"

"외부든 토박이든 저는 저입니다."

나는 그만 커다란 목소리로 대꾸하고 말았다. 이사장의 말투가 영 못마땅했기 때문이다.

"이런, 7대 불가사의에 도전하려는 학생은 최근 몇 년 동안 나타나지 않았는데. 세이케 군이라고 했나. 자네처럼 열심히 말이네."

"어떻게 그런 것까지……."

당황하는 나를 보고 이사장은 어깨를 들썩이고 웃었다.

"별로 놀랄 일은 아니야. 학원 안에서 벌어지는 일을 아는 것도 이사장의 임무니까."

그 순간 고지라 모리시타가 했던 말이 떠올랐다. 이사장의 동조자는 어느 곳에나 있다. 동조자라기보다는 스파이. 시시도 역시 그 가운데 하나다.

"물론 아까 말했듯이 나한테 협력하면 자네들한테도 이득이 있네. 특별대우 학생으로 학비와 기숙사비를 감면해준다거나 장학금을 주거나 아니면 동아리 활동을 할 때 여러 모로 뒤를 봐준다거나. 또 고등학교에 진학하면 캠퍼스 안의 기숙사에서 대학생처럼 자유로운 생활을 할 수도 있고. 어떤가?"

구미가 당기는 제안이다. 우리 셋은 아무 말도 하지 못한 채 서로 얼굴을 마주 보았다. 물론 '어떻게 할까?' 하는 의미의 눈길은 아니었다. 이사장은 왜 이렇게까지 우리가 협력하길 바라는 걸까? 스미타가 훔쳐서 숨겨놓은 게 대체 뭘까? 그런 눈길이었다.

"우리끼리 의논 좀 해도 될까요?"

다모츠가 말했다. 시간을 벌 심산이었다. 하지만 영리한 이사장이 우리의 속셈을 모를 리가 없다.

"아니, 그건 안 되네. 지금 여기서 확답을 받고 싶어. 아니면 교칙을 위반했다고 생활지도부에 보고할까? 퇴학 처분이라도 내리게?"

"퇴학을 당할 상황에 놓인다면 저희한테도 생각이 있습니다. 우리가 본 걸 사람들한테 전부 말할 수도 있으니까요."

"물론 가능하겠지. 하지만 아오키 군, 가엾지만 어른과 아이는 평등하지 않네. 자네들한텐 증거가 없어. 목격한 걸 증언한다 해도 묵살당할 게 뻔해."

다모츠의 위협에도 이사장의 얼굴빛은 손톱만큼도 변하지 않았다.

"만일을 대비해 하는 말인데, 그렇게 되면 이쪽에서도 가만히 있지는 않을 거야. 자네들은 당장 대중매체의 카메라 앞에 끌려 나가 창피를 톡톡히 당하겠지. 악질적인 거짓말로 세상의 주목을 얻으려다가 실패한 어리석은 애들로. 자네들뿐만 아니라 가족도 똑같은 취급을 받게 될 거야. 왕따가 될 거고, 부모님은 일자리를 잃게 될지도 몰라. 그러면 자네들한테 뭐가 남지?"

우리는 아무런 말도 할 수 없었다. 물론 단순한 위협일 수도 있다. 하지만 이사장이 줄줄이 늘어놓는 미래의 그림 앞에 우리는 그만 할 말을 잃고 말았다.

"이상한 생각 같은 건 그만두게. 이 정도 얘기했으면 알아들어야지. 스미타가 남긴 이메일에는 7대 불가사의와 관련된 말이 있었네. 틀림없어."

"잠깐만요, 우리는 아직 받아들이지 않았습니다!"

다모츠가 가까스로 외쳤다.

"자, 가자!"

우리는 손을 잡고 일어섰다. 섣불리 제의를 받아들였다가 이사장의 술수에 넘어갈 수도 있다. 그가 점점 더 무리한 요구를 한다면 거부하기 어려울지도 모른다. 그런데 바깥으로 나갈 수가 없었다. 미리 짜기라도 한 것처럼 계단으로 통하는 문이 바깥에서 열리면서 하얀 원피스를 입은 여자가 카트를 밀고 들어왔기 때문이다. 카트 위에는 금박 장식을 한 고급 커피잔 세트와 작은 탑처럼 생긴 케이크, 샌드위치가 담긴 접시, 그리고 고풍스러운 사이펀이 놓여 있었다. 알코올램프의 파란 불꽃이 흔들리고 아래쪽 플라스크에서 끓어오른 물이 원두를 넣은 로트로 올라가고 있었다. 카트를 미는 여자의 얼굴을 본 순간 우리는 모두 입을 딱 벌리고 말았다. 다모츠의 눈과 입은 나보다 훨씬 커다랗게 벌어졌다.

"선배……."

프릴이 달린 하얀 원피스에 까만 머리를 하나로 묶어 내려 뜨리고 리본을 단 그녀는 다름 아닌 학보사의 후와 소라미 여사였다. 10년 전쯤 유행했던 소녀 취향의 소설에나 등장할 법한 옷차림이다.

"그래. 바로 저 친구가 알려줬네. 자네들에 대해서."

우리가 경악하는 걸 보고 이사장은 음흉하게 웃었다. 그리 고 의자에서 일어나 익숙한 손놀림으로 후와 여사의 어깨를 어루만졌다. 하지만 그녀는 고개를 들지 않았다. 긴 속눈썹을 늘어뜨린 그녀의 얼굴은 커피잔보다 창백했다.

"이메일에 써 있던 말이 '북두칠성의 여덟 번째 별'이었지?

나는 그게 그자가 훔친 물건을 숨겨놓은 장소라고 생각하는 데……. 도무지 의미를 이해할 수가 없어. 협력해주지 않겠나?"

탁자 위에 접시가 놓였다.

모조품처럼 예쁘게 장식된 자그마한 케이크와 손가락 끝마디 정도 크기의 쿠키, 한입에 들어갈 크기의 샌드위치. 하지만 그 모든 게 지금 우리 눈에는 밀랍으로 만든 가짜 음식처럼 보인다.

전날 밤, 옛 도서관에서 후치노 선생님과 마신 홍차가 천국의 맛이었다면 오늘 밤 후와 여사가 끓여준 커피는 향기도 그윽하고 짙은 보석처럼 빛깔이 영롱하지만 내가 맛본 최악의 지옥 같은 맛이었다.

사체는 표류했다

　이사장에게 불려간 다음 날 밤, J에게 건네받은 하루의 휴대전화 벨이 울렸다. 그다음다음 날인 토요일에 만나기로 했다. 나 혼자 다치카와까지 가서 그를 만났다. 주말에는 호쿠토 학생들이 여기저기 돌아다니기 때문에 가장 가까운 역인 미타카나 그다음 역인 기치조지 주변은 상당히 위험하다. 추오센을 타면 신주쿠까지 곧장 가기 때문에 중간 역이 어디든 누군가가 발견할 가능성이 있다. 그래서 일부러 도심과 반대 방향인 역에서 만나기로 했다.

　J는 역에 딸린 셀프서비스 커피숍 카운터에 앉아 있었다. 모자와 선글라스로 특이한 머리카락과 눈동자를 감춘 채 시무룩하게 컵을 노려보고 있었다. 주위에 있는 여자들이 그를

힐끔거렸다.

“잠깐…… 저 애 멋지지 않니?”

“다리도 길어. 얼굴도 조막만 하고.”

“혼혈인가. 분명히 혼혈일 거야!”

“말을 걸어볼까.”

“몇 살쯤 돼 보여?”

“우리보다 어린 거 같아.”

“에이, 좀 그렇다!”

머리가 나빠 보이는 듯한 여자들이 수군대고 있었다. 나는 아이스커피가 담긴 종이컵을 들고 그 옆을 지나쳤다.

“인기 폭발인데?”

자리에 앉으며 내가 슬쩍 비아냥거렸다.

“바보. 이사장과 무슨 말을 한 거야?”

J가 무뚝뚝한 얼굴로 물었다.

“그쪽에선 아무것도 얘기 안 하던데.”

“그건 알고 있어.”

장난칠 상황이 아니란 것 정도는 나도 알고 있다. 그래서 더는 쓸데없는 얘기는 하지 않았다. 나는 하루와 의논해서 정리한 ‘이사장과의 이야기’ 내용을 전해주었다.

“스미타가 훔친 물건이라고?”

깔보듯 J가 흥 하고 콧방귀를 뀌었다.

"그럴 거라고 생각했어."

"혼자만 아는 거냐."

"아오키 다모츠라면 거기서 이야기의 가닥을 파악했겠지."

"다모츠는 지금 몸 상태가 조금 안 좋아. 젖먹이 아기도 알아들을 만큼 쉽게 설명해줘. 그리고 우리를 위협했던 고누마라는 남자에 대해서도."

사실 이 문제는 그날 밤, 우리가 가장 묻고 싶었던 거였다. 하지만 후치노 선생님 때문에 그 화제는 어디론가 사라져버렸다. 어쩌면 나를 속이려들지도 모른다고 생각했지만, J는 의외로 순순히 설명해주었다.

"좋아. 단, 전부 얘기하려면 너무 길어지니까 윤곽만 말할게."

"응."

"문부과학성에 뇌물을 주는 일은 중의원이 중개를 했어. 참고인으로 소환되자 모습을 감춘 사람이 의원 비서인 스미타 다카시. 여기까지는 알고 있지?"

"대충."

"수뢰, 즉 뇌물을 받은 관료와 연결고리가 있던 사람이 낙하산 인사로 이사장이 된 도조야. 도조가 의원한테 부탁을 받고 스미타를 캠퍼스 안에 숨겨준 거지."

"그것도 알아."

"스미타는 자신이 손해 보는 역할을 억지로 떠맡았다고 생각하고는 원래 고용주인 의원과 거래하려고 했어. 그러고는 경시청 출두 요청에 응하지 않는 대가로 위조 여권과 밀항 비용, 당장 쓸 생활비를 요구했지. 그래서 찾아온 사람이 의원한테 명령을 받은 그 남자야."

"돈을 갖고?"

되묻고 나자마자 나는 '아냐' 하고 도리질했다. 그랬다면 스미타가 도망치거나 자살했을 리가 없다.

"그 사람, 역시 살인청부업자였어?"

"이사장은 뭐라는데?"

"아니라고. 그저 사바나를 청소하는 하이에나처럼 일을 처리한다고 했어."

"거짓말은 아니네. 방해가 되는 사람을 없애는 것도 처리에 속하니까."

나는 한숨을 내쉬었다. 방금 J의 입에서 나온 말이 슬롯머신 구슬처럼 데굴데굴 내 머릿속을 구르다가 또르르 하고 구멍으로 떨어졌다. 라이트가 켜진다. 아니다. 정확히 말하면 확 하고 밝아지는 것과 정반대다.

"그럼 우리도 처리할 작정이었나……?"

"아마도. 하지만 위에서 지시를 내렸다기보다 자기 스스로 선택한 걸 거야. 실패를 덮어버리려고. 이사장이 너희를 끌어

들이려는 것도 한편으로는 그날 밤에 일어난 일을 입막음할 속셈인 거고. 너희를 사건에 개입시키면 고발하기 어려울 거라고 생각한 거지. 그렇게 보면 이사장 쪽이 확실히 더 간교해."

J는 아무렇지도 않게 말했지만 나는 숨이 턱 막혔다. 물론 그때도 위험하다고 여겨 필사적으로 도망쳤지만, 지금 이렇듯 평화로운 오후의 찻집에 앉아 살인청부업자에게 당할 뻔했다는 사실을 듣고 보니 가슴이 덜컥 내려앉았다.

'아, 그렇다면……?'

마음보다 먼저 몸이 공황상태에 놓였다. 제대로 숨을 쉴 수가 없다. 호흡 따위에 대해선 한 번도 생각하지 못했는데……. 갑자기 숨이 가빠지다니 정말 이상하다. 하지만 어쩔 수 없었다. 마치 전속력으로 질주하고 난 것처럼 심장이 두방망이질 쳐대며 식은땀이 배어나왔다. 그날 밤 석궁을 들고 나타나 기분 나쁘게 웃던 남자의 얼굴이 눈앞에 삼삼했다. 나는 황급히 손에 들고 있던 아이스커피를 꿀꺽 마셨다. 하지만 기분은 더 나빠졌다. 얼음 덩어리가 위장 속으로 빨려 들어간 것 같은 느낌이랄까.

"괜찮아?"

"속이 안 좋아."

메슥거린다 싶더니 이내 구역질이 나왔다. 나는 입을 틀어

막고 화장실로 달려갔다. 세면대에 커피와 위액을 깡그리 토
해냈다. 찬물로 몇 번 헹궈냈지만 입 안의 불쾌한 맛이 사라
지지 않는다. 기분이 다시 나빠지고 오한까지 났다. 비틀거리
며 돌아와보니 J가 없다. 하지만 불평을 할 기력조차 남아 있
지 않았다. 나는 기진맥진한 채 스툴에 앉았다. 그때 J가 나
타나 김이 모락모락 오르는 새 컵을 내밀었다.

"마셔."

잠자코 고개를 가로젓는 내게 J는 뜨거운 우유라면서 조
금씩 마시라고 권했다. 괜찮아질 거라면서.

고압적인 말투였지만 거부할 힘도 없었다. 뭔가 농축액을
떨어뜨린 듯 좋은 향기가 났다. 한 모금 넘겨보았다. 설탕을
넣은 우유는 아기들이나 마시는 거라고 생각했는데 의외로
괜찮았다. 우유가 목구멍을 타고 내려가자 메스꺼움도 사라
졌다. 추워서 딱딱해진 위가 조금씩 따스하게 녹아갔다. 반
정도 마셨더니 그제야 목소리가 나왔디.

"그렇다면 내가 전문 살인청부업자한테 맨손으로 덤벼들었
단 얘기잖아?"

"이제 알았어?"

"응. 난 정말 바보인가봐."

사건 직후 J가 나더러 바보라고 했을 때는 엄청 화를 내놓
고서 이제 스스로 바보라고 인정하다니. 아무래도 공황상태

에 빠진 모양이다. 아니면 몹시 둔감하거나. 이번엔 J가 비웃
는다 해도 들이덤비지 않을 생각이었는데, J는 아무 말도 하
지 않았다.

"식기 전에 얼른 마셔."

"어."

뭔가 잊어버린 듯한 기분이 들어서 나는 얼른 "고마워" 하
고 덧붙였다. J가 픽 웃었다.

"가정교육을 잘 받았네."

이 자식, 사람이 모처럼 솔직해졌는데 뭐냐 그 말투는.

"눈에 힘이 돌아온 걸 보니 이야기해도 되겠다?"

아무래도 녀석한테 놀아나고 있는 것 같았지만, 지금은 우
선 이야기를 들어야 한다.

"그래."

"고누마와 스미타 사이에 어떤 말이 오고갔는지, 스미타가
도망쳤다가 돌아와서 자살한 건지, 물론 정확하게 알지는 못
해. 상상은 할 수 있지만 말이야. 하지만 고누마가 직접 손을
쓰지는 않았을 거라는 건 그때 말한 그대로야. 결과적으로
그 사람 때문에 스미타가 자살을 감행한 것도 틀림없고."

J는 나의 반응에 신경이 쓰이는지 중간에 말을 잘랐다. 나
는 하는 수없이 고개를 끄덕였다.

"우리도 그렇게 생각해. 하지만 그…… 사체를 캠퍼스에서

216

처리한 건 아무래도 그 사람이겠지?"

"이사장이 그렇게 말했어?"

"응. 하지만 왜 S공원 같은 곳에 놔뒀는지 모르겠다고 하더라. 거기에 대해서는 보고도 받지 못했다고 하면서."

"다른 건?"

"그 사람을 믿을 수 없다는 둥, 고용주까지 태연스레 배신할 작자라는 둥 그런 말을 했어."

"그래서 너희를 위협해서 이용하려고 한 거로군. 입도 봉하고 이용할 수도 있고, 일석이조잖아."

나는 어깨를 움츠리며 고개를 수그렸다. 나 자신의 바보스러움과 얼빠진 짓 때문에 내가 곤란한 처지에 놓인 건 어쩔 수 없지만 친구를 말려들게 하다니, 정말 최악이다.

"가츠라 하루키는 스미타가 이사장에게 보낸 메시지를 풀려고 하고 있나?"

"마침 그게 후치노 선생님이 내준 숙제랑 겹치지 뭐야. 그래서 오늘도 빌려 온 참고문헌을 읽고 있어. 진행 상황을 이사장이 보고하라고 했거든. 좀 귀찮긴 하지만, 걘 조사하는 걸 좋아하니까."

"그럼 일단 질질 끌면서 결론 내는 걸 미뤄봐. 그쪽에서 독촉하겠지만, 좀 더 시간이 걸린다는 식으로 말하고, 계속 기대를 품게 하는 거지. 알았어? 그리고 너희는 수업시간 외에는 가급적 캠퍼스에 발을 들여놓지 말고. 물론 '옛 구역'에도. 이사장이 불러도 꾀병이든 뭐든 암튼 적당한 구실을 대고 따르지 마. 저쪽이 너희를 이용할 수 있다고 생각하는 한, 교칙 위반이라는 카드는 쓸모없으니까. 그 문제는 별로 걱정할 게 없어. 다시 연락할게."

이렇게 말하고 자리에서 일어나려는 J에게 내가 제동을 걸었다.

"잠깐! 아직 아무것도 제대로 이야기한 게 없잖아. 이사장은 대체 뭘 찾으려고 하는 거지? 스미타가 숨겼다는 건 또 뭐야?"

"정확히는 모르지만 음성을 녹음한 MD, 또는 그런 종류의 메모리카드, 미디어카드겠지."

"앗, 그렇다면……."

나는 말을 하려다가 입을 다물었다. 딱히 누군가 듣고 있거나 그런 건 아니었지만.

이사장은 스미타가 뭔가를 훔쳤다고 말했다. 하지만 그건 금이나 보석 같은 게 아니었다. 그는 직권 남용, 뇌물 수수 사건을 의논하는 자리에 의원 비서로 들어가서 몰래 대화를 녹음했던 거다. 나중에 공갈이라도 치려던 속셈이었을까, 아니면 신변의 안전을 위해서일까. 물론 단순한 우연일지도 모르지만.

그런 걸 갖고 있고, 목숨이 아깝다고 생각했다면 차라리 경찰서에 달려가면 좋았을 텐데. 그가 무슨 생각을 했는지 나는 전혀 모르겠다. 다만 자살을 결심하고 굉장히 후회했을 거라는 생각밖에는. 자신을 희생시킨 의원과 다른 무리에게 복수를 하기로 마음먹은 것도 그 때문이 아닐까.

그것도 경찰서로 보내는 게 아니라 좀 더 음습한 형태로. 증인이 죽어서 안심한 악당들이 그런 물건을 학교 안에 숨겨놓았다는 걸 알고 다시 한 번 깜짝 놀라고, 그걸 다시 발견할 때까지 두 다리 뻗고 잠을 자지 못하게 하려고. 하지만 학교 안은 외부인이 쉽게 물건을 찾을 수 있는 장소가 아니라서……

"어쩌면 이사장이 받은 이메일이 다른 사람한테도 갔을지도 몰라."

"그건 아니야."

"왜?"

"그 이후로 고누마의 모습은 안 보였어. 달리 수상한 사람이 나타났다는 정보도 없고."

"이사장 부탁으로 그걸 찾고 있는 거잖아."

"음, 그렇다고도 할 수 있지만."

J는 말을 끊고 뭔가 골똘히 생각했다.

"아무튼 너희는 중·고등학교 건물에 있는 한 안전해. 하지

만 주말에 외출할 때나 길에 사람이 없을 때는 조심해. 호쿠
토 학원 주변은 밤이 되면 사람의 발길이 뜸하다고. 최대한
개인행동을 자제하고 다른 학생들과 같이 움직여.”

“그러니까 아직도 우리가 습격을 당할 수 있다는 거야?
MD에 대해 의원은 모른다고 방금 말한 거 아냐?”

“가능성 문제지. 7대 불가사의의 힌트에 대해서는 몰라도
공갈을 칠 때 그 존재에 대해 넌지시 비췄을 거라고 생각하
는데. 설령 이사장은 입을 막았다고 해도 의원이 너희 입에서
사건이 새어나올 걸 경계하느라 고누마한테 새로운 명령을
내릴지도 몰라. 어쩌면 고누마가 제멋대로 너희 앞에 나타날
지도 모르고.”

“그럴 리가. 왜?”

“그 남자가 명령받은 것 외에는 손가락 하나 까딱하지 않는
인간이라면 좋겠지. 하지만 나름대로 자기 일에 자부심을 갖
는 사람이라면 반드시 너희를 해치우려고 할 거야. 실패는 오
점을 남기는 일이니까.”

J의 분명하고 또렷한 말투에 다시 오한이 밀려왔다. 우리는
그 사람이 필요 없는 일은 절대 하지 않는 합리주의자라고 여
겼다. 그래서 S공원 벤치에 사체를 가져다놓은 걸 좀 이상하
다고 생각했다. 하지만 반대 경우도 생각할 수 있다. 죽은 사
람에게 경의를 표하는 것과 전혀 반대의 의미로.

"그 사람, 완전히 그런 쪽 같다고? 그렇게 생각하는 이유라도 있어?"

J는 잠깐 망설였다. 그러더니 다시 스툴에 주저앉아 내 쪽으로 얼굴을 들이밀고 소곤거렸다.

"너희와 헤어진 다음에 내가 스미타의 사체를 발견했어."

앗 하고 소리 지르려는데 그가 내 입술을 집게손가락으로 지그시 눌렀다.

"사체는 옛 도서관 앞 숲 속 나뭇가지에 매달려 있었어. 고누마가 옮긴 거야."

왜 그런 짓을. 나는 혼란스러웠다. 스미타가 캠퍼스에 숨어 있었던 걸 속이기 위해서라면 캠퍼스 안에서 발견되는 게 도리어 곤란한 일일 텐데.

"고누마가 이사장과 우리 관계를 어디까지 알고 있는지는 몰라. 고용주의 의지를 반영하고 있는지 어떤지도 모르겠고. 하지만 그 사람은 너희가 옛 도서관으로 도망쳤던 것까지는 확인했어. 너희를 놓친 게 오점이라면 나한테 원한을 품고 있다고 해도 이상할 게 없지. 사체를 캠퍼스 바깥이 아니라 옛 도서관 옆으로 이동시켰던 건 그 사람이 하는 일을 방해한 나에 대한 보복일 거야. 이사장을 괴롭히기 위한 행동일 수도 있고. 그렇게 생각하면 그 남자의 성격도 상상이 되잖아?"

"사무적인 게 아니라 굉장히 집착이 강하다는 얘긴가?"

"그래. 게다가 스미타가 녹음한 MD를 감춰버려서 고누마
는 그 일을 처리하는 것도 실패했어. 면목이 없게 된 거지."

"이대로 끝낼 수 없다고 생각하겠군, 분명."

"그러니까 조심하라는 말씀이다."

"그럼 사체를 S공원으로 옮긴 건 J, 너야?"

만일 그게 사실이라면 사체의 목에서 줄을 벗겨내고 벤치
에 눕혀놓은 것도 이해가 된다. 하지만 J는 고개를 가로저었다.

"나는 일본 운전면허증이 없어. ……이제 됐냐?"

"기다려. 딱 하나만 더!"

나는 물고 늘어졌다.

"스미타는 어떻게 호쿠토 학원의 7대 불가사의를 알고 있는
거지? 그저 우연인가?"

"아니."

J의 입가에 어렴풋한 웃음이 감돌았다.

"그 사람은 1년 정도 호쿠토 고등학교에 다닌 적이 있어. 후
치노 선생님이 그렇게 말했어."

겉으로만 온화하게

그리고 나서 일주일 동안은 적어도 커다란 사건이 일어나지 않았다. 고누마가 우리 앞에 나타나는 일도, 생활지도부 담당교사가 우리를 불러내는 일도 없었다. 하지만 그건 완전히 겉으로만, 겉보기에만 온화한 상황이었다.

이제까지 우리 가운데 가장 강하게 보였던 다모츠가 제일 타격을 받은 듯했다. 그는 우리와 거의 이야기를 나누지 않았다. 눈도 마주치려 들지 않았다. 수업에도 나오고, 밥도 먹었지만, 전혀 말을 하지 않았다. 뭔가 곰곰 생각하다가 혼자서 사라지곤 했다. 후와 여사가 그곳에 나타났던 탓일까? 어쩌면 이사장에게 손 한 번 쓰지 못하고 패배했다는 억울함 때문일 수도 있다. 정확히 뭔지는 모르지만 충격을 받아서 내면으로 침잠했다는 것만은 사실이다.

반대로 하루는 침착했다.

"나는 후치노 선생님한테 건네받은 자료를 읽고 7대 불가사의 숙제를 생각하고 있어."

선언하듯 딱 잘라 말했다.

"그걸 하고 있는 만큼 이사장의 지시도 따르고 있는 셈이니까 저쪽에서도 불평할 게 없지."

이사장이 빠뜨린 건 없었다. 컴퓨터 동아리에 소속된 학생은 외부 학교 출신이라고 해도 성적우수자들뿐이다. 우리가 거기 들어가는 건 누가 봐도 억지스럽다. 그래서 시시도를 대화의 창구로 삼아 조사가 어떤 식으로 진행되는지 보고받기로 했다. 말은 거창하게 대화의 창구지만, 실은 하루가 쓴 간단한 일지를 받아가기만 할 뿐이다. 이를 테면 전달자인 셈이다. 다모츠가 얼이 빠져 있는 통에 그것을 건네주는 역할을 내가 맡았다.

아무리 그래도 그렇지 지금까지 손톱만큼도 친분이 없던 시시도와 얼굴을 매일 마주하게 되다니. 그것도 다른 녀석들이 없는 곳에서 속닥속닥 둘이 이야기해야 하다니. 좋아하는 여자아이라면 괜찮지만, 이건 완전히 그 반대잖아! 우울하고 짜증나는 일이다. 고지라 모리시타도 수상한 눈으로 볼 테고 남자애들은 좀 더 노골적으로 놀릴 거고.

하지만 제일 못마땅한 것은 시시도가 어떻게든 '우리가 이사장한테 받은 지시' 내용을 알아내려고 하는 태도다. 그 아이는 아무것도 알려주지 않는 게 불만인 모양이다. 우리가 갑자기 이사장에게 발탁되었다고 믿고는 불평하거나 생트집을 잡았다. 자기가 우리보다 우수한 학생이라고 강조하면서. 우리의 마음도 전혀 모르고 말이다.

'내가 뭘 아냐? 불만이 있으면 이사장한테 말해!' 화가 치민 나머지 몇 번이나 그렇게 외칠 뻔했다. 그렇지 않으면 '알려주지. 네가 그렇게 좋아하는 이사장님이 무슨 짓을 하고 있는지. 그 사람은……' 하는 식으로. 사실 손톱만큼도 정확히 아는 게 없으면서.

자꾸만 이런 식으로 불쾌해진다면 차라리 지금 당장이라도 학교를 그만두는 편이 낫지 않을까 싶었다. 그렇게 하면 교칙위반이든 뭐든 상관없다. 이사장에게 위협을 당하거나 물고기를 잡도록 훈련받은 갈매기처럼 움직일 필요도 없다. 그 사람이 어떤 직권 남용 사건에 얽혀 있든, 학원을 탈취하든 말든, 안녕, 호쿠토 학원. 그러면 그만인데. 나는 어디 구립 중학교라도 가서 좁고 답답한 교정과 자그마한 건물에서 평범한 중학생으로 지내면 되는 거고.

하지만 음, 솔직히 그렇게 도망치고 싶지는 않다. 여기서 꼬리를 감추고 사라지기에는 여러 가지 일과 너무 많이 관련되어 있다. 인연을 놓고 싶지 않은 사람들과 말이다. 가장 커다란 존재는 하루와 다모츠. 게다가 둘은 순전히 나 때문에 이 일에 말려든 게 아닌가. 내가 "7대 불가사의를 조사하자!"고 말하지 않았다면 이런 처지에 놓이지는 않았을 거다. 그러니 책임을 다하기 위해서라도 내가 먼저 빠진다고는 할 수 없다. 성미가 급한 내가 이런 생각까지 하는 걸 보면 시련은 사람을 어른으로 만드는 모양이다.

지루한 일주일이 지나고 맞이한 일요일. 날씨가 좋았지만 나와 하루는 기숙사에 틀어박혀 있었다. 다모츠는 보이지 않았다. 가는 곳도 말하지 않고 모습을 싹 감춰버렸다. 어서 기운을 되찾아야 할 텐데 큰일이다. 다모츠에게는 서투른 위로 따위가 먹히지 않는다. 머리가 좋고 영리해서, 섣불리 생각나는 대로 위로의 말을 건네봤자 다모츠는 이미 스스로 생각하고 있을 테고. 그래도 지난주 토요일에는 J와 나눈 이야기를 차분히 들어주었다.

아침을 다 먹고 '게임센터에 가자', '인터넷카페에 가자', '영화 보러 가자' 하는 아이들의 제의를 거절하고 우리는 재빨리 방으로 돌아왔다. 시시도가 말을 걸기 전에 도망친 셈이다. 우리는 안에서 문을 잠그고 침대를 사이에 두고 마주 앉았다.

"아키, 이야기 들어볼래?"

“결론이 나왔어?”

“아직. 하지만 오늘은 일단 중간보고.”

하루의 무릎 앞에는 깨알 같은 글자로 가득한 노트와 후치노 선생님한테 빌려온 옛 도서관의 장서가 나란히 놓여 있었다. 두꺼운 책이다. 페이지 사이로 여러 가지 색의 포스트잇이 몇 십 개쯤 비죽비죽 나와 있었다.

“너, 그거 전부 읽었어?”

“전부는 아니지만 일단 선생님이 읽으라고 했던 부분은.”

“읽으라는 지시를 받은 거야?”

“으응. 그런데 이렇게 늘어놓은 책을 비교하다보니 선생님이 왜 이 책을 골랐는지 저절로 이해가 돼.”

나는 그저 눈만 둥그렇게 뜨고 앉아 있었다.

“마법사의 제자 같은데.”

“야, 그 표현은 조금 거북하다!”

하루가 어깨를 움츠리며 킥킥거렸다. 이유는 모르겠다.

“호쿠토 학원의 7대 불가사의 첫 번째, 학교 상징에는 왜 별이 여덟 개 있는가?”

하루가 천천히 읽기 시작했다.

“우리 학교 이름이 중국 고전에 나오는 사자성어, ‘태산북두泰山北斗(다이잔호쿠토)’에서 유래한다는 건 알고 있지?”

“음, 그 이야긴 학교 팸플릿에도 항상 실리잖아.”

“‘유가 죽고 나서 그의 학설이 크게 유명해지고, 학자들은 그를 ‘태산북두’처럼 우러러보았다고 한다.’ 유는 중국 당나라 시대의 유명한 시인 한유. 태산북두는 높은 산과 하늘의 별, 많은 사람들이 존경하는 뛰어난 인물을 비유하는 말이지.”

“무슨 소리야?”

“태산은 그렇다 치고 여기서 문제가 되는 건 ‘북두’야. 두는 ‘국자’나 ‘되’를 의미해. 북두라고 하면 바로 ‘북쪽의 국자’, 즉 프톨레마이오스의 별자리표로 말하면 ‘우루사 마요르’, 큰곰자리의 중심 부분에 해당하는 이른바 ‘북두칠성’이야.”

사전에나 나올 법한 설명을 하루는 노트도 안 보고 줄줄 읊었다.

“그런데 왜 호쿠토 학원의 학교 상징에는 별이 여덟 개 있는지 모르겠어. 북두칠성이라고 하면 당연히 일곱 개의 별을 의미할 텐데.”

장황한 서두에 조금 지루하다고 말하고 싶었지만 까짓것, 괜찮다. 하루는 품에서 『별과 전설』이라는 제목의 책을 꺼내 펼쳤다.

“하지만 문제는 그 정도로 간단하지 않아. 원래 별자리라는 건 사람이 밤하늘에 보이는 별의 위치를 연결해서 만든 거야. 보는 사람의 시력이나 관측하는 조건에 따라 눈에 보이는 별의 숫자도 달라지지. 천구에 있는 별의 위치를 나타내는 데에 그다지 합리적인 시스템은 아니니까. 현대에서는 붙박이별의 위치를 별자리에 따르지 않아도 적경, 적위로 표시할 수 있지만."

"엇! 그럼 별자리라는 건 더 없다는 얘긴가?"

나는 깜짝 놀라서 되물었다.

"그렇지는 않아. 1930년 국제 천문연합총회에서 전체 별자리를 여든여덟 개로 정리하고 가능한 한 역사적인 별자리의 형태를 무너뜨리지 않도록 그 주위에 적경, 적위의 경계선을 정했어. 육안으로 보이는 별의 대부분은 속하는 별자리 이름과 원칙적으로 밝기 순으로 붙인 바이엘기호라는 그리스 알파벳으로 된 이름을 갖고 있어."

"아아. 알파 켄타우리라든가 뭐 그런 거."

나는 공상과학소설에 나온 태양계와 가장 가까운 붙박이별의 이름을 말했다. 하루가 수긍하듯 고개를 끄덕였다.

"별자리의 학명은 라틴어야. 거기에 바이엘기호에 소유격으로 변화한 이름을 붙이지. 켄타우로스자리의 일등성이라면 알파 켄타우리."

"그럼 그 경계선의 안쪽에 있는 별이 그 별자리의 별이 되는 건가."

"그렇지."

"잠깐. 그렇다면 혹시 우리가 생각하는 것보다 별자리 하나에 속하는 별의 숫자가 많다는 소리야?"

"그래. 예를 들어 카시오페이아 자리라고 하면 커다란 W 자가 떠오르지만 성도星圖에는 알파(α)에서 엡실론(ε)까지 다섯 개의 별 외에도 오메가(ω)에 이르기까지 그리스문자나 부족한 경우에 사용하는 로마자 기호가 붙은 별도 있어."

"그러고 보니 어릴 때 샀던 도감이랑 도서관에서 본 책이랑 플라네타륨 별자리와 별의 숫자가 다른 경우가 꽤 있었지……."

나는 완전히 감탄했다. 퍼뜩 어떤 생각이 떠올랐다.

"잠깐만. 그런데 북두칠성은 언제나 일곱 개잖아. 원래 큰곰자리 안에서 국자 모양으로 늘어선 별을 일곱 개 골라낸 거니까."

"골라냈다는 건 조금 다른데. 큰곰자리, 바로 그 주위의 별을 곰으로 규정한 건 고대 바빌로니아가 제일 먼저야. 그밖에도 그리스신화나 인디언신화에도 나오지. 그 일부분을 국자라고 규정한 건 중국이고. 하지만 그 외에도 '칠성검'이란 검으로 규정하거나 하늘의 황제가 타는 것으로 규정하기도 했어."

"하지만 어느 쪽이든 별이 일곱 개라는 건 변함없잖아."

별자리에 정통하지는 않지만 나도 그 정도는 알아볼 수 있다. 북두칠성의 별 일곱 개를 떠올리며 내가 물었다.

"학교 상징의 별은 딱히 국자 형태로 늘어서 있지 않으니까 북두라는 이름과 상관없는 다른 별 여덟 개가 아닐까?”

그렇다면 7대 불가사의도 그 무엇도 아닌 게 되지만 달리 생각할 길이 없지 않나? 아니, 구태여 호쿠토 학원이란 이름을 붙인 걸 보면 이상하기는 하지만.

“응. 그것도 웬만큼 생각해봤어. 선생님이 빌려준 참고문헌 안에 이런 책이 들어 있었거든.”

그렇게 말하면서 하루는 천문학 책을 옆에 놔두고 유럽 점성술이라든가 오컬트라든가 하는 다채로운 색깔의 도판이 삽입된 책을 보여주었다.

“예전에는 천왕성보다 바깥에 있는 행성은 알려지지 않았대. 대신 달이 행성과 구별되지 않았기 때문에 일곱 개. 여기에 태양계 외의 붙박이별을 더하면 일곱 개 더하기 한 개, 해서 합이 여덟 개. 이것과 음계의 옥타브를 겹쳐서 우주는 음악을 연주한다고 생각한 사람도 있었다는데.”

나는 뭐가 재미있는지 확실히 모르겠지만, 하루는 기쁜 듯 빙글빙글 웃었다.

“음계는 도, 레, 미, 파, 솔, 라, 시, 도이고 아래의 도와 위의 도는 높이만 다를 뿐 같은 음이잖아. 그래서 음계도 일곱 개 더하기 한 개이고. 또 한 가지 재미있는 사실은, 르네상스 무렵의 사상가로 그런 점을 연구한 유명한 학자가 있다는 거야. 그런데 그 사람의 이름이 피치노야.”

"피치노…… 후치노."

"응. 우연이 아니라면 선생님의 이름은 마르실리오 피치노에서 따온 게 분명해."

나는 머리를 감싸 쥐었다.

"……안 되겠어. 뭐가 어쨌다는 건지 도무지 모르겠어."

"나도 잘 몰라. 선생님한테 마음먹고 한번 전화해봤는데."

"어떻게 됐어?"

"J가 받더니만 지금 선생님은 몸이 안 좋다고 하더라. ……미안, 조금 더 들어봐. 다음 책은 이거."

하루가 꺼낸 책의 제목은 『핫켄덴(八犬伝. 전쟁을 배경으로 여덟 사람의 삶과 인연과 권선징악을 그린 에도시대의 대표적인 문학작품-옮긴이)의 세계』였다. 나는 점점 더 당황할 수밖에 없었다.

"그 책도 후치노 선생님이?"

"응. 바킨(馬琴. 1767~1848. 에도시대의 작가로 대표적인 작품으로 『난소하토미핫켄덴』이 있음-옮긴이)의 핫켄덴 이야기, 알고 있어?"

"읽은 적은 없지만 영화나 만화로 본 거 같아."

"여기에 쓰여 있어. 핫켄덴은 나나켄덴(七犬伝)이 될 뻔했대. 핫켄덴과 조금 비슷한 이야기로 『일본수호전日本水滸傳』이란 게 있는데 그건 북두칠성의 화신인 전사 일곱 사람이 싸우는 이야기래. 하지만 역시 바킨이 젊은이 일곱 사람이 아니라 여덟 사람을 등장인물로 내세운 건 불교에서 사자를 탄 문수보살이 팔대동자八大童子를 데리고 있는 팔자문수八字文殊 만다라가 있는데 그걸 보고 정한 게 아닐까 하는 이야기야."

"이번에는 불교냐."

나는 조금 시큰둥해졌다.

"짜증 나, 정말이지 이제. 종교 같은 거 관심 없어."

"그런데 문수보살은 지혜의 신이니까 학교와 전혀 관계가 없는 건 아냐."

"이런, 그런가."

"세 사람이 모이면 문수보살의 지혜를 얻을 수 있다고 하잖아."

나는 잠시 한숨을 쉬었다. 그래, 세 사람이 필요해. 두 사람은 부족해.

"게다가 그 만다라는 문수보살을 팔대동자가 원으로 둘러싸고 있는데, 학교 상징의 디자인과도 비슷해."

"그럼 캠퍼스 어딘가에 불상이 있고, 스미타가 ㄱ 근처에 MD나 뭐 그런 걸 감췄다는 건가?"

"그렇지. 물론 그가 수수께끼의 답을 알고 있다는 전제에서."

"음, 진상은 아니더라도 그 사람이 그렇게 생각했다는 것만으로도 충분하지 않나?"

"그래. 지도를 봤다면."

하루가 이번에는 퇴색한 남색 천을 씌운 노트를 펼쳤다.

"적어도 불교 색채가 강한 시설은 없어 보이는데."

노트를 펼치니 얇은 주머니 같은 게 붙어 있었다. 그 안에서 접힌 지도가 한 장 나왔다. 상당히 낡은 것으로 종이의 끝부분은 누렇게 변한데다 너덜너덜했다. 지도를 펼쳤다. 놀랍게도 검은색 한 가지로 그린 호쿠토 학원 캠퍼스 지도였다. 등고선부터 숲 속의 나무, 높이가 다른 계단과 물을 마시는 곳처럼 작은 부분까지 일일이 그린 아주 세밀한 지도다.

"이것도 옛 도서관의?"

"응. 전쟁 전에 그린 것 같은데. 여기 봐, '새 구역'의 모습이 지금이랑 많이 다르지?"

이 침대에서 저 침대까지 닿을 정도로 커다란 지도를 바닥에 펼쳐놓고 우리는 한참 동안 들여다보았다. 자칫 찢어지면 곤란하기 때문에 침대 위로 올라가서 말이다. 하루가 말한 대로 지금 대학 본부와 체육관이 있는 '새 구역' 캠퍼스 동쪽은 반쯤 텅텅 비어 있었다. 철근 콘크리트 건물이 세워진 주변에는 몇 동인가 학교 건물 같은 게 있었다. 북쪽으로는 중·고등학교 구역도 있었는데 그곳에 세워져 있는 건 모두 목조 건물로 기껏해야 2층짜리인 듯했다. 그 대신 '옛 구역'에는 위풍당당한 대형 건축물이 있다.

도서관. 음악당. 예배당. 기념박물관. 지금 정문 안쪽에 세워진 안내도나 학교를 홍보하는 팸플릿과 웹사이트에도 위치가 정확히 표시되지 않았거나 아예 이름이 사라졌거나 존재 자체가 완전히 말살되어버린 호쿠토 학원 초창기의 건물이다.

"종교랑 가장 깊이 관련된 건 역시 이 예배당이구나."

나는 '예배당禮拜堂'이라고 한자 정자로 쓰여 있는 곳을 손가락으로 가리켰다. 아이들은 대부분 한자 정자는 잘 읽지 못한다. 나는 '옛 구역'의 지도를 몽땅 암기하고 있기 때문에 위치로 짐작했지만.

"그런데 이 예배당에 뭘 모셔났는지 아무도 모르잖아?"

"맞아. 하지만 '여덟 번째 별'에 대해 조사하면 할수록 불교든 신화든 중세의 오컬티즘이든 뭔가 중세 색채가 짙은 것과 관련이 깊다는 생각이 들어. 다이잔(泰山)이라는 호칭 역시 중국의 도교와 관계가 있는 지명이잖아. 예배당에 정말로 문수보살을 모시고 있을지도 모르고. 북두칠성과 관련이 있다면 이것도 도교든 불교든 밀교인 셈이지."

"아하, 어쨌든 비밀결사대라는 소리!"

나는 거의 자포자기하는 심정으로 소리쳤다.

"호쿠토 오컬트 학원인가. 이렇게 되면 뭐든지 와라! 어차피 직권 남용 사건 같은 것보다 그쪽이 좋다."

"그래서 말인데, 앞으로 조사를 계속하려면 아무래도 '옛 구역'을 조사하는 수밖에 없다는 생각이 들어."

"그건 안 돼!"

나는 정색을 하고 커다란 목소리로 외쳤다.

"왜? J한테 경고를 받아서?"

평소대로라면 그런 식의 말을 듣자마자 "누가 경고를 받았다고? 그 녀석이 뭐라고 하든 알게 뭐야. 나는 어디든지 갈 수 있어!" 하고 받아쳤겠지만…….

"위험하잖아, 고누마와 맞닥뜨리거나 하면."

"하지만 J가 없다고 말했다며?"

"지금까지는 그렇지. 조심하라고, 사람의 그림자가 없는 곳엔 절대 가지 말라고 지겹도록 당부했어."

"하지만……."

하루가 입을 비죽거렸다. 대단히 불만스러운 모양이다.

"더구나 이사장한테는 여러 가지 구실을 붙여 결론도 내지 않고 질질 끌고 있잖아. 고누마가 오지 않는다고 해도 우리가 '옛 구역'을 헤매면 당장 시시도가 뒤쫓아 올걸. 그러곤 금세 이사장한테 보고하겠지. 물건이 발견되면 바로 빼앗길 거고, 그럼 우리는 끝장이야."

"이사장이 목적을 달성한다고 해도 설마 즉시 죽이기야 할까?"

하루가 끔찍한 소리를 지껄였다. 당연하지, 바보 같은 녀석.

"하지만 이젠 우리가 결정해야 돼. 앞으로 줄곧 이사장이 시키는 대로 고분고분 따를 건지, 아무 말도 하지 않고 여기서 나갈 건지. 아키는 어느 쪽이 좋아?”

“둘 다 싫어. 당연한 거 아니야!”

“나도 그래. 그렇다면 어떻게 해야지……?”

하루가 심란한 표정을 짓는 바람에 대답할 말을 깜빡 잊어버렸다. 그때 굉장한 기세로 문을 두들기는 소리가 났다. 모두들 깜짝 놀랐다.

“나야.”

묘하게 쉰 목소리. 다모츠였다.

“바보 녀석. 문을 부술 생각이냐?”

잠근 문을 열면서 그렇게 말했지만 다모츠는 못 들은 모양이다. 성큼성큼 내처 들어오더니 바닥에 펼쳐놓은 지도와 책 따위엔 눈길도 주지 않고 자신의 침대에 털썩 걸터앉았다.

“다모츠?”

“미안해. 문 좀 잠가.”

무릎 위에 두 팔꿈치를 세우고 손에 얼굴을 묻은 채 말했다.

“너 어디 안 좋냐?”

“괜찮아. 지금부터 이유를 설명할 테니까 다른 녀석이 들어오지 않게 문을 꼭 잠가줘.”

나는 문밖을 잽싸게 확인하고 문을 잠갔다. 하루는 전기주전자의 뜨거운 물로 인스턴트커피를 만들어서 건네줬다. 그러고 나서 저쪽 침대에 나란히 앉아 다모츠의 입에서 나오는 말을 숨죽이고 기다렸다.

"나는 그동안 후와 선배에 대해 조사했어."

물론 다른 일 때문에 다모츠가 그 정도로 필사적이 될 거라고는 생각하지 않았다. 그날 밤 이사장 사택에서 커피카트를 밀고 나타난 후와 소라미 여사. 그녀의 옆에 바싹 붙어서 어깨에 손을 갖다 대던 이사장의 묘한 태도. 그녀를 향한 눈길, 표정. 그 모두가 둔감한 나라도 불쾌한 상상을 하기에 충분할 정도였지 않은가.

다모츠의 기분을 생각하면 차마 입에 올릴 수 없었지만 미스 호쿠토 학원, 후와 소라미 여사가 혹시 도조 이사장의 애인은 아닐까? 그렇지 않다면 달리 어떤 가능성이 있는 걸까? 하지만 다음 순간, 다모츠의 입에서 튀어나온 말은 나의 저속한 상상을 깡그리 부수었다.

"선배는 도조 이사장의 딸이야."

"딸……?"

"하지만 성이 다르잖아."

"혼외 자식이야. 출생 직후에 인지를 한 뒤 후와 집안의 '보통양자'로 들어갔지."

그런 생소한 법률용어까지 알고 있다니.

"그러니까 애인이 낳은 아이였다?"

"진짜 엄마에 대한 이야기까지는 모르겠지만, 호적등본에

238

기재된 부분은 형한테 확인했어."

다모츠가 말하는 형은 친형이 아니라 신문기자를 하고 있는 아버지의 후배를 일컫는다. 어릴 때부터 귀여워해준 사람이라나. 암튼 호적까지 확인한 걸 보면 다모츠의 열정도 대단하다.

나는 이상한 소리를 입에 올리지 않은 걸 다행으로 여기며 내심 가슴을 쓸어내렸다. 하지만 애인과 딸 중에서 뭐가 더 나을지는 알 수 없다. 미묘한 부분이다. 애인이라면 헤어지고 싶을 때 헤어지면 그만이지만 피로 이어진 사이는 끊으려야 끊을 수 없지 않은가. 내가 그런 생각을 했던 건 그날 밤 보았던 후와 여사의 얼굴이 굳어 있었기 때문이다. 좀 더 왕성한 상상력을 발휘하자면 그녀는 우리가 놀랄 것을 예상했을 테고 우리 앞에 나타나는 게 싫었던 것 아닐까? 그래서 내가 그만 '애인인가?' 오해했을 만큼 이상한 분위기를 자아냈던 거고. 아무리 부모, 자식 사이래도 싫은 건 어쩔 수 없으니까.

"그렇다면 선배도 이사장을 거스를 수 없었던 거겠지."

하루가 나직이 속삭였다.

"왜 그런데?"

다모츠가 입 안에 쓴 거라도 넣은 양 얼굴을 찡그리며 말했다.

"아이는 부모님을 거역해서는 안 된다는 거야, 유교 사상?"

와아. 도교, 불교, 유교 한데 다 모였다. 기막힌 일이다. 물론 그런 생각을 입 밖에 내지는 않았다.

"그래서 다모츠는 어떻게 할 거야?"

"이사장 섬멸."

과격한데!

"후와 선배를 그 사람의 멍에에서 풀어줄 거야."

눈물겨운 순애보다.

"누가 됐든 남을 위협하고 마구 부리는 사람한테는 꼭 보복할 작정이야. 나는 앞으로 결단코 총장파로 갈 거다."

"총장도 정체불명인데."

"이사장보다는 나을 거라고 믿는 수밖에."

"그렇다면 슬슬 활동을 개시할까? 지금까지 하루의 연구 성과를 듣고 있던 참이야."

"알았어. 미안하지만 나한테도 다시 한 번 이야기해줄래?"

드디어 생기를 되찾은 표정으로 다모츠가 몸을 내밀었다. 나는 휘파람을 휘익 불었다. 좋아. 역시 우리는 셋이 모여야 해!

기쁨에 들뜬 나머지 나는 몇 가지 사실을 놓치고 말았다. 바보 같게도. 하루가 자신의 생각을 전부 이야기하지 않았다는 것, 그리고 지도가 한 장 더 있고, 내 앞에 펼쳐 놓지 않은 책이 한 권 더 있다는 것.

그 책은 나도 초등학생 때 읽은 기억이 있는 탐정소설로,
어린이용으로 다시 쓴 탐정소설 전집 가운데 한 권이었다.

북두칠성의 여덟 번째 별

이튿날인 월요일, 하루가 평소와 다른 쉰 목소리로 수업을 빼먹겠다고 말했다. 감기기운이 있다는 것이다. 어제만 해도 그런 조짐이 없었기 때문에 깜짝 놀랐지만 목이 아파서 소리가 나오지 않는다고 하니 어쩔 수가 없었다. 들여다보니 얼굴이 빨간 게 열이 있는 듯했다.

"진찰은? 약이라도 먹어야 하지 않아?"

"그 정도는 아냐. 오늘 하루, 상태를 보고."

"알았어. 기숙사 사감선생님이랑 반장한테 전해줄게."

"책 읽지 말고 푹 자."

"……응."

"점심시간에 보러 올까?"

"아냐, 괜찮아."

하루는 담요 속을 파고들며 콜록콜록 기침을 했다.

나랑 다모츠는 아무것도 의심하지 않고 평소대로 아침을 먹고 학교에 갔다. 수업시간 전에 하루가 아파서 쉰다는 이야기를 전하자 모리시타는 눈썹을 살짝 찡그리면서 "웬일이야" 하고 중얼거렸다. 음, 같은 기숙사 방에서 자고 일어난 지 1년 남짓 되는 동안 하루가 몸져누울 정도로 감기에 걸린 적은 한 번도 없었다. 겉보기에는 마르고 왜소해도 허약 체질은 아니었다. 그래도 딱히 수상하진 않았는데…….

뭔가 이상하다는 걸 알게 된 건 오전 수업이 끝나고 식당으로 갈 때였다. 아침이나 저녁보다 시간이 집중된 탓에 점심때가 되면 식당은 매우 혼잡하다. 먼저 밥을 먹으려고 발길을 재촉하는 학생들로 복도는 북적거리고, 부지런히 간다고 해도 셀프서비스 카운터에는 언제나 긴 줄이 늘어서 있게 마련이다. 우리도 서둘러 복도를 걸었다. 부리나케 밥을 먹고 하루가 어떤지 보러 가야 하니까.

그런데 그때, "앗, 아오키 군. 잠깐" 하면서 츠보타니 사감 선생님이 말을 붙였다. 다행히 호쿠토 학원에는 무턱대고 학생을 의심하는 선생님이 없었다. 대개 조금이라도 감시를 소홀히 하면 게으름을 피운다거나 나쁜 짓을 할 궁리만 하는 게 학생이라고 믿는 것 같지만 말이다. 우리 학교 역시 교칙은 꽤나 엄격하다. 그래서 사감선생님의 성품이 중요하다. 사감선생님이 좋은지 나쁜지에 따라 기숙사 생활을 편하게 할 수도 있고, 졸업할 때까지 죽어라 고생만 할 수도 있으니까.

이전에 근무했던 고등학교에서 고전을 가르치다가 정년퇴직 후 사감이 된 츠보타니 선생님은 아주 근면하지도 친절하지도 않았지만, 그 대신 학생의 생활을 과도하게 탐색하거나 통제하지도 않았다. 그러니까 좋지도 싫지도 않은 적당한, 어떤 의미에서는 별로 싫지 않은 편에 속한다. 그런 선생님이 묘하게 굳은 표정으로 우리에게 손짓을 했다. 어쩐지 평소와 표정이 다르다는 사실을 느낀 건 나뿐만이 아니었다. 둘이 서둘러 인파를 헤치고 선생님에게 달려갔다.

"하루, ……가츠라한테 무슨 일이 있나요?"

다모츠가 급히 물었다. 선생님은 조용히 하라는 듯 손짓을 하면서 우리를 아이들이 없는 곳으로 데려갔다.

"가츠라 군, 몸 상태가 아주 안 좋았나?"

"아뇨, 감기기운이 있는 정도였는데요."

"가츠라 군이 안 보여."

"안 보이다뇨. 기숙사에서 빠져나간 겁니까?"

엉겁결에 목소리가 커졌다. 츠보타니 선생님은 변명하는 말투로 대답했다.

"아니, 그게 말이지, 아침에 어떤가 보러 갔더니 대학교 진료소에 가도 되냐고 묻더라고. 그래서 전화를 걸어보고 가라고 했지. 따라올 필요 없다고 해서 혼자 가라고 했거든. 아무리 감기라도 빨리 치료하는 편이 좋으니까.”

여기까지는 딱히 이상할 게 없다. 대학교 진료소는 본부 건물 1층에 있다. 입원시설은 없지만 중·고등학교 양호실보다는 시설이 훨씬 좋다. 게다가 개방 시간이 길어서 우리도 갑자기 병이 나거나 다쳤을 때면 신세를 지곤 한다.

“그런데 말이지.”

“안 돌아왔습니까?”

“응, 점심때가 되어도 방으로 안 돌아와서 확인 전화를 걸어봤더니 진료소에 안 왔다는 거야. 그래서…… 아, 아오키 군?”

다모츠는 그대로 기숙사를 향해 달리기 시작했다. 물론 나도 함께.

“그 녀석, 꾀병이었어!”

행여 츠보타니 선생님 귀에 들어갈까봐 다모츠가 조그맣게 중얼거렸다.

“우리까지 속였어.”

“얼굴이 빨갛고 열도 있는 것 같았는데.”

“틀림없이 담요 밑에 일회용 난로라도 숨겨 놓고 있었겠지.”

“‘옛 구역’에 갔을까?”

"100퍼센트."

기숙사 방에 들어가자마자 우리는 하루의 책상 위부터 살폈다. 아침에는 분명 어제 우리한테 설명해줄 때 사용한 참고서적과 노트가 차곡차곡 쌓여 있었다. 그런데 지금은 놓여 있는 모양이 다르다. 천문학 책과 서양 오컬트, 어제 보여줬던 책이 한꺼번에 뒤로 가 있고, 노트와 지도가 그 밑에 깔려 있다. 그리고 본 기억이 전혀 없는 책 한 권만 앞에 나와 있다. 어린이가 읽도록 다시 쓰인 탐정소설이었다.

"어째서 이런 책이 있는 거야?"

"이런, 이 책도 그때 거기서 빌려 온 거야. 뒤표지를 봤어, 분명해."

책을 옮겼던 다모츠가 말했다.

"하지만 어제는 하루 녀석, 이 책에 대해 아무것도……."

그렇게 말하면서 조금 누렇게 바랜 책장을 팔랑팔랑 넘기다가 중간에 멈췄다. 안에 두툼한 투사지 한 장이 반으로 접힌 채 끼어 있었다. 그 종이를 펴려는데 문득 책에 그려진 삽화 하나가 눈에 확 들어왔다.

삽화라기보다 지도에 가까웠다.

오른쪽에서 왼쪽으로 구불구불 흐르는 강의 곡선.

그 주위에 아로새겨진 조그마한 동그라미와 가타카나 지명.

"앗……."

나는 숨을 삼켰다. 그걸 보는 순간 몇 년 전에 읽은 소설의 내용이 내 안에 있는 유리잔의 물을 쏟아내듯 단숨에 되살아나 흘러넘쳤다.

괴도 루팡의 젊은 날의 모험.

프랑스 왕가에 대대로 전해 내려온 귀중한 보물.

수도원 일곱 군데와 촛대 일곱 개.

하늘의 별과 땅과 관련된 어마어마한 숨겨진 재산과 보물의 행방을 알려준다…….

투사지에 그려진 것은 지도였다. 어제 하루가 나에게 보여준 대학교 캠퍼스의 낡은 지도를 일부분 베껴낸 것 같았다. 나무를 가리키는 지도의 기호가 한 면에 흩어져 있었다. 왼쪽 위로 옛 도서관의 일부가 보이고, 그것이 바로 '옛 구역'과 '새 구역'을 가르는 숲이라는 걸 알려줬다. 하지만 그곳에는 어제 지도에 없었던 게 덧붙여 있었다. 빨간 사인펜으로 표시된 동그라미가 일곱 개. 그리고 검정 사인펜으로 표시된 이중 동그라미가 한 개.

"뭔지 알겠어? 아키, 야!"

다모츠가 내 어깨를 잡고 흔들었다.

"너, 이 책 안 읽었어?"

"안 읽었어. 설명해봐. 그게 뭔데?"

나는 "달리면서 이야기할게!" 하고 외치면서 지도를 움켜

쥔 채 방에서 뛰쳐나갔다. 다모츠도 쏜살같이 따라왔다. 그때, 숨이 끊어질 듯 간신히 쫓아온 츠보타니 선생님이 계단을 뛰어 내려가는 우리를 보더니 눈이 휘둥그레져서 소리쳤다.

"야, 너희 어디 가는 거냐!"

"뭔가 짚이는 데가 있어요. 찾아보고 올게요!"

기숙사 밖은 여전히 평화로운 점심시간의 풍경이었다. 교복을 입은 채 전력으로 조깅이라도 하는 듯한 우리를 수상하게 여기는 사람은 아무도 없었다. 아니, 이상하다고 여긴 아이들도 더러 있는 것 같았지만 다행히 우리를 제지하거나 대화를 훔쳐들으려고 하는 기색은 없었다.

"어서 설명해봐."

"알아냈어, 북두칠성의 여덟 번째 별이 어디 있는지."

"거기에 스미타가 숨긴 것도 있어?"

"그럴 거야. 적어도 하루는 그렇게 생각했어."

"그 소설하고 관련 있어?"

"응. 그 책은 보물을 찾으러 나서는 이야기야. 교회가 모은 재산과 보물이 센 강의 상류에 있는 수도원 일곱 군데에서 관리되고 있는데, 보석 일곱 종류를 박은 촛대 일곱 개가 그 표시였어. 괴도로 유명해지기 전에 주인공이 그걸 찾아냈어."

"일곱과 일곱. 북두칠성인가."

"뭐야. 이야기 줄거리, 알고 있잖아."

"여기는 호쿠토 학원이야. 그 정도는 상상하는 게 당연하잖아. 그렇지?"

나는 쥐고 있던 지도를 흔들었다.

"소설에서는 수도원 일곱 군데를 연결하면 북두칠성 도형이 돼. 이쪽 지도에 쳐진 빨간 동그라미도 일곱 개. 연결하면 북두칠성이 돼."

"빨간 동그라미 지점에 뭐가 있는데?"

"그 움직이는 조각상."

"그 조각상이 북두칠성의 위치에 세워졌다?"

다모츠는 보기만 해도 뭔지 알 것 같다고 생각하는 모양이다.

"많은 것 가운데 표시가 되어 있으면……. 하지만 주위에 숲이 있어서 한눈에 보이지 않을 텐데."

"그럼 여덟 번째 별이라는 건 그 표시가 붙은 또 하나의 조각상인가?"

"그건 모르겠지만, 장소는 알겠어. 국자 자루 끝 쪽에서 두 번째 지점."

"별자리에도 그곳에 또 하나의 별이 있어?"

"있어. 큰곰자리의 여섯 번째 제타(ζ) 별인 쌍둥이별로 시력 검사에도 쓰이는 알코르Alcor 별. 이야기 속의 보물도 여섯 번째 수도원의 옆에 있는 바위에 숨겨져 있었어. 꽤나 재미있는 수수께끼 풀이지. 예전에 읽었을 때는 상당히 감동했어.”

다모츠는 뛰면서 곁눈질로 나를 흘겨보았다.

“그렇다면 왜 지금까지 떠올리지 못했어?”

이 말에 약간 화가 치밀었지만 다모츠의 심정도 모르는 바 아니었고, 나 자신도 그렇게 생각했기 때문에 그냥 입을 다물고 말았다. 그러자 다모츠가 도리어 나를 위로했다.

“미안해. 일주일 동안 멍하니 있었던 내 책임도 커.”

“그렇게 말하지 않아도 돼.”

다모츠가 그 말에는 대꾸하지 않고 다른 이야기를 꺼냈다.

“후치노 선생님은 해답에 도달하기 위해 필요한 힌트를 전부 자료로 건네줬어.”

“아아. 분명 지도도 두 장 있고, 보여주지 않았던 쪽에는 조각상의 위치도 그려져 있었겠지. 하루 녀석 그걸 일부러 우리한테 감추고 이야기도 속였어. 왜 그랬을까?”

혼자 목적을 달성하고 우리한테 뽐내고 싶어서? 아니, 적어도 하루는 그런 유형이 아니다.

“우리 모르게 갔다 오려고 했겠지. 수업 중이라 시시도가 냄새를 맡을 염려도 없고.”

“그래도 그렇지, 아무 말도 하지 않다니.”

“세 사람 모두 아파서 결석할 수는 없잖아. 그렇다고 녀석이 혼자서 가겠다고 말하면 아키, 너는 틀림없이 반대했을 거고.”

"다모츠, 너도 그렇지?"

"글쎄. 간다면 하루가 아니라 내가 가겠다고 하겠지."

"나도 그래."

"내가 내린 결론을 받아들이는 게 우리의 규칙이지 아니었어?"

"평소라면."

"그래서 세 사람 다 자기가 간다고 주장했을 테고, 결말은 안 날 거야. 하루는 거기까지 예상한 거지."

"젠장. 제멋대로 일을 꾸미다니!"

"정말 그래."

그 말을 끝으로 우리는 입을 앙다물고 계속 달렸다. 이야기하는 사이 가슴속에 끓어올랐던 초조함이 이제 몸속을 가득 메워 말이 나오지 않았다. 만약에 아무 일 없이 하루가 그곳에 도착했다면 지금쯤 이미 돌아왔어야 하는데, 아무래도 이상하다. 그렇다면 무슨 일이 일이난 거다. 설마 고누마가 나타났나? 하지만 아무리 그 사람이 전문 살인청부업자라고 해도 한밤중이 아니다. 이렇게 밝은 대낮에, 캠퍼스 안에 사람들이 득실대는데, 그곳에서 하루를 차마 어떻게 하지는 못할 거다!

대학 본부 앞 잔디밭은 예상한 대로 한가했다. 여학생들이 둥그렇게 모여 점심도시락을 늘어놓거나 뒹굴뒹굴 책을 읽고 있었다. 낮빛이 달라져서 숲으로 뛰어가는 중학생 두 사람을 그 가운데 몇 사람이 수상쩍은 눈으로 배웅했지만 우리는 아랑곳하지 않았다. 남의 눈을 신경 쓰고 있을 만큼 한가하지 않았다. 하루가 기숙사를 나온 건 10시 전이었다고 하니까 벌써 두 시간도 더 지났다. 그 녀석의 신상에 무슨 일이 일어난 게 틀림없다.

한낮이라고 해도 숲은 어두웠다. 한 걸음 들여놓자 즉시 어둠 속으로 빨려 들어갔다. 별세계 같은 어둠 속에서, 빽빽이 우거진 나무 사이에 숨어 있는 사람만 한 조각상을 찾는 건 그리 쉬운 일이 아니었다. 더구나 높은 받침대 위에 놓인 조각상도 아니었으니까.

하지만 처음에 발견한 한 벌로 된 옷자락의 주름 사이에 새겨진 베타(β)라는 글자를 찾아내고 우리는 적어도 북두칠성과 조각상이 관련되었다는 사실을 깨달았다. 게다가 이웃 지점을 찾아내는 방법까지도. 숲 속 '옛 구역' 방향으로 선 조각상은 얼굴을 비스듬히 오른쪽으로 향하고 왼쪽 집게손가락으로 옆을 가리키고 있었다. 그 눈길과 손가락이 가리키는 방향으로 나무줄기 사이에서 각각의 조각상 모습이 보였다.

처음의 '알파(α)'는 무시하고 세 번째 '감마(γ)'로 갔다.

"왜 이런 조각상이 움직였는지, 드디어 이유 하나를 알았어."

다모츠가 소리를 질렀다.

"봐라, 아키. 이건 첫 번째 밤에 나왔을 때 하루가 낚싯줄로 표시했던 그 조각상이야."

"아. 낚싯줄, 어긋났잖아."

"그리고 봐라, 이 조각상도 얼굴은 베타를 향하고 있고 손은 다음의……."

즉 눈길과 손으로 연결된 선은 조각상이 지금과 같은 방향에 있는 경우에만 나타나는 것이다. 그렇다면 필요 없을 때는 일부러 조각상을 움직여 어긋나게 해서 상호관계를 아무도 알아차리지 못하게 할 수 있다. 바꿔 말하면 우리가 본 5월 8일 새벽 이후에 조각상이 움직였다는 뜻이다.

눈을 속이기 위해서일까, 그렇지 않으면 때때로 다른 선이 나타나는 건가, 조각상은 다른 곳에도 있었다. 다들 비슷한 그리스 조각 같은 상이다. 그래도 가리키는 손가락을 주의 깊게 보면 가야 할 곳을 헤맬 필요가 없을 것이다. 하지만 중간을 뛰어넘을 수 없다는 게 몹시 답답했다. 델타(δ)……, 엡실론(ε)……, 그리고 제타(ζ)!

마음속으로 두려워했던 일은 벌어지지 않았다. 우리 둘 다 혹시 하루가 그 옆에 쓰러져 있지는 않을까 걱정했는데. 하지만 그 앞으로 돌아가니 조각상 발밑에 예전의 대포 탄환 같은 핸드볼만 한 대리석 구가 움직이고 있었다. 확실히 움직이고 있었다. 땅바닥이 파인 흔적까지 있었다. 하지만 깊이 10센티미터 정도의 구덩이 안에는 아무것도 없다.

아니, 있었다.

다모츠가 그걸 집어 들었다.

언젠가 J가 하루에게 건네준 휴대전화기였다. 요즘 흔히 사용하는 종류가 아니고, 반으로 접는 것도 아니지만 전체 크기는 요즘 것보다 조금 더 작다. 예전에나 사용했다는 무선호출기 같았다. 가로, 세로 몇 센티미터 정도의 액정화면과 굵은 손가락으로는 누르기 어려울 만큼 작은 숫자판이 붙어 있다. 빼앗길 위기에 놓이면 망가뜨리라고 했던가. 하지만 휴대전화기는 적어도 겉보기에는 부서지지 않았다.

"하루가 떨어뜨렸나?"

하지만 다모츠의 생각은 처음부터 달랐던 모양이다. 실수로 떨어뜨린 것치고는 휴대전화기의 위치가 너무나 교묘했기 때문이다. 구덩이 밑에, 바로 옆까지 다가가지 않고는 보이지 않도록 놓여 있었으니까. 전원을 켜자 액정에 짧은 메시지가 떴다. '단축번호 1번으로 전화해서 이름을 말해라!' 그게 전부였다.

다모츠가 '그럼, 그렇지' 하는 표정으로 나를 쳐다보았다. 나는 아무 말도 하지 않은 채 고개만 끄덕였다. 옛 도서관의 후치노 선생님이 있는 곳으로 통할 게 분명한 번호. 하지만……

“아오키 다모츠예요.”

그 순간 전화기에서 흘러나온 목소리를 나는 똑똑히 들었다.

“어이, 꼬맹이들.”

위기일발, 미궁의 도서관

이미 예상하고 있겠지만 하루와 고누마는 옛 도서관에 있었다. 후치노 선생님도. J는 뭔가 이유가 있어서 그 순간엔 옛 도서관을 떠나 있었다. 그러고 나서 어떤 일이 일어나고, 어떻게 마무리가 되긴 했지만……. 물론 그 소동이 일어났을 때 우리도 그 자리에 분명 있었다. 하지만 어느 정도 상황을 파악한 건 사건이 마무리된 뒤였다.

그 전에는 뭐가 뭔지 알 수 없는 채로 허둥지둥 뛰어다녔을 뿐이다. 워낙 경황이 없던 터라 나의 시점에서 이야기를 하자면 시간이 많이 걸릴 것이다. 이해하기도 어려울 거고. 그래서 이 부분은 나중에 하루에게 들은 내용을 토대로 3인칭으로, 기본적인 시점은 하루에게 두고 묘사하겠다.

혹시 그래도 따라가지 못한 부분이 나올지도 모른다. 그때는 '전지적 시점'이랄까 뭐라 하는, 모든 것을 꿰뚫어보는 듯한 식으로 쓰게 될지도 모른다. 갑자기 그런 부분이 나온다 해도 음, 너그러이 일단 용서해주기를 바라며, 간다!

……하루가 의식을 회복한 곳은 옛 도서관의 세피아 톤 거실이었다. 눈을 뜨기 전부터 공기 냄새만으로도 그 사실을 알아차린 것 같다. 먼지 냄새가 뒤섞인, 헌책방과 아주 흡사한 종이 냄새와 잉크 냄새, 책 냄새. 그리고 바닥에 칠한 왁스 냄새. 그 냄새를 하루는 좋아했다. 예전에 이런 냄새가 나는 방이 있던 집에 살았던 기억이 난다. 그래서 처음에 발을 들여놓았을 때부터 신기하게도 정겨운 마음이 들었다.

눈을 뜨자 갑자기 시야에 하나 가득 갈색 나무바닥이 들어왔다. 너무 가까워서 초점이 맞지 않는다. 몸이 이상하게 구부리져 있었다. 좀 더 정확히 말하면 나무 조각 바닥 위에 엎어져 무릎을 웅크리고 있었다. 바닥에 붙어 있는 이마를 들려고 머리를 움직이자 뒷목이 옥죄이듯 아팠다. 손을 돌려서 뒷목을 만지려고 했다. 하지만 웬일인지 손이 움직이지 않았다. 찰칵, 찰칵 하는 금속이 부딪치는 것 같은 소리가 들렸다.

"오옷, 깨어났나?"

웃음 섞인 쉰 목소리가 났다. 그 목소리, 들은 기억이 있다.

할 수만 있다면 이 순간 가장 듣고 싶지 않은 목소리다. 하루는 고개를 비틀어서 그곳을 보려고 했지만 다음 순간 왼쪽 어깨 끝을 발로 차이고 뒤로 넘어졌다. 동시에 또 금속음이 들리고 뒤로 돌려져 묶인 손목에 차가운 게 파고들었다. 손을 바닥에 대고 일어서려고 하는데, 그가 가슴을 위에서 힘껏 밟았다. 아키가 죽음의 신 같은 녀석이라고 부르던, 뺨이 궁상맞게 홀쭉한 얼굴이 빙글빙글 웃으면서 하루를 내려다보고 있었다.

"왜 그래, 꼬맹이. 내가 여기에 있는 게 그렇게 놀라워? 차가운 땅바닥 위에 언제까지 눕혀 놓는 게 불쌍해서 무거워도 낑낑대면서 일부러 옮겨 왔는데 말이지. 인사 한 마디 정도는 해야 옳지 않나."

딱 10분만 더 있었다면 확인할 수 있었을 것이다. 지도에 딸려 있는 별도別圖에 표시되어 있던 조각상들. 그 안의 조각상들을 연결하면 북두칠성 도형이 드러난다. 그 조각상에서 가정을 뒷받침해줄 수 있는 표시가 발견될까? 하지만 눈과 손의 방향이 올바른 순서를 나타내고 있다는 걸 알게 된 순간 여섯 번째 제타(ζ)까지 더듬어가야 했다. 그 전에 표적으로 삼았던 하얀 둥근 돌을 발견했고 정신없이 그걸 치우고 나서 별로 단단하지 않은 흙을 파내기 시작했다.

얼마 안 가 크라프트지 봉투를 비닐봉지에 넣은 게 땅 속에서 나왔다. 묻혀 있은 지 얼마 되지 않은 듯했다. '이거다!' 하는 순간—감격한 나머지 낌새를 알아차리는 게 늦었던 것 같다—등 뒤에 사람의 기척을 느꼈다. 황급히 돌아보려는데 갑자기 목 뒤를 불로 태우는 듯한 뜨거운 자극이 왔다. 그러자마자 소리 지를 사이도 없이 의식이 아득해졌다.

"전기충격기……?"

"잘 아는군. 그래, 최근에는 전문가가 아니더라도 이런 걸 쉽게 살 수 있지."

남자가 자랑 삼아 내민 것은 별로 흉악해 보이지 않는, 기 껏해야 담뱃갑보다 조금 큰 전기충격기였다. 하지만 스위치 를 넣자마자 파다닥 하는 소리와 함께 불꽃이 흩어졌다.

"심장에 직접 갖다 대지 않는 한 죽지 않아. 적당히 조절하 면 실신하는 일도 없지. 다만 끔찍하게 아프고, 오래 대고 있 으면 화상을 입는 정도? 다시 한 번 시험해볼까, 어때?"

윗몸을 구부리고, 가슴에 갖다 댄 발에 체중을 실으면서 코앞에 전기충격기를 들이댔다. 등 밑에 깔린 손이 무게 때문 에 저렸다. 폐는 압박당해서 숨을 쉬기조차 어렵다. 하루는 입을 헤벌리고 숨을 헐떡였다. 기침이 치밀어 올라서 몸이 바 닥 위에서 펄쩍 뛰어 올랐다.

"……그만둬."

목소리가 들렸다. 하지만 그건 지독하게 가냘픈 속삭임 같은 소리였다.

"그만둬. 그 아이한테 무슨 죄가 있지."

"죄라고?"

고누마는 입을 비죽거리며 피식피식 웃음을 흘렸다. 그러고는 하루의 가슴에서 발을 치웠다. 전기충격기를 갖고 놀듯 어슬렁거리는 그의 앞에는……. 간신히 몸을 굴려서 방향을 바꾼 하루는 기어이 비명을 지르고야 말았다. 저쪽 바닥 위에 후치노 선생님이 쓰러져 있었다. 한눈에 그가 선생님이라는 걸 알아본 것은 전에 봤던 털모자 때문이었다. 하지만 안경은 온데간데없고, 입술은 터져서 부풀어 오르고, 콧날은 뭉개지고, 눈꺼풀과 뺨은 보랏빛으로 물들어 있었다.

바닥에 쓰러진 채 일어나지 못하는 선생님을 고누마는 발끝으로 굴렸다. 망가진 인형처럼.

"죄가 없다고. 하하하, 재미있는 말이군. 과연 학식이 있는 분은 다르네. 그럼 물어보겠는데 죄가 있는 녀석이라면 무슨 짓을 당해도 괜찮다는 소리인가?"

그는 선생님의 뺨 밑으로 자기 발부리를 비집어 넣어 바닥에서 들어 올렸다. 그러고는 얼굴을 들여다보며 말했다.

"그렇다면 스미타가 자살한 것도 인과응보라는 거군. 그 녀석은 자신의 고용주를 위협해서 돈을 뜯어내려고 했지. 게다가 죽고 나서도 아직 이런 수고를 하게 만들고, 그 탓에 당신까지 따끔한 맛을 보고. 그 녀석은 아주 죄가 많아. 원망의 말은 전에 가르쳤던 제자한테나 해야지, 선생?"

선생님의 얼굴이 일그러졌던 건 폭행을 당한 탓이 아니었다. 흘러넘치는 눈물방울이 색깔이 변한 뺨을 타고 떨어지는 걸 하루는 보았다.

"아아. 나는 괜찮아. 나는 그 애가 부탁하러 왔는데 알아차리지 못했어. 그날 밤 그 아이를 이곳으로 데려왔다면 죽지 않았겠지. 틀림없이 자수하게 했을 텐데⋯⋯."

그가 중얼거리는 소리를 듣고 하루는 드디어 사건의 전모를 알아차렸다. 스미타는 호쿠토 고등학교에 다녔던 적이 있다. 후치노 선생님이 그렇게 말했다는 걸 J가 아키한테 이야기했고 나는 그걸 전해 들었다. 스미타가 7대 불가사의를 알고 있는 건 그 때문이라고. 하지만 후치노 선생님이 그를 기억하고 있다는 건 두 사람이 아주 가까웠다는 뜻이다. 어쩌면 단순히 소문으로서의 7대 불가사의가 아니라 '북두칠성 여덟 번째의 별'이 있는 곳까지 알려줬을 정도로 친밀한 교류가 있었는지도 모른다.

하루 일행이 목격한 스미타, 그 사람이 옛 도서관의 문을 발로 차고 침을 뱉었던 건 그저 변덕이 나서 그랬던 게 아니었다. 경찰의 눈을 피할 장소로 대학 캠퍼스를 선택한 건 어쩌면 단순한 우연이 아닐지도 모른다. 어쩌면 스미타는 후치노 선생님을 떠올리고 도움을 청하려고 왔을지도 모른다. 어떻게 처신해야 할지 상담하거나 증거인 MD를 맡겨둘 생각이었는지도.

하지만 선생님은 그가 온 걸 알아차리지 못했다. 그는 마지막으로 부탁하러 온 선생님마저 자신을 거부했다고 단정했다. 억울하고 화가 치밀어 올라 욕을 내뱉고 힘없이 그 자리를 떠났다. 아니, 한 가닥 희망의 줄이 끊어지자 더는 이곳에 있고 싶지 않았을지도 모른다. 그래서 다시 캠퍼스에 몸을 감췄겠지. 낚싯줄 표시가 벗겨진 걸 보면 MD를 감춘 건 그다음이다.

스미타가 자살한 이유는 잘 모르겠다. 옛 도서관에 살면서 텔레비전도 보지 않고, 아마도 신문도 읽지 않았을 선생님은 직권 남용 사건이 무엇인지 전혀 몰랐을 것이다. 하지만 고누마에게 쫓기던 하루 일행이 여기 왔다가 기숙사로 돌아간 뒤 J가 스미타의 사체를 발견했다. 고누마는 일부러 옛 도서관 근처까지 목매달아 죽은 사체를 옮겨 왔고, 선생님은 그걸 보고 말았겠지. 그리고 마침내 벌어진 일을 전부 알았을 것이다. 선생님은 충격을 받았고, 그래서 하루가 전화를 해도 받지 않았던 것이다.

'북두칠성의 여덟 번째 별'이라는 건 이사장한테 보낸 이메일과 동시에 후치노 선생님에 대한 메시지에 있었는지도 모른다. 호쿠토 학원의 전통에 아무런 관심도 없는 이사장은 혼자 힘으로 해답을 찾을 수가 없었다. 하지만 선생님이라면 스미타가 예전에 가르쳐주었던 7대 불가사의의 답 가운데 하나를 기억하고 있으리라고 짐작했겠지.

그렇다. 메시지는 분명 선생님한테 어떤 형태로든 전달되었을 터다. 하지만 정말 그랬다면 선생님은 틀림없이 스미타가 남긴 걸 발견했으리라. 하루로 말하자면 그때까지 일주일이나 시간을 소비했으니까. 가장 관계없어 보이는 탐정소설을 밀쳐두었던 탓에. 그럼 아까 파낸 봉투는……?

"농담 집어치우지, 선생."

무참하게 상처가 난 노인의 얼굴을 들여다보며 고누마가 조그맣게 속삭였다.

"그런 이야기는 설령 가정이라고 해도 좋아하지 않아. 그런 일이 벌어지는 날에는 틀림없이 내 목이 날아갈 거라고 생각하면 더더욱 그렇지."

"당신이, 스미타 군을, 죽였나?"

"죽이지 않았어. 내가 죽인다면 좀 더 그럴싸한 방법을 썼겠지."

고누마의 콧등이 흉측하게 일그러졌다.

"죽기 좋은 장소를 알려주고 약간 위협했더니 잠깐 한눈을 판 사이에 멋대로 죽어버렸어. 그래서 그저 마음 약한 바보인가 안심하고 있었는데 말이지 엉뚱한 선물을 두고 갔어. 더구나 선생, 당신까지 못된 장난에 가담하고. 그런데 스미타도 여기 학교에 다닌 적이 있었다고. 그렇다면 그게 호쿠토 학원의 전통인가?"

고누마는 양복주머니에서 꺼낸 크라프트지 봉투를 뒤집어서 털었다. 플라스틱 케이스에 들어 있는 MD가 바닥에 떨어졌다. 고누마가 그걸 발꿈치로 소리가 나도록 짓밟았다.

"꼬맹이들의 움직임을 줄곧 감시했지. 스미타가 두고 간 선물이 있는 곳으로 안내해줄 거 같아서 말이야. 하지만 그 녀석이 파낸 건 내용이 텅 비어 있는 디스크였어. 일부러 가짜를 묻어 둔 건 장난이 좀 지나친 거 같은데, 어?"

후치노 선생님의 입이 벌어졌다. 괴로워서 헐떡이는 소리가 새어 나왔다. 고누마가 왼쪽 발부리로 바닥에 팽개쳐진 선생님의 왼손을 질근질근 밟고 있었다. 하루는 가까스로 몸을 일으켜서 바닥 위에 앉아 있었다. 그렇다면 스미타가 남긴 MD를 선생님이 파내서 감춰둔 것이다. 그걸 내놓으라며 고누마가 선생님을 폭행하고 있다.

"그건 그렇고, 이사장과 거래하려면 재빨리 움직여야 한다고. 그걸 언제까지나 놔뒀으니 당신도 여생이 얼마 안 남은 몸으로 이런 꼴을 당하지. 무의미한 잔소리는 집어치워. 아무튼 스미타는 이미 죽었어. MD 같은 거 당신이 갖고 있어도 아무 소용 없다고. 경찰에 갖고 갈까 말까 어차피 오늘까지 꾸물대며 망설이고 있었잖아. 자, 어때. 슬슬 솔직히 털어놓을 마음이 드나?"

후치노 선생님의 표정은 보이지 않았다. 신음 소리만 하루의 귓가에 와 닿았다. 어째서 이럴 때는 꼭 J가 없는 걸까. 하지만 하루가 어디로 갔는지는 아키와 다모츠가 책상 위를 보면 알 수 있다. 그리고 목적지까지 잘 찾아올 것이다. 달랑 둘이서만 달려올까? 선생님을 인질로 삼았는데 두 사람만으로 이 남자를 이길 수 있을까?

하루의 생각을 꿰뚫어본 듯 고누마가 이를 번득이며 웃었다.

"혼자서 쓸쓸한가? 걱정하지 마라. 금세 친구들이 찾아올 테니. 왜냐하면 내가 초대했거든. 빨랑 오지 않으면 소중한 친구와 두 번 다시 만나지 못할 텐데, 이걸 어쩌나!"

선생님한테 떨어져서 성큼성큼 걸어온 고누마가 하루의 멱살을 붙잡고 쭉 들어올렸다. 허리가 바닥에서 떴다.

"아무래도 조금 늦을 모양이군. 잔머리 굴릴 생각은 아예 집어치워라. 교육이란 게 별거 있냐? 어른이 하는 말을 잘 듣는 게 전부지. 호쿠토 학원은 말이야, 감당할 수 없는 꼬맹이들은 그냥 날뛰게 내버려둘 생각인가 보더라고."

휘익 소리를 내며 고누마의 오른손에서 나이프블레이드가

튀어나왔다. 피 냄새 비슷한 철 냄새가 코끝을 훅 스쳤다.

"뭔가 멋진 모양을 새겨주지. 오른쪽 빰과 왼쪽 빰, 어느 쪽이 좋나?"

눈앞에 보이는 날카로운 칼날에 아랑곳없이 하루는 멱살을 잡힌 채로 바닥을 찼다. 그러곤 고누마의 얼굴을 머리로 받아쳤다. 칼끝이 빰을 스쳤다. "큭" 하는 신음과 함께 손이 느슨해졌다. 하루는 그대로 상대의 팔을 뿌리치고 후치노 선생님이 있는 곳으로 뛰어갔다. 뒤로 돌려져 채워진 수갑은 풀지 못했지만 선생님의 모습을 확인해야만 했다.

하지만 옆에 다가서자 괴상한 냄새가 코를 찔렀다. 방 한구석에 내팽개쳐진 선생님의 몸부터 바닥 위를, 반쯤 열어 놓은 문 저편까지 축축하게 적시고 있는 액체는 등유였다. 그리고 이 문 저편에 있는 곳은…… 옛 도서관 서고!

"알았냐, 이 멍청한 꼬맹아."

그때까지와는 달리 기어들어가는 목소리였다. 놀라서 돌아보니 고누마가 한손으로 코를 움켜잡은 채 이쪽을 보고 있었다. 하루가 머리로 받아친 게 정통으로 맞았는지 고누마는 코피를 흘리고 있었다. 하지만 하루는 기뻐할 여유조차 없었다.

"저 노인네는 자기 몸이 갈기갈기 찢기는 것보다 도서관 책이 망가지는 걸 더 못 참을 거야. 서고 안에 등유를 뿌렸다. 디스크를 내놓지 않으면 저 안에 불씨를 던져 넣을 거라고 했지. 꼬맹이의 친구가 와도 마음을 바꾸지 않는다면 한 사람씩 등짝에 불을 붙여서 던져버릴 테다.”

고누마는 라이터를 얼굴 앞에 대더니 보란 듯이 천천히 켰다가 껐다. 이 사람이 우리를 전부 다 죽일 작정인가 보다고 하루는 생각했다. 설령 디스크를 뺏는다고 해도 우리 세 사람은 그가 스미타의 죽음과 관련이 있다는 걸 아는 증인이다. 우리가 비록 어리고, 증거가 없다고 해도 안심이 안 된다며 처치할 게 뻔하다.

살해당한다. 그렇게 생각하자 무릎이 후들거렸다. 아키와 다모츠가 오면 안 된다. 셋이 여기 다 모이지 않으면 아직 희망은 있다. 하지만 어떻게 그걸 전하지? 하다못해 경비원이라도 함께 와준다면. 하지만 이 남자는 분명 두 사람만 오라고 말했을 텐데.

“앉아, 거기에.”

고누마가 명령했다. 느릿느릿 무릎을 구부렸다. 천천히 걸어서 다가오더니 새파랗게 질린 하루의 얼굴을 보며 흥 하고 코웃음을 쳤다. 그리고 탁자에서 집어 올린 병을 기울였다. 끈적끈적한 액체가 머리카락을 적시면서 얼굴에서 어깨까지 흘러내렸다.

“등유는 다 떨어졌어. 이건 부엌에서 찾아낸 샐러드유다. 노인네랑 얌전하게 있어. 앞으로 서툰 짓거리를 벌이면 제일 먼저 너부터 불에 태워 죽일 테니까.”

고누마는 서늘한 눈빛으로 이쪽을 보면서 휴대전화로 누군가와 이야기하기 시작했다. 화가 난 듯 목소리가 높아지고 표정이 굳어졌다. 뭔가 해야 할 것 같았지만 아무 생각도 나지 않았다.

그런데 그때 뒷짐을 진 하루의 손에 뭔가 살짝 닿았다.

‘선생님……?’

손바닥에 손가락으로 글자를 쓰고 있다. 필사적으로 신경을 집중했지만, 읽기가 쉽지 않았다. 하지만 그다음에 일어난 일의 의미는 이해했다. 선생님의 손가락이 하루의 손목을 어루만졌다. 수갑 밑에, 바닥에 떨어진 등유를 문질렀다.

손이 빠질지도 모른다. 원래 하루의 손은 조막만 해서 수갑 넓이를 가장 좁게 해도 어느 정도 여유가 있었다. 그렇다면 기름을 묻혀 미끌미끌하게 하면! 하지만 소리를 내서는 절대 안 된다. 몸을 움직이지 말고 표정에도 아무것도 드러나지 않아야 한다. 저 사람의 관심이 조금이라도 이쪽을 벗어난 이 순간을 이용해야 한다. 그렇지 않으면!

고누마가 휴대전화를 끊었다. 때맞춰 딩동 하는 얼빠진 벨소리가 거실 안에 울려 퍼졌다. 선생님의 거실과 통하는 출입구는 옛 도서관의 뒤쪽에 있었다. 툭 튀어나온 기둥에 가려져 보통은 잘 알아보기가 힘들었다. 인터폰은 최근에 단 듯한데 아무나 알아차리지 못하도록 벽돌 안에 숨겨져 있었다.

고누마는 하루와 선생님을 힐끗 보고 나서 문 쪽으로 갔다. 그렇지만 문은 열려 있었고 바로 계단을 내려가면 출입구라서 무슨 일을 꾸밀 여유는 없었다. 아직 수갑도 벗지 못했다. 하루는 참지 못하고 그만 등 뒤를 돌아다보았다.

"선생님, 괜찮아요?"

선생님은 무참하게 부어터진 얼굴로 한쪽 눈을 찡긋하면서 겨우 대답했다.

"으응. 누워 있기만 하는 거라 딱히 불편하지는 않네. 치아는 원래 아주 예전에 넣은 의치고, 안경도 조잡한 거라 다시 만들 때가 됐지."

웃고 있는 것 같았지만 입술이 워낙 부풀어 오른 터라 알아보기 어려웠다. 하지만 선생님의 눈빛만큼은 여전했다.

"저 두 사람이 오면 도망치게. 나랑 두서관은 신경 쓰지 않아도 돼."

"그렇게 할 순 없어요!"

"아니, 할 수 있어. 자네들 신변에 무슨 일이 일어난다면 나 자신을 용서할 수 없어."

"저희도 그래요."

"애당초 모든 책임은 나한테 있네. 더구나 나이 든 사람이

가는 건 지극히 당연한 이치야. 도서관이나 물건은 사라져도 상관없어. 하지만 학생을 지키지 못한 학교는 더 이상 학교가 아니지."

가타부타 대답할 시간이 없었다.

"하루. 이 바보야, 구해주러 우리가 왔다!"

아키의 커다란 목소리가 천장 밑으로 울려 퍼졌다. 하지만 아키가 뛰어 들어오기 전에 고누마가 먼저 끼어들었다.

"기다려. 멈추라고!"

"노인과 아이를 괴롭히며 놀고 있는 건가? 편한 직업이군."

다모츠가 어른 같은 말투로 지껄였다. 하지만 고누마는 그 말을 무시하고 말했다.

"아까 한 말 진짜냐? 스미타가 감춘 진짜 MD를 너희가 찾았다는 게?"

"그래."

다모츠는 교복 주머니에서 하루가 찾아낸 것과 똑같은 비닐봉지에 들어 있던 크라프트지 봉투를 꺼내 흔들어 보였다.

"하나 더 있는 봉투를 숨겨놓은 사람은 후치노 선생님이 아냐. 스미타야. 스미타는 MD를 한 장 더 손에 넣으려고 한밤중에 캠퍼스에서 잠깐 사라졌던 거고."

"그렇다면 그게 진짜라고 보장할 수도 없겠군."

"듣고 확인해볼까? 두 사람을 놓아주면 MD를 건네줄게."

"그따위 수법에 안 넘어가. 스미타가 디스크를 감춘 장소로 '북두칠성의 여덟 번째 별'이라는 이메일을 이사장 앞으로 보냈다는 건 이미 알고 있어. 그리고 전부터 북두칠성에 딸려 있는 별은 여섯 번째 별 옆에 있고, 보성輔星이라고 부르는 거 잖아?"

"안됐지만, 이 경우 해답은 하나가 아냐."

다모츠가 아주 침착하게 대꾸했다.

"큰곰자리의 알파와 베타 사이의 거리를 북쪽으로 다섯 배 간 자리에 북두칠성에 딸린 별이 또 하나 있어. 북신, 작은곰자리의 알파, 바로 북극성이야. 그 위치에 조각상 대신 키가 큰 히말라야삼나무가 자라고 있지. 그 나무줄기의 구멍 안에 이게 들어 있었어."

고누마의 얼굴에 남아 있던 웃음기가 순식간에 씻은 듯 가셔버렸다. 다모츠의 말투에 담긴 진실한 울림을 느낀 듯했다.

"내놔."

"무기를 두고 나가. 그럼 정문 앞에서 건네주지."

"내놓으라니까!"

고누마가 소리를 높이며 다시 한 번 하루의 멱살을 잡았다. 순간 하루의 몸은 다시 한 번 위로 쭉 올라갔다. 이마 정면에 무엇인가 보였다. 칼도, 전기충격기도 아니었다. 너무 바짝 들이대서 똑똑히 보이지 않았지만, 총인 게 분명했다. 총신이

길다. 방음장치가 부착되었는지도 모른다.

"이건 장난감이 아냐. 이대로 방아쇠를 당기면 총알이 후두부를 관통할 거다. 뇌는 터지고. 그렇게나 죽는 모습이 보고 싶은가?"

아키가 손을 뻗어 다모츠한테서 봉투를 빼앗았다.

"줄게, 이까짓 것!"

손을 앞으로 쭉 내밀었다.

"기껏해야 뇌물 사건인데, 그 따위 일 때문에 사람을 죽인다는 건 말도 안 돼. 당신, 머리가 분명 어떻게 됐어!"

"호오, 확실히 어떻게 됐는지도 모르지. 하지만 나도 전문가 나부랭이라서 꼬맹이나 초짜가 휘젓고 다니는 걸 처리하지 못하면 앞으로 살아가기가 힘들거든. 그러니 너희가 버둥거리면 버둥거릴수록 나도 과감해질 수밖에. 들고 와, 여기까지!"

"안 돼……."

하루는 소리를 크게 지르려고 했다. 그러나 목이 마비되었는지 애처로운 비명밖에 나오지 않았다. 아키는 새빨개진 얼굴로 씩씩거리며 한 걸음씩 다가갔다. 고누마의 왼손은 아직도 하루의 멱살을 움켜쥐고 있었다. 하지만 시선은 아키 쪽을 향하고 총구는 이미 내려가 있었다. 다시 한 번 머리로 받을까? 하지만 까딱하다가는 누군가가 총에 맞을지도 모른다.

몸을 약간 들썩거린 순간 스르륵 오른손이 수갑 안에서

빠져나왔다. 생각보다 먼저 팔이 움직였다. 왼손을 옭아맸던 수갑이 순간 호를 그리며 고누마의 얼굴로 날아갔다. 동시에 총구에서 불이 뿜어졌다. '앗!' 하는 사이 하루의 코앞으로 아키 손에서 튕겨진 봉투가 날아왔다. 하루는 반사적으로 그 것을 잡았다. 고개를 돌려보니 거실 바닥엔 이미 불이 붙어 있었다. 다모츠와 고누마가 엉겨 있고, 아키는 후치노 선생님 의 몸에 옮겨 붙은 불을 끄려고 쿠션으로 두드리고 있었다.

달려가려고 했지만 몸이 기름범벅이 된 건 하루도 마찬가 지였다. 게다가 지금 막 다모츠를 전기충격기로 쓰러뜨린 고 누마가 이쪽으로 다가오고 있었다. 도망칠 장소는 등 뒤의 복 도밖에 없다. 짧은 복도와 그 앞에 있는 서고. 바닥에 뚝뚝 떨 어진 등유를 따라 불길이 옮겨갔다. 하루는 서고 안으로 뛰 어 들어가 문을 닫으려고 했다. 하지만 문을 잠그기도 전에 고누마가 열어 젖혀서 더 안쪽으로 도망쳐야 했다.

고누마가 하루를 쫓았다. 이런 곳에서 도망쳐봤자 독 안에 든 쥐다. 그건 알고 있다. 하지만 여기서 시간을 벌면 바깥에 있는 세 사람이 불을 끄고 경찰을 부를 수 있다. 도망칠 길이 없는 건 고누마도 마찬가지니까. 그가 바깥으로 나가지 못하 도록 최대한 문에서 멀리 떨어진 쪽까지 꾀어서 쫓아오도록 만들어야 한다.

하루는 등유가 뿌려진 미끌미끌한 발판 위를 필사적으로

달렸다. 사다리에 붙어 있는 다음 층으로 올라가고 또 통로를 반 바퀴 돌았다. 달리면 소리를 내는 금속판 바닥이라 이쪽이 있는 장소를 알려주기도 하지만, 상대가 어디에 있는지도 알 수 있었다. 하루는 스니커를 벗었다. 발소리를 내지 않도록 이동하면서 사다리를 타고 위로 올라갔다.

어차피 그곳은 맨 꼭대기 층이었다. 천장은 상당히 높고 회반죽으로 칠해져 있다. 조명은 없다. 서고 안을 비추는 건 뿌연 유리창을 통해 들어오는 외부의 불빛뿐이다. 창문에서 떨어진 곳은 꽤나 어두침침했다. 서가 사이 간격을 어림잡기도 어려울 정도였다. 그런데 가운데쯤 굵은 사각형 기둥 같은 게 보였다. 장서 출납용 리프트인가?

하루는 그곳에 한쪽 무릎을 대고 거친 숨을 가라앉히며 왼쪽 손목의 수갑을 가까스로 벗겨냈다. 쭈욱, 묵직한 금속에서 해방되자 한결 마음이 놓였다. 잘하면 수갑을 무기로 이용할 수도 있다. 다모츠와 엉겨 붙어 있을 때 고누마는 총을 떨어뜨린 듯했다. '괜찮아' 하고 자신을 다독였다. 더구나 벽 하나 저편에는 아키도, 다모츠도 있었다.

정신을 차리고 보니 몹시 조용했다. 상당히 멀리 떨어진 아래쪽에서 문을 두드리는 듯한 희미한 소리가 들렸다. 다모츠 일행이 서고 문을 두드리고 있는 걸까? 그렇다면 문을 안에서 닫아버렸다는 이야기고, 고누마는 틀림없이 이 안에 있다는 뜻이다.

어딘가에서 끼이익 하는 소리가 들렸다. 아무래도 통로에 있는 사다리 쪽에서 들리는 것 같았다. 고누마가 왔나? 하지만 발소리 같은 건 들리지 않았다. 아무 소리도 안 나는 게 오히려 불안했다. 하루는 가슴이 조마조마했다.

다시, 소리.

마룻바닥에 뭔가 내팽개치는 소리였다. 책 틈으로 그쪽을 엿보니 이상하게 환했다. 그리고 이 냄새. 하루는 얼굴을 비죽 내밀고 숨을 삼켰다. 마룻바닥에서 책이 불타고 있었다. 펼쳐진 책장에 기름을 묻혀 불을 붙인 것이다. 아아, 그래도 그렇지 책을 태우다니. 하루는 엉겁결에 고개를 쑥 내밀었다. 그 순간 뒤에서 단단한 것이 날아왔다. 반사적으로 고개를 숙이고 몸을 웅크렸다.

머리를 넘어 얼굴 앞에 떨어진 건 호화로운 가죽 장정을 한 서양 책이다. 하루가 몸을 일으키고 아래로 내려가려는 찰나 고누마가 덮쳤다. 뒤에서 목을 조르기 시작했다. 하루는 발버둥 쳤지만 끝내 얼굴을 천장으로 향한 채 바닥에 떨어졌다. 고누마의 일그러진 얼굴이 불꽃에 드러났다.

"디스크 내놔."

"없어."

고누마는 하루의 머리를 마룻바닥에 힘껏 짓찧었다.

"디스크를 내놓으라니까!"

"안 갖고 있어. 숨겼어."

"어디에!"

"몰라. 여기 책꽂이 어딘가에. 직접 찾아!"

"이 새끼가……."

이를 바득바득 갈던 고누마의 표정이 순식간에 바뀌었다. 입을 떡 벌리고 케케케거렸다. 커다랗게 벌어진 눈 안에 조그맣게 줄어든 검은자위. 입 주위의 주름. 하루는 오싹 소름이 돋았다. 그 얼굴은 인간이라기보다 파충류에 가까웠다.

"좋았어. 그렇다면 이 서고를 통째로 불태우면 돼. 그런 거 손에 넣을 필요 없지. 처리만 깨끗이 하면 되니까."

"그러면 당신도 죽어."

"안 죽어. 나는 살아남을 거다. 왜 그런지 알려줄까? 불길이 골고루 퍼지고 나서 문을 열고, 바깥에 있는 녀석들이 불을 끄고 너를 구출하려고 혈안이 되어 있는 사이에 나갈 거니까. 물론 너는 쉽게 발견되지 못해. 이 한심한 미로 같은 서고 덕분이지. 피를 많이 흘려서 몸을 옴짝달싹할 수도, 소리를 지를 수도 없을 거다. 살아 있는 상태에서 불에 타죽어가는 기분을 듬뿍 맛보게 해주지. 꽤나 진귀한 체험이겠군."

고누마의 손에서 칼이 번쩍거렸다. 반사적으로 손이 올라갔다. 목을 감싸려고 했지만 어느새 좌우 손목의 안쪽을 베여버렸다. 아픔보다는 뜨거운 느낌이 먼저였다. 그리고 피가 콸콸 쏟아졌다. 선명한 붉은 빛이 눈에 밟혔다.

"그래 도망쳐라, 최대한 피를 흘려라."

고누마가 일어서려는 하루의 옆구리를 발로 한 번 더 찼다. 그러곤 라이터를 켜고 서가의 책을 꺼냈다. 닥치는 대로 책장을 찢어서 뭉쳐 불을 붙였다. 하루는 상처 입은 두 손을 배에 갖다 대며 그래도 어떻게든 일어서려고 했다. 저 사람은 정상이 아니야, 머리가 돈 게 틀림없어! 지금이라면 문이 있는 곳까지 내려가서 바깥으로 나갈 수 있었다. 그리고 다 함께 불을 끌 수 있다. 도서관의 책을 지켜야 한다.

하루는 가까스로 일어서 한 발을 내딛었다. 그러자 갑자기 몸이 푹 꺼졌다. 마룻바닥에 박혔던 볼트가 튕겨나가고 판자 하나가 기우는가 싶더니 오른쪽 다리가 아래로 빠져버렸다. 하루는 얼른 옆판에 두 손으로 매달렸다. 하지만 손목의 상처에서 여전히 피가 나와 제대로 힘을 줄 수가 없었다.

"이런, 조금 심하게 날뛰었군."

머리 위에서 고누마가 웃었다.

"사실은 여기에 오기 전에 여기저기 마루판을 떼어놓았지. 여기서 떨어지면 단숨에 바닥까지 떨어질지도 모르겠군. 하지만 이렇게 이상한 서고를 만든 사람은 내가 아냐. 원망하려면 그 노인네를 원망해라. 그런데 음, 불에 타서 죽는 것보다는 추락해서 단번에 돼지는 쪽이 편하겠지. 그렇다면.”

간신히 마루판을 붙잡고 있는 피투성이가 된 하루의 손가락을 고누마가 발로 짓이겼다. 아픔은 별로 느껴지지 않는다. 그저 미끌미끌 미끄러질 뿐이다. 쳇 하고 혀를 차는 소리.

“의외로 끈질기군.”

발부리로 손가락을 비비듯 밟자 왼손이 떨어졌다. 동시에 비스듬하게 기울어진 마루판이 쾅 하고 소리를 내며 떨어졌다. 하루의 발은 완전히 공중에 붕 떠 있었다. 그리고 이내 오른손마저 미끄러지기 시작했다. 하루는 엉겁결에 눈을 질끈 감아버렸다.

‘이제 다 틀렸구나!’

그 순간 마음속의 절규가 전달된 듯 어디선가 목소리가 들려왔다.

“포기하지 마!”

우렁찬 목소리와 함께 떨어지는 오른팔을 누군가 확 낚아챘다. 이어서 왼팔도 같은 식으로 낚아챘다. 마치 무가 뽑히듯 팔이 올라갔다. 하루는 번쩍 눈을 떴다.

“J, 어떻게 여기에⋯⋯?”

그가 굳은 얼굴로 대답했다.

“나는 정의의 편이니까.”

그때 별안간 새로운 목소리가 울려 퍼졌다.

"꼼짝 마라!"

너무도 의외의 일이었지만, 하루는 정신이 없는 와중에도 목소리의 주인공이 누구인지 단박에 알아차렸다. J의 팔에 매달린 채로 뒤를 돌아본 하루는 기겁을 하고 말았다. 고누마가 칼을 뽑아들고 바로 뒤까지 다가와 있었다.

그 순간 놀라운 일이 벌어졌다. 피웅 하는 팽팽한 소리가 나는가 싶더니 뭔가가 공중을 갈랐다. 그리고 고누마의 어깻죽지에 은빛 화살이 박혔다. 난데없이 공격을 받은 고누마는 몸을 휘청거리다가 이내 하루가 빠질 뻔했던 마루 틈새로 떨어지고 말았다. 날카로운 비명 소리가 서고 안에 울려 퍼졌다. 고누마는 마룻바닥 아래로 떨어지면서 여기저기 몸을 부딪치는 것 같았다. 툭, 탁 하는 소리가 몇 번 들렸다. 고누마의 비명도 점점 희미해졌다. 잠시 후 아주 깊은 곳에서 털썩 하는 둔탁한 음이 올라왔다.

"죽었겠지?"

"아니, 한 번에 추락한 게 아니라서 죽지는 않았을 거야. 네 걱정이나 해. 심각하다고."

"얼른 응급처치를 받아야 해."

그때 의문의 주인공이 양궁 화살을 오른손에 쥐고 나타났다.

"후와 선배……."

"미안해. 늦어서."

뭐가 어떻게 된 걸까, 전혀 모르겠다. 하지만 구조된 것만
은 확실하다. 그런 생각이 들자 휴 하고 온몸에서 기운이 빠
졌다. 하루가 기억하는 마지막 모습은 후와 소라미 여사의
웃는 얼굴이었다.

그래도 풀리지 않는 미스터리

그다음부터의 이야기는 사족일 뿐이다. 그래서 다시 한 번 내 입장에서 이야기를 명쾌하게 정리하려고 한다. 우리 학교는 그 뒤로 어떻게 되었을까. 별 의미는 없어 보이지만 수수께끼의 해답은 무엇일까, 마지막에 놀라움을 안겨준 구출작전은 대체 어떻게 가능했던 것일까? 하지만 고개를 갸우뚱거리며 좀 비딱한 눈으로 읽어도 전혀 상관하지 않겠다.

결론부터 말하자면 그날 죽은 사람은 아무도 없다. 고누마도 마룻바닥 아래로 추락해서 몸속의 뼈가 부러지기는 했지만 생명에는 지장이 없었다. 퇴원하는 즉시 경찰의 조사를 받겠지만 그가 저지른 죄 때문에 고용주까지 처벌을 받을지는 의문이다.

후치노 선생님은 심하게 상처를 입었지만, 다행히 내장까지 손상되지는 않았다. 하지만 워낙 연로하셔서 한동안 입원하셨다. 하루의 손은 근육을 지나 신경까지 베였지만, 수술이 성공적으로 이루어져 2학기에는 학교에 돌아왔다. 사건이 확실히 매듭지어질 때까지 우리에게도 몇 가지 불편한 일들이 있었지만 뭐, 그 정도는 괜찮다. 끝이 좋으면 모두 좋다는 말도 있지 않은가.

사건이 일어나는 바람에 피해를 가장 많이 입은 건 '옛 도서관'이었다. 불타버린 책은 생각보다 많지 않았지만, 고누마가 등유를 뿌린 바람에 읽지 못하게 된 게 꽤 있었다. 어쩌면 후치노 선생님한테는 자신의 몸이 상한 것보다 그 일이 더 큰 상처였을지도 모른다. 음, 다행스럽게도 지하 서고까지는 침입하지 않았기 때문에 지금은 구할 수 없는 희귀본들은 모두 무사했다.

무엇보다 위태위태한 나무판을 깔아놓은 서고가 문제였다. 경찰이 조사를 마치고 소방서에서 나와 점검한 후 당분간 안전을 위해 폐쇄하기로 했다. 안전하고 깔끔하게 수리하고 싶어도 후치노 선생님이 병원에서 돌아오지 않는 한 어디부터 손을 대어야 할지 알 수 없었기 때문이다.

하지만 '어디에 어떤 책이 있는지 알 수 없는 도서관'이란 상당히 독특하고 재미있지 않나? 가능하다면 바닥을 새로

깔고 통로를 제대로 만들고 책을 보기 쉽게 서가 사이를 좀 넓혀서 개방했으면 좋겠다. 그러면 책 읽는 걸 별로 좋아하지 않는 나도 도서관에 좀 더 자주 갈 텐데.

아차, 그런 것보다 훨씬 더 신경이 쓰이는 수수께끼가 있다. 서고의 문은 닫혀 있었는데 어떻게 J와 후와 여사까지 들어올 수 있었을까? 원래 그녀는 도조 이사장의 친딸로 이사장파가 아니었나? 좋다. 그건 확실히 피해갈 수 없는 화제다. 하나씩 풀어가보자. 그렇다고 해도 나 역시 뭐든지 100퍼센트 알고 있는 건 아니지만.

고누마가 휴대전화기로 우리를 불렀지만 옛 도서관까지 달려가는 데 시간이 걸렸던 건 보물을 한 가지 더 찾고 있었기 때문이 아니라 J와 연락을 취했기 때문이다. 정확히 말하면 원래 하루가 갖고 있었던 휴대전화기에 J의 메시지가 와 있었다. 북극성 위치에 또 하나 숨겨진 장소가 있다는 이야기였다. 물론 스미타가 감춘 중요한 MD는 일찌감치 J가 꺼냈기 때문에 우리가 들고 간 것도 당연히 가짜였고.

그때 J는 학교에서 상당히 멀리 떨어진 장소에 있었다. 정확히 알려주지는 않았지만 증거물인 MD를 어떻게 취급해야 할지 누군가와 의논하고 있었던 모양이다. 하지만 '북두칠성의 여덟 번째 별'에 대해 조사하는 건 원래 우리한테 내준 숙제였고, 이사장이 우리를 감시하고 답을 내는 걸 기다리고 있는 이상 해답을 알려줄 수가 없었다고 한다.

그래도 MD가 이미 발견된 마당이므로 그 사실을 미리 알려주기만 했다면 하루가 커다란 상처를 입는 일도 없었을 것이다. 위험한 순간에 J가 구해주긴 했지만 애초에 불필요한 수고를 덜 수도 있었을 텐데. 만약 하루의 손에 후유증이 남는다면 나는 절대로 가만히 있지 않을 생각이었다. 하지만 그런 일은 벌어지지 않았다.

나중에 달려온 J와 후와 여사의 침투 경로는 위쪽이었다. 정면 쪽의 잠금장치가 되어 있는 문에서 가장 위쪽 계단까지 올라가서 출납 카운터에 있는 책 리프트의 케이블을 내리고 문을 안에서 열어 서고로 나왔다. 알고 보면 별것도 아니다. 리프트에 대해서는 후치노 선생님이 이미 말해주었으니까.

후와 여사가 도조 이사장의 딸이라는 건 사실이다. 이사장은 호쿠토 토박이인 딸에게 학원의 정보를 여러 가지 입수했다. 설마 낙하산 인사로 이사장이 될 때를 대비해서 딸을 호쿠토 학원에 들여보낸 건 아니겠지만 이사장이 오고 나서 그녀가 스파이 노릇을 했던 것은 사실이다.

다만 이사장은 자기 딸의 성격을 제대로 파악하지 못했던 모양이다. 딸이 그다지 순종적이지도, 자기 아버지가 하는 말을 무작정 받아들이지도, 고분고분하지도 않다는 것을. 후와 여사는 총장파(실체는 여전히 드러나지 않았지만 그 부분은 좀 더 나중에)였다. 그리고 자신이 이사장의 친딸이라는 신분을 이용해서 일종의 이중스파이 노릇을 했다. 그렇다고 해도 이사장 역시 딸 앞에서 야비한 이야기는 할 수 없었던 것 같다. 하지만 이사장이 스미타를 캠퍼스 안에 숨기고 그를 처치하기 위해 고누마가 나타나고, 스미타가 모습을 감추고, 하는 일련의 흐름에 대해서는 후와 여사를 통해 후치노 선생님과 J한테 모조리 새어나갔을 것이다.

고누마가 옛 도서관 앞에 매달아 놓았던 스미타의 사체를 공원까지 옮긴 사람은 후와 여사였다. 그녀는 중학교 때 2년 동안 유학을 떠났다가 다시 돌아왔다. 즉 지금은 열아홉 살이라는 얘기다. 그래서 어른스럽고 침착했던 거다. 물론 운전면허증도 갖고 있었고.

남아 있던 수수께끼의 전모는 대략 그랬다. 하지만 내막을 전부 공개한 것 같지는 않다. 뭐랄까, 전체적으로 보면 극히 일부분에 지나지 않는다는 생각이 든다. 이 세상에는, 왜 그런지는 잘 모르겠지만, 어쩌다 그렇게 되어버리거나 어떻게도 할 수 없는 일이 있게 마련이니까. 이런 말을 하자니 어쩐지 나이를 굉장히 많이 먹은 듯한 기분도 든다. 하지만 아무튼 진짜다.

나는 이번 일로 도조 이사장이 호쿠토 학원에서 물러나지 않을까 내심 기대했다. 하지만 그런 일은 일어나지 않았다. 스미타는 호쿠토 학원에 다닌 적이 있기 때문에 마음대로 캠퍼스에 들어와서 숨어 있다가 결국 처지를 비관해서 자살하고, 고누마는 스미타의 고용주였던 중의원 의원의 '이름을 마음대로 사용해서' 나타났으며 스미타를 찾으려고 이사장을 이용한 적은 있지만 그 이상은 아무 일도 없었다는 식으로 결론이 내려진 모양이다. 고누마는 결국 도마뱀의 꼬리처럼 잘려서 버려졌다.

그리고 직권 남용 사건. 여기에 대해서는 뇌물을 준 학교 인사와 뇌물을 받은 관리에게 처분이 내려졌다. 그러나 중개한 의원은 증거불충분으로 풀려났다. MD에 녹음은 되어 있지만 그걸 녹음한 스미타가 자살하는 바람에 증거로 채택되지 못했다고 한다. 이건 다모츠가 설명해준 것이다. 게다가 녹음된 내용도 악행의 증거로 딱 들어맞지 않았다나. 하물며 이사장이 관여했다는 점에 대해서는, 음.

당연하지만 나는 전혀 이해할 수 없었다. 머리로는 어쩔 수 없다는 걸 알면서도 기분이 영 찝찝했다. 적당한 말로 표현할 수는 없지만, 뭐랄까 뱃속이 부글부글 끓어오는 것 같았다. 덕분에 다모츠와 아직 입원 중인 하루한테까지 덤벼들었다가 괜히 빈축만 샀다. 그러곤 정말이지 자기혐오에 빠졌다.

"그럼 아키, 너는 이사장이 지독한 악당이 되어 대중매체에 공개되고, 모습을 보이지 않는 총장이나 7대 불가사의나 호쿠토 학원의 일 같은 게 와이드쇼 소재가 되어 까발려지는 게 낫다는 거야?"

다모츠가 그렇게 따져 물었다. 물론 나 역시 그런 걸 바라지는 않는다. 학교가 망신을 당하지 않고 끝난 건 순전히 이사장의 정치적 영향력 덕분이다. 그것도 잘 안다. 이사장의 수완은 후치노 선생님도 인정하니까. 다만…….

"그래. 이대로라면 스미타가 가엾지 않아?"

물론 공갈칠 마음을 접고 곧장 경찰서로 갔다면 죽지 않고 사건을 끝냈을지도 모른다. 그러니까 어쩌면 자업자득이라고 할 만하다. 아무리 고누마한테 위협을 당했더라도 죽을힘을 다해 도망칠 곳 정도는 남았을 거라고 말할 수도 있다. 어떤 기자는 이 사건을 '좌절한 엘리트의 비극'이라며 기사화했다.

그래도 억울한 마음이 들었을 거다. 그래서 자신을 궁지로 몰아넣은 무리에게 보복할 생각으로 MD를 감췄겠지. 이사장이 호쿠토 학원에 애차이 없다는 걸 알고는 7대 불가사의와 관련된 힌트를 남긴 것이다. 그런데 그 증거품이 자살하는 바람에 아무 쓸모가 없게 되었으니……. 이걸 개죽음이라고 해야 하나? 엘리트는커녕 너무 단순한 바보다.

그렇게 생각했더니 왠지 콧속이 근질근질해지면서 놀랍게도 눈물이 났다. 이야기를 나눈 적도 없고, 제대로 얼굴을 마주한 적도 없었고, 설령 살아서 만난다고 해도 친해질 일 따위는 절대 없겠지만.

하루가 입원한 병원에는 후치노 선생님도 있었다. 하지만 만나지는 못했다. 만난 사람은 J와 후와 여사다. 거기서 우리는 스미타가 선생님 앞으로 남긴 편지를 보았다. 우리가 목격한 다음에 캠퍼스에서 바깥으로 나가서 우편함에 넣은 모양이다. 그런데 보내는 이는 '스미타', 받는 이는 '호쿠토 학원 후치노 선생님'이라고만 쓰여 있어서 대학 본부 사무실에 보관되었던 듯하다. 덕분에 선생님이 있는 곳으로 바로 전해지지 않았고. 지금도 원본은 경찰서에 있다. 우리가 본 건 복사본이다.

편지 내용은 자세히 쓰지 않겠다. 혼란스러운 기분을 고스란히 드러내듯 글씨는 완전 악필이었다. 하지만 분명히 알게 된 사실이 있다. 예상대로 스미타는 옛 도서관의 후치노 선생님이 만나고 싶어서 길을 나섰다는 것이다. 하지만 문이 잠긴 데다 폐허로밖에 보이지 않아 실망했다. 화가 나서 문을 발로 걷어찼을 테지만 생각해 보면 그가 호쿠토 학원에 다녔던 건 10년도 더 지난 일이다. 한 번쯤 선생님이 건재한지 어떤지 생각해야 하지 않았을까.

그래도 그는 편지로라도 이별의 말을 남기고 싶었던 모양이었다. 다른 사람의 눈에 띌 위험이 있다고 생각했는지, 사건과 관련된 내용은 아무것도 쓰지 않았다. 물론 자신이 캠퍼스에 있었다는 사실도. 그저 예전에 고등학교에 다녔을 때 선생님과 나누었던 이야기가 요즘 여러 가지 떠오른다, 지금 생각해보면 호쿠토 학원에서 지냈던 1년 동안이 가장 행복했다고 썼을 뿐이다.

……찾아뵙지도 못하고 시간을 흘려보낸 게 후회스러울 따름입니다. 최소한 찾아뵙고 옛 추억을 이야기하자며 잠시 어리석은 생각을 했습니다. 하지만 냉정히 생각해보니 폐를 끼칠지도 모르는 일이더군요. 만나지 못한 편이 오히려 다행인지도 모르겠습니다. 그런데 호쿠토 학원의 숲만은 그 어둠조차 몹시 그리워집니다. 부엉이가 우는 소리까지 예전과 다르지 않더군요.

그럼 이만 펜을 놓겠습니다. 선생님이 건강히 잘 계시리라 믿으며.

스미타 올림

편지는 이렇게 짧게, 약간 당돌하게 끝났다. 아무리 길게 써봤자 마음에 차지 않을 거라는 걸 알고 펜을 내팽개친 것일까. 나는 우리가 엿본 스미타의 황폐한 모습과 편지글의 분위기가 너무 달라서 마음이 좋지 않았다. 그래서 몰래 또 아주 조금 울었다.

여름방학이 끝나고 하루가 돌아왔다. 이제 손은 양쪽 다 평소처럼 쓸 수 있다고 한다. 그래도 손목에는 아직 상처 자국이 선명하게 남아 있다.

"자살하려고 손목을 그은 것 같아서 보기 흉측해."

하루가 불평했다.

"무슨 사치스러운 소리냐. 이 녀석, 쾌유를 축하한다!"

우리가 뒤에서 달라붙어 목을 조르려고 하자 같은 반 여자 아이들이 입을 모아 질책했다.

"세이케, 넌 너무 난폭해!"

"심하잖아! 가츠라가 불쌍해."

어, 이건 뭐지? 동정표인가. 그러고 보니 하루의 병실엔 언제 가도 꽃이 많았는데…….

"그런데 왜 하루만 인기가 있지?"

내가 투덜대자 다모츠가 어깨를 으쓱했다. 그때 고지라 모리시타가 당연하다는 얼굴로 끼어들었다.

"친구라면서 몰랐어? 가츠라는 전부터 여자애들한테 인기가 많았어."

"그러니까 왜 그러냐고."

"눈이 예쁘잖아."

"뭐?"

"게다가 속눈썹도 길고."

나는 말문이 막혔다. 다모츠는 다시 한 번 어깨를 으쓱했다. 여전히 여자아이들한테 둘러싸인 하루를 쳐다보면서.

그건 그렇고.

이쯤해서 놀라운 이야기를 하나 더 하겠다. 2학기 첫 날이었다. 영어 담당이 가토 선생님에서 다른 선생님으로 바뀐다는 건 미리 들어서 알고 있었다. 하지만 어떤 교사가 올 거라는 정보는 전혀 없었다.

그런데 우리 반 담임인 이케에 선생님의 뒤를 따라 들어온 얼굴을 보고 아이들이 술렁거렸다. 그리고 우리 세 사람은 너머 놀란 나머지 입을 쩍 벌리고 말았다.

새로 온 교사가 J였기 때문이다. 양복을 잘 차려입고 넥타이를 매고, 백금색 머리를 곱게 매만져 빗어 넘기고, 안경까지 쓰고 있었다. 우리가 지금까지 보았던 모습과는 180도 달랐다. 갑자기 나이가 아주 많은 어른처럼 보였다.

"베텔스만 선생님입니다. 독일에서 오셨어요."

이케에 선생님의 소개에 J가 싱긋 웃으며 말했다.

"2학년 C반 여러분, 처음 뵙겠습니다. 안녕하세요! 내 이름은, 요한 에마뉘엘 베텔스만이라고 합니다."

우리는 어이가 없었다. J에서 입에서 나온 말이 정말이지 서툰 일본어였기 때문이다. 마치 일본어라곤 처음 해보는 사람처럼 발음이 어색했다. "태어난 곳은 독일의 아이제나흐. 호쿠토 중학교에는 독일어 시간이 없어서 영어를 담당하게 되었습니다. 일본어는 대강 알아듣지만 그다지 잘하지는 못해요. 그러니까 내 수업 시간엔 영어만 사용하겠습니다. 좋습니까?"

반 아이들이 입을 모아 합창했다.

"정말요?"

"그럼 독일어로 할까요?"

"안 돼요!"

"네, 그럼 영어로 말합시다."

점심시간, 우리는 대학 캠퍼스 본부 앞 잔디에서 J를 붙잡았다.

"설명해봐. 어떻게 된 거야?"

그렇게 말하며 다그치는 나를 보고, J는 겉멋으로 쓴 안경을 벗더니 넥타이를 느슨하게 풀고 어깨를 으쓱했다. 그러고는 씩 웃는다. 악동 같이 보이는 그 웃음은 아무리 봐도 '베텔스만 선생님'과는 거리가 멀다. 정체불명의 J.

"어떻게 된 거냐니? 나는 거짓말을 한 적이 없는데."

"그럼 뭐야. 그 서투르기 짝이 없는 일본어는?"

"그래야 외국인 같잖아? 너희한테 영어만 쓰게 할 수 있는 무기도 되고.”

“기껏해야 고등학생일 거라고 생각했는데.”

“내가 동안이잖냐.”

“진짜로 몇 살인데?”

“사생활 보호.”

새침한 얼굴로 거절했다. 하루가 물었다.

“옛 도서관의 초상화, 그 여자분 말이에요, 당신의 조상이에요? 그 사람은 어떤 사람이죠? 창립자인 기타 다이잔과 무슨 관계죠?”

하루의 물음에 J의 표정이 진지해졌다.

“눈썰미가 아주 좋구나, 가츠라. 그녀의 이름을 기억한다면 우리가 같은 성이라는 걸 벌써 알아차렸을 텐데.”

대답한 것 같지만 정작 중요한 부분은 얼버무리는 듯하다고 나는 생각했다. 하지만 하루는 J의 얼굴에서 눈길을 돌리지 않은 채 다시 물었다.

“알고 싶어요. 호쿠토 학원에 대해 좀 더 여러 가지를.”

“그런데 너희한테 후치노 선생님이 새로운 숙제를 내줬어.”

“네?”

“어떤?”

“물론 7대 불가사의의 연속이지. 잠깐 앉을까, 저 나무 아래라도.”

J가 손가락으로 방향을 가리켰다. 느티나무가 서늘한 그늘을 드리운 채 서 있었다. 그 아래에는 후와 소라미 여사가 빨간 체크무늬 시트를 펼쳐놓고 차를 준비하고 있었다. 비록 종이컵이지만 맑은 빛을 머금은 홍차를 붓고 있다. 종이 접시엔 장식이 지나치게 예쁜 케이크가 아니라 후치노 선생님이 주었던 것과 똑같은 과자가 담겨 있었다. 땅콩이 들어간 울퉁불퉁한 과자.

J는 종이컵에 든 홍차를 한 모금 마시고 나서 말했다.

"세이케 군이 쓴 7대 불가사의 목록에 따르자면 여섯 번째, 즉 '기념박물관의 수수께끼'야. 너희는 그곳에 어떤 비밀이 숨겨져 있는지 밝혀내야 해."

"……힌트는?"

"없어. 지난번 것도 아주 간단했지만 너희는 완벽한 해답을 얻지 못했지."

"앗?"

나와 하루가 입을 모아 외쳤다. 다모츠는 부루퉁한 표정으로 쿠키를 오도독오도독 씹다가 이대로는 도저히 안 되겠다는 듯 따져 물었다.

"도대체 7대 불가사의를 밝혀내는 게 무슨 의미가 있죠? 당신들은 전부 답을 알고 있잖아요? 그렇다면 이건 대체 누구를 위한, 어떤 목적의 시험이죠?"

"그것도 너희가 발견해야 할 답 가운데 하나라고 선생님이 말하지 않았어? 하지만 걱정하지 마라. 이제 곧 후치노 선생님이 퇴원할 테니 가서 의논드리렴."

"선생님, 건강해졌어요?"

"굉장히. 그래서 말이야, 지금 병상에서 도서관 개조계획을 짜고 계셔. 임시로 설치해둔 마루판을 본격적으로 개축할 생각이래."

"바깥쪽 벽은요? 지금처럼 놔두나요? 와아, 엄청난 공사가 되겠네!"

다모츠의 눈이 접시만 해졌다. 그러자 후와 여사가 장난기 넘치는 얼굴로 말을 받았다.

"그래, 이사장도 안 된다고 하지는 않을 거야."

나는 약간 복잡한 기분으로 그녀의 얼굴을 바라보았다. 그녀는 우리가 〈호쿠토 타임스〉에 7대 불가사의 문제를 기사화하겠다고 했을 때 말리고 나섰다. 분명 우리의 결의를 시험하기 위해서였을 것이다. 하지만 지금 생각해보니 신문에 나서 그 사실이 널리 퍼지는 걸 막기 위해서였다는 생각이 든다.

그때 우리가 생각해낸 것, 호쿠토 학원에는 이해가 잘되지 않는 비밀이나 금기가 존재하고 있다는 점을 부정한 건 아니었다. 호쿠토 토박이와 외부 학교 출신이라는 단순한 대결구도가 아니라 총장파와 이사장파라는 게 좀 더 본질에 가까울지 모른다. 그래도 이번 경우엔 그들 사이에 적당한 합의가 이루어진 모양이다. 옛 도서관의 개조와 관련된 예산을 인정한다는 건 아마도 그런 합의사항의 일부겠지.

정말이지 현실이란 건 말처럼 단순하지가 않다. 나쁜 녀석을 척척 쓰러뜨려서 한 가지 사건 마무리, 축하축하, 일본 하늘은 맑음. 이런 건 텔레비전 속에만 있다. 이사장은 후와 여사가 옛 도서관에 뛰어 들어갔다는 말을 듣고 얼굴이 파랗게 질린 채 펄펄 뛰었다고 한다. 우리가 검은 연기를 토해내는 건물에서 뛰쳐나갔을 때 이사장도 그 자리에 서 있었다. 흐트러진 외모를 얼버무리려고 애쓰면서. 그 모습이 상당히 우스꽝스러웠다. 이사장 역시 아버지니까 피를 물려받은 딸이 소중하겠지.

그리고 또 하나. '악'이란 건 분명 내 안에도 있다.

그 사실을 나는 지금 솔직히 인정할 작정이다.

하필 아는 게 거의 없는 스미타가 죽어서 눈물을 조금 흘렸을 뿐, 지금은 태연하게 웃을 수 있다. J가 피투성이가 된 하루를 서고 안에서 껴안고 나왔을 때 나는 고누마에 대한 살의를 느꼈다. 만약에 하루가 구출되지 못했다면 나는 평생 고누마를 증오했을 것이다. 그놈을 죽일 기회가 주어진다면 절대 거부하지 않았을 것이다. 어쩌면 죽여버린 뒤에 후회할지도 모르지만, 죽이지 않아도 후회할 게 분명하니까.

그런 생각을 하면서 멍하니 느티나무 잎 사이로 빛이 새어
드는 걸 바라보고 있는데, 맑은 종소리가 파란 가을 하늘에
울려 퍼졌다.

"앗, 예비 종소리다!"

우리는 부랴부랴 일어섰다. 오후 수업까지 5분밖에 남지
않았다. 아무리 힘껏 달려도 시간을 맞추기엔 빠듯했다.

하지만 후와 여사는 일어나지 않았다.

"5교시는 선택이라서 시간이 비어."

"달려라, 젊은이들."

J에게 말을 들을 것까지도 없다. 후다닥 일어서려는데 후
와 선배가 한 마디 했다.

"잠깐, 인사는 하고 가야지?"

"후와 선배, 잘 먹었습니다."

우리는 소리 맞춰 인사한 뒤 그대로 내달렸다. J한테는 인
사하고 싶지 않았다. 우리가 아무리 어리다지만 체면이 있
지……. 다모츠는 달리면서 어깨너머로 힐끗 뒤를 돌아보았
다. 후와 여사가 손을 흔들고 있었다. 하지만 다모츠의 표정
은 그리 밝지 않았다. 알아, 그 마음. 네가 동경하는 그대가 J
와 단둘이서 잔디밭 위에 앉아 있으니.

"안됐어."

"시끄러워! 승부가 나려면 아직 멀었어."

“맞아. 사랑은 국경도 초월한다는데, 까짓 나이쯤이야.”

“아키, 이 자식, 죽여버릴 테다!”

“둘 다 늦겠어!”

햇살은 아직 여름처럼 따가웠지만 뺨에 와 닿는 공기는 약간 서늘했다. 가을의 전조가 느껴지는 그런 9월.

음, 어쨌든 그런 식으로 우리의 모험은 일단 막을 내렸다. 그리고 호쿠토 중학교 2학년 2학기가 시작되었다.

학교가 싫었다.

원래 집단생활은 질색이었다.

체육이 싫었고, 수학은 도무지 이해할 수가 없었다.

성적표엔 늘 ABCDE 가운데 B부터 E까지가 골고루 적혀 있었다. 그걸 두고 담임선생님은 다양한 점수를 갖고 있다며 감탄하시곤 했다(아니, 기가 막혔던 거겠지).

그래도 나는 등교거부를 하지 않았다. 집에 있는 것보다는 학교에 가는 편이 좋았기 때문이다.

내 어린 시절에는 부모님의 눈을 피해 편하고 기분 좋게 틀어박혀 지낼 수 있는 자기 방을 가진 애들이 그리 많지 않았다.

날마다 별다를 게 없는 하루하루. 그런 하루하루가 영원히 이어질 거라고 생각할 수밖에 없었던 나날.

무기력한 아이인 게 싫었고, 그렇다고 해서 어른이 되는 게 멋질 거라고도 믿지 않았던 시절.

하지만 어느새 나는 나이를 잔뜩 먹었고 예전에 내가 싫어했던 '어른' 가운데 한 사람이 되었다.

정말일까? 이게.

지금도 때때로 뭔가에 홀린 듯한 기분이 든다.

어딘가에서 짝 하고 손뼉을 치는 소리가 나면 마법이 풀리면서 "일어나. 지각하겠다!" 하고 어머니가 고함을 치는 소리가 들려오지 않을까…….

이 책은 이런 사람이 썼습니다.

어디에도 절대로 없겠지만, 어쩌면 있을지도 모르는 기묘한 학원 이야기입니다.

시노다 마유미